VERENA
LUEKEN

ANDERSWO

VERENA
LUEKEN

ANDERSWO

ROMAN

Kiepenheuer & Witsch

FSC
www.fsc.org
MIX
Papier aus verantwortungsvollen Quellen
FSC® C083411

Verlag Kiepenheuer & Witsch, FSC® N001512

1. Auflage 2018

Umschlaggestaltung: Rudolf Linn, Köln
Umschlagmotiv: © plainpicture/Hanka Steidle
Foto der Autorin: © Helmut Fricke
Gesetzt aus der Whitman und Bodoni
Satz: Buch-Werkstatt GmbH, Bad Aibling
Druck und Bindung: CPI books GmbH, Leck
ISBN 978-3-462-05135-3

I

AUCH IN DIESEM JAHR hatte sie keine Nachricht aus dem Universum des Vaters empfangen. Vom Meer kroch die letzte Nacht an Land, samtwarm unter klarem Himmel. Wie Diamanten in einen Schacht zum Mittelpunkt der Erde fielen die Sterne auf einer steilen Bahn nach unten. Kurz fügten sie sich zu verspielten Formationen, lösten sich wieder voneinander und bildeten neue. Sternschnuppen. Satelliten.

Mit verrenktem Nacken stand sie inmitten von Männern und Frauen, die entschlossen waren, sich in dieser karibischen Silvesternacht zu amüsieren und wenn nötig mit allem nachzuhelfen, das in dieser Gegend noch als einigermaßen schicklich durchging. Was mache ich hier, dachte sie kurz, und dann: Ist das hier immer so? Stürzen die Sterne in jeder Nacht so übereinander her oder nur zum Jahreswechsel? Sie sah die Diamanten in den Schacht fallen und schrieb ihrem Bruder eine SMS. »Happy New Year, Andreas! Vom Erdkern, b.«

Niemand schien vom Himmel Notiz zu nehmen. Der Tisch, zu dem sie geführt wurden, war noch leer. Sie war mit Freunden gekommen, aber ihre kleine Gruppe würde nur die Hälfte der Stühle besetzen. Unterwegs hatten sie sich darüber unterhalten, wer wohl die anderen sein würden, Paare, Einzelne, eine Familie vielleicht mit maulenden Kindern. Sie hofften auf Paare, Einzelne. Einen Haufen Freunde, wie sie es waren. Eine Weile kam niemand, schließlich ein junges Paar, das ganz mit sich allein blieb. Drei Stühle wurden weggeräumt.

Am Nachbartisch nahm eine Großfamilie Platz, schwarz gekleidete Männer mit geölten dunklen Haaren, die jungen durchtrainiert und eitel, die älteren auch eitel, trotz ihrer immensen Bäuche. Dazu die Frauen. Die Mütter in Schwarz und dick, mit neu geschnitzten Gesichtern, zwischen ihnen drei oder vier junge, die Töchter und Schwiegertöchter, vermutete sie, in schillernden Kleidchen über strammen Brüsten, Hintern und Schenkeln. Sie wiegten sich schon zum Takt der Musik, die von der nahen Bühne hinüberwehte, während sie an ihren Tisch geführt wurden. In ihren Ohren hatten die lauen Hits vergangener Jahrzehnte, die der DJ zum Aufwärmen spielte, nicht sehr animierend geklungen. Sie sollte nicht so streng sein, dachte sie, als sie die Mädchen an den Nachbartisch herantänzeln sah, nicht an Silvester, nicht in der Karibik, nicht an diesem Abend, der auf eine wenig aufregende Arbeitsreise folgte und ganz überraschend die Gesellschaft der Freunde gebracht hatte, die aus New York herübergekommen waren. Auch später würden die jungen Leute vom Nachbartisch zum Tanzen nicht zur Tanzfläche gehen, sondern einfach aufstehen, den Stuhl zurückschieben und anfangen zu tanzen, mit geschmeidigen Knien und Hüften und abwesendem Blick.

Kaum hatten sich die Männer gesetzt, begannen sie zu telefonieren. Jeder hatte offenbar in diesen letzten Stunden des Jahres noch wichtige Geschäfte zu erledigen, möglicherweise in anderen Zeitzonen, wo das neue Jahr bereits begonnen hatte oder das alte noch einige Stunden länger andauerte. Vielleicht aber auch nur im Hafen, wo die Boote anlegten, nachdem sie im offenen Meer die Pakete aufgelesen hatten, die von Flugzeugen aus Kolumbien hinunterfielen. Die Männer steckten sich dicke Zigarren ins Gesicht und pafften weiße Wölkchen in die klare Nacht. Würde die Band, die für später angekündigt war, sich trauen, einen Narco-Song zu spielen? Hatten die Männer am Nachbartisch vielleicht sogar einen eigenen?

Als das Feuerwerk losging, traten plötzlich die Leibwächter zahlreicher Gäste an den umliegenden Tischen aus dem Hintergrund, eine Hand ans Ohr, die andere an die Waffenholster gedrückt. Auch hinter den Männern am Nachbartisch standen plötzlich schwarz gekleidete Gestalten mit rasierten Köpfen und breiten Rücken. Vier Bodyguards für fünf Männer, was hatte das zu bedeuten?

Das Feuerwerk wäre der perfekte Augenblick für ein Attentat. Der Krach war groß genug, um eine Maschinengewehrsalve zu überdröhnen, sollte irgendjemand beschließen, in dieser letzten Nacht des Jahres noch eine alte Rechnung zu begleichen. Oder die Verhältnisse für das kommende in seinem Sinn geradezurücken. Aber es geschah nichts, außer dass die Kellner die Gelegenheit nutzten, neue Hummer aufs Büffet zu schaufeln.

Vielleicht, dachte sie, werden sich diese Menschen am Nachbartisch, die möglicherweise einen eigenen Narco-Song hatten, später an dieses Silvester als Höhepunkt ihrer Goldenen Zeit erinnern. Vielleicht genossen sie alles, was sie besaßen, und hofften darauf, in Zukunft noch mehr davon anzuhäufen. Vielleicht waren sie grausam und genossen das auch.

Sie hatte eine Familie gekannt, die so war. Gut angezogen, kalt und voller Schuld. Im Kreis dieser Familie hatte sie eine Hochzeit gefeiert. Sie war an den Katzentisch gesetzt worden, weil sie als Freundin einer der Söhne nicht als zugehörig zählte, was sie ebenso wenig vergaß wie den riesigen Hut mit Gazekrempe, den sie für die Gelegenheit bei einem Trödler gekauft hatte. Obwohl das Jahrzehnte her war, stand die Erinnerung plötzlich vor ihr, als sei es gerade eben erst gewesen.

Möglicherweise lag die beste Zeit der Menschen am Nachbartisch aber auch schon hinter ihnen, und sie telefonierten in dieser Nacht in tote Leitungen hinein, nur um die Fassade aufrechtzuerhalten, der Kinder wegen. Die bereits vollkommen verdorben schienen für irgendein anderes Leben als jenes, das sie an diesem Abend zur Schau stellten.

Sie bat den DJ, der weit nach Mitternacht die Band wieder abgelöst hatte, um Lieder von ihren Lieblingsalben. »Kind of Blue«. »Blue Train«. Der DJ grinste sie an und meinte, wie wäre es mit »Mackie Messer«, aber sie fand das nur milde amüsant und schüttelte den Kopf. Die Morgendämmerung lag bereits über dem Meer, und die Familie am Nachbartisch schien zum Aufbruch entschlossen. Doch als nach den ersten getupften Tönen von »So What« und dem Crescendo des Basslaufs endlich die Bläser loslegten, die Membrane in den Lautsprechern erzittern ließen und die letzten noch in den Blumenbouquets hängenden Melodiereste der Trash-Songs zuvor beiseite wischten, fingen die drallen Mädchen und ihre muskulösen Männer und Brüder den Beat in ihren butterweichen Gelenken auf und tanzten sich leise und versunken neben ihren Stühlen noch einmal in Trance wie in einem Nachtclub im New York der Sechziger. Die Väter ließen ihre Telefone in Ruhe und versuchten, erst zu dösen, rutschten dann aber zunehmend unruhig in ihren Stühlen hin und her, während die

Mütter an ihren Schals herumzupften, ein paar Krümel vom Tisch schnippten und Blicke in die Dunkelheit schossen, deren Ziel sie nicht erkannte. Die Leibwächter gingen endlich ans Büffet.

Sie war mit ihren Freunden neben den Lautsprechern auf der Tanzfläche geblieben und hatte die Augen offen gehalten, um nicht zu verpassen, wie die Trompetensoli zickzack durch die Tischreihen rasten und die Feiernden aufscheuchten, die gedacht hatten, nach all dem Champagner, den letzten Hummern, dem Feuerwerk sei der Abend vorbei und das neue Jahr, das überfressen, betrunken und verwöhnt begonnen hatte, werde schon so weitergehen. Claudio, dachte sie. Was machte er in dieser Nacht? Spielte er vielleicht gerade diesen Song? Sie schaute kurz hoch zu den Sternen, den Satelliten und sagte leise: »Hi there.«

Ihr Blick war im Dunkel hängen geblieben. Auch in diesem Jahr, dachte sie, war sie in den wesentlichen Fragen unschlüssig geblieben.

War auf irgendjemanden in der Familie vom Nachbartisch Verlass, die jetzt so friedlich aussah, während die Jungen tanzten und die Alten mit kaum schwindender Langmut warteten, bis sie genug hatten? Irgendwann einmal Verlass gewesen? Sicher waren sie katholisch. Sicher waren die Väter sentimental und die Mütter von bitterer Boshaftigkeit. Aber hier, vielleicht immer, wenn sie gemeinsam vor die Tür gingen, demonstrierten sie Familie. Einigkeit in gewissem Protz, Machtanspruch, hinter dem die Möglichkeit zur Brutalität lauerte. Wäre sie an ihren Tisch gegangen und hätte gesagt: »Wissen Sie, Sie sehen genauso aus wie alles, was mich an Familien abstößt«, hätten sie wahrscheinlich erst ungläubig aufgeblickt und dann zugeschlagen.

Möglicherweise war diese Familie ganz harmlos, dachte sie versuchsweise. Trotz der Leibwächter. Aber sie glaubte das nicht. Mindestens einer der Jungen, da war sie sich sicher, würde für all das hier büßen müssen. Einer würde irgendwann aufstehen und sagen, ich mache hier nicht mit. Würde die Anrufe wegdrücken, in denen Paketabwürfe aus Kolumbien gegenüber dieser Bucht bestätigt wurden, und niemanden in Bewegung setzen, um sie aus dem Meer zu fischen. Er würde in Kauf nehmen, sein Erbe zu verlieren, wenn nicht Schlimmeres. Wenn er Glück hatte und am Leben blieb, würde er irgendeinen unaufregenden Job finden und versuchen, anständig zu bleiben.

Einer aus der Familie, die sie vor langer Zeit einmal kannte, hatte es so gemacht. Sie glaubte, das musste so sein. Einer musste sich abwenden, ohne die anderen zu verraten, sonst wären alle Familien und die Welt überhaupt längst in Flammen aufgegangen.

Sie schaute sich die Männer einen nach dem anderen genau an. Alle waren müde nach der langen Nacht, berauscht. Wer von ihnen aussteigen würde, ließ sich in diesem Zustand unmöglich ahnen.

Vielleicht aber waren dies alles nur Hirngespinste, und es lag einzig an ihr, dass sie, wenn sie Familien beisammensitzen sah, schnell Verdacht schöpfte. An Unglück dachte, an Enttäuschungen. Manchmal auch an kriminelle Vereinigungen.

II

DER RAUM, IN DEM SIE auf einem einfachen Hocker sitzt, verschwindet fast in vollkommener Dunkelheit. Schemenhaft erkennt sie einen Tisch, einen zweiten Hocker, darüber eine Lampe, die vor und zurück und vor und zurück schwingt. Staubkörner werden in dem schwachen Lichtstreifen durchs Zimmer gewedelt. Ein Mann in Schwarz steht ihr gegenüber, ein anderer bei der Tür. Strichmännchen, lebensgroß und im Anzug, wie immer. Die haarlosen Köpfe platt wie eine Scheibe, mit aufgemalten Augen und einem Loch in der Mitte, aus dem sie sprechen. *Was!* Das *A* macht aus dem Loch ein schmales Ei. Sie artikulieren übertrieben und sprechen im Chor. Im pendelnden Licht erhascht sie an der Wand neben der Tür ein Gerät, kann aber nicht ausmachen, was es ist. Ein Lügendetektor vielleicht. Der Instrumentenkasten für später. Ein Plattenspieler? Die Situation ist klar. Aber wer verhört sie da, und warum?

Was machen Sie hier?
    – Arbeiten.
Wie alt ist Ihr Vater?
    – Tot.
Was wissen Sie von ihm?
    – Nicht viel.

Reden Sie sich nicht raus.
– Wir waren uns nicht sehr nah.
Wann denken Sie an ihn?
– Fast nie.
Geben Sie sich Mühe, Baby.
Baby?, denkt sie und sagt:
– Er sah gut aus.
Was rauchte er?
– Benson & Hedges.
Mochten Sie den Geruch?
– Nicht so sehr.
Ganz schön einsilbig, wie Sie das hier angehen.
– Er kannte Cicciolina nicht.
Sie sind verrückt. Alle Männer kennen Cicciolina!

Das Licht der Lampe streift wieder das Gerät vor der Wand. Jetzt sieht sie, wie dick der Staub darauf liegt, was sie beruhigt. Die Männer laufen aufgeregt hin und her, wobei ihre Beine immer länger werden und die Hosen kürzer. Sie stehen ohne Socken in den schmalen schwarzen Schuhen, die mit den Beinen wachsen. Die Scheiben mit dem Loch und den aufgemalten Augen drehen sich langsam auf den Hälsen, bis die Männer ihre lächerlichen Gesichter hinten tragen. Erst jetzt bemerkt sie, dass sie sich synchron bewegen, spiegelbildlich. Die Lampe schwingt vor und zurück. Die Staubkörner tanzen im funzelnden Licht. Es ist vollkommen still. Sie hat die Strichmännchen im Anzug aus den Augen verloren und erschrickt, als die beiden sich plötzlich von rechts und links hinten über sie beugen und heftig, jeder an seiner Seite, an ihren Armen ziehen. Die Löcher in ihren Köpfen beginnen wild zu blinken.

Lassen Sie mich gehen, ruft sie und zappelt mit den Beinen, *mein Vater hat nichts damit zu tun!*

Sie wachte auf. Verbeult. Riss das Fenster auf. Der Tag strahlte sie an, als wollte er sagen, Kopf hoch. Azurblau wölbte sich der Himmel sehr hoch über ihr. Wasserfarbenblau, dachte sie. Ein Vogelschwarm. Gegenüber stand ein Haus und blockierte die Sicht. Davor eine Reihe abgestorbener, fast kahler Platanen. Einige waren an ihren Stummelästen zusammengewachsen, sodass die Bäume aussahen, als hielten sie eine schäbige Girlande, von der die Papierblumen abgefallen waren.

Die Bettwäsche mit den zwei aufgerauten Streifen und das steife Leinenlaken, auf dem sie aufgewacht war, hatten sich vertraut angefühlt. Gegenüber dem Bett stand der Faltschrank aus durchsichtigem Kunststoff mit dem Reißverschluss vorn, den sie beim Einzug vor Jahren gekauft hatte, um ihre fast ausschließlich dunklen Hosen und Jacken und manchmal auch ein Kleid darin aufzuhängen, bis sie einen richtigen Schrank hätte. Auch das Haus auf der anderen Straßenseite mit dem verwitterten Schriftzug »Ledigenheim« über dem Eingangsportal kam ihr bekannt vor, wie bei genauer Betrachtung das Stück Himmel, aus dem der Vogelschwarm verschwunden war. Wie der Traum, mit dem sie in den letzten Jahren auch an anderen Orten schon gekämpft hatte.

Es war immer derselbe, nur dass die Männer manchmal Socken trugen, neonkariert. Je länger die Beine wuchsen und die Hosenbeine nicht, desto heller leuchteten diese Socken. Diesmal waren die Männer ohne Socken unterwegs gewesen, die Geschichte war schwarz-weiß. Warum, dachte sie wie so oft nach diesem Traum, träumte sie immer so lausige Dialoge? Warum erkannte sie nicht, wer diese beschissenen Fragen stellte? Sie hatte keine Ahnung, woher die Comicfiguren im Anzug mit der Gesichtsscheibe mit den aufgemalten Augen und dem Loch darunter kamen. Und warum fielen ihr immer nur dieselben blödsinnigen Antworten ein?

Sie war am Abend zuvor spät zurückgekommen, aus einer anderen Klimazone, anderer Bettwäsche, einer anderen Zeit. In der hing sie noch halb fest wie in einem verdrehten Mantelärmel und musste sich winden und strecken und wieder krümmen, um im Hier und Jetzt anzukommen. Im Hier und Jetzt! Sie hasste es, wenn sie solche abgedroschenen Sprachhülsen benutzte, selbst wenn sie allein war. Vor allem, wenn sie allein war. Der Traum hatte ihr gerade noch gefehlt.

Es war eine spärlich möblierte kleine Wohnung, in der sie sich bemühte anzukommen. Ein paar Stühle und ein großer Tisch standen da, ein Sessel mit hoher Lehne, in dem sie manchmal einschlief, wenn sie sich nicht entschließen konnte, ins Bett zu gehen. Sie war in dieses unauffällige Haus mit nur fünf Stockwerken gezogen, weil es in der Nähe des Flughafens lag, ein praktisches Quartier zwischen ihren Reisen. Ihre Nachbarn hatte sie noch nie gesehen oder gehört, was sie vermuten ließ, sie lebten so wie sie, vorübergehend hier oder dort. Ihr gefiel der Gedanke. So fühlte sie sich nicht allein, blieb aber unbehelligt.

Auf ihren Reisen sammelte sie Material für die Geschichten, mit denen sie ihr Geld verdiente. Manchmal allerdings behielt sie die interessantesten Details für sich und schummelte beim Schreiben ein wenig, damit sie mit den Zeitschriften, für die sie unterwegs war, keine Schwierigkeiten bekam. Die Magazine, die ihre Sachen druckten, lagen solide in der Mitte des Marktes und trauten ihrer Leserschaft nur mittlere Vorstellungskräfte zu, wenn sie über Orte lasen, an denen sie möglicherweise einmal einen Urlaub verbringen, einen Betrieb gründen, ein Ferienhaus kaufen oder eine Zweigstelle ihrer heimischen Firma eröffnen wollten, was für viele Leser dieser Blätter alles dasselbe war, steuerlich betrachtet. Deshalb musste aus den Geschichten gestrichen werden, was etwas am Rand lag.

Lustigerweise lagen die Dinge, die in diesen Hochglanzheften als unsagbar galten, tatsächlich meistens abseits, in Ecken, in die nicht immer Licht fiel und die selten gefegt wurden. Am Rand wie die zahllosen toten Äffchen im Graben neben einer Tempelstraße in Kambodscha. Wie die hellblau auf den Wellen des Indischen Ozeans tanzenden Plastiktüten, die irgendwann zerfetzt an einem Korallenriff vor der Küste Sri Lankas hängen blieben. Wie die Mädchen im Schatten neben der Promenade von Havanna, die eigentlich noch Kinder und für fast gar kein Geld zu haben waren. Die Jungen auch.

Wenn ihr solche Sachen beim Schreiben durchrutschten, strich sie sie im zweiten Durchgang. Sie kam sich bei der Bearbeitung ihrer Texte wie Charlie Chaplin beim Kofferpacken vor. Mit einer großen Schere in der Hand, um den Inhalt passend zu machen und rechts ein unter dem Deckel heraushängendes Hosenbein, links ein eingeklemmtes Stück Pulloverschulter abzuschneiden, damit das Ganze am Ende ordentlich aussah und der Koffer zuging.

Sie glaubte nicht daran, das Leben schriebe die besten Geschichten. Wie sollte das gehen? Das Leben war das Leben. Die Geschichten machten andere daraus. Ließen weg, was störte, oder dachten sich aus, was fehlte. Sie hatte gar nichts dagegen. Sie machte es auch so. Aber sie bestand darauf, zu unterscheiden, worum es ging. Das Leben passierte von selbst.

Sie hatte neben den Reisereportagen, die sie stutzte, durch die Mangel jagte und polierte, damit sie in den Luxusmagazinen bestens aussahen und glänzend zu bebildern waren, eine kleine Sammlung von Outtakes, von gelöschtem Material, nicht verwendeten Szenen, die ihr zu schade für den Papierkorb schienen. Sie lagen ungeordnet, aber nicht unerreichbar herum, in Notizbüchern, auf externen Festplatten, in Mails, die sie an sich selbst geschickt hatte, auf Zetteln unterschiedlicher Größe und Farbe. Trotz dieser Unordnung war sie überzeugt, irgendwann würde daraus wiederum eine Geschichte werden, die dann vielleicht so aussah wie ein Kleidungsstück, das jemand aus all den abgeschnittenen Hosenbeinen und gekappten Pulloverschultern zusammenflicken würde, die bei Charlys Kofferpacken abfielen. Wenn sie erst einmal loslegte, würde sie aus ihren Outtakes ein neues Bild der Welt zusammensetzen, eines, das vollständiger war als die Version, die sie den Magazinen andrehte.

Ihre Silvester-Reportage hatte sie teuer verkauft, und so brauchte sie ein paar Wochen lang nicht ans Geldverdienen zu denken. Wen kümmerte es da, ob sie selbst die Geschichte für todlangweilig hielt? Karibikthemen standen immer wieder einmal an, diesmal war eben die Dominikanische Republik dran gewesen. Sie hatte nichts von den komplizierten sozialen Verhältnissen in den luxuriösen Eigenheimanlagen der Amerikaner, nichts von den erbärmlichen Zuständen an der Grenze zu Haiti, sondern eine belanglose Sache vom Reiten über Kaffeeplantagen geschrieben und auf die Schilder in nicht gar zu wilder Natur hingewiesen, die anzeigten, es gab noch Land zu kaufen dort. Ein Fotograf war ebenfalls in der Gegend unterwegs gewesen und hatte schlanke Pferde mit schlanken Menschen auf dem Rücken durch die gepflegte Wildnis galoppieren lassen, sodass der Artikel am Ende besser aussah als jeder Tag, den sie dort verbracht hatte. Außer Silvester.

Die Familie vom Nachbartisch in jener Nacht war ihr nicht aus dem Kopf gegangen. Sie hatte in den folgenden Tagen überlegt, wie sie an harte Informationen herankäme, hatte ein paar Gespräche geführt und war sogar bei der Polizei gewesen. Der Beamte am Empfang in adrett gebügelter Uniform und auch sonst sehr akkurat hatte gefragt: »Wollen Sie Anzeige erstatten?« Als sie heftig abwinkte, hob er nur den Arm und zeigte, ohne aufzublicken, in Richtung Ausgang. Und das war das.

Es stellte sich schnell als ganz unwahrscheinlich heraus, etwas über die Silvester-Familie herauszufinden, das sich verifizieren ließ. Und wahrscheinlich war das Interessanteste noch gar nicht passiert – dass sich einer der Söhne oder Schwiegersöhne abwendete, wie es in der Familie mit dem Katzentisch bei der Hochzeit vor langer Zeit geschehen war, und irgendwo Unterschlupf fand, wohin die Macht der Onkel und Väter nicht reichte und wo niemand den Männern einen Narco-Song schrieb. Das einzige Ergebnis ihrer Recherche bisher waren zwei Blogs, die sich mit Drogenkriminalität in der Gegend beschäftigten. Sie abonnierte beide und nahm sich vor, auf dem Laufenden zu bleiben.

Auftragsgemäß hatte sie die Geschichte eines Zuckerrohrbarons aufgezeichnet, der die seit Langem vor sich hin rottende Fabrik seines Vaters nach dessen Tod entgegen aller Wahrscheinlichkeit wieder zum Laufen gebracht hatte. Der Kontakt hatte einigen Vorlauf gehabt, sie war gut vorbereitet, aber sie wäre nicht verblüfft gewesen, hätte sich die ganze Sache als billige Inszenierung herausgestellt.

Wenn sie inszeniert war, billig war es nicht. Der Zuckerbaron hatte sie am Neujahrstag stolz in seiner Anlage herumgeführt, als niemand da war und die Fabrik blitzblank geputzt den ersten Arbeitstag des neuen Jahres erwartete.

Er hatte sie aufschneiderisch immer weiter plappernd in einen dunklen Zwölfzylinder-Mercedes komplimentiert und zu seinem privaten Hubschrauberlandeplatz gefahren, um mit ihr zu einer Stippvisite nach Havanna aufzubrechen, wo sie mit seiner bildschönen Tochter Mojitos tranken und dann wieder zurückflogen. Die schöne Tochter mit einem Master in Business Administration, so erzählte er, verkehrte in New York in den besten Kreisen, die er nicht weiter beschrieb. »Seifenoper« hatte sie damals in ihr Notizbuch geschrieben.

Als sie jetzt an diesen ersten Januar zurückdachte, musste sie gähnen. Erfolgsgeschichten ödeten sie an. Sie fand, die lohnendere Aufgabe war, zu erzählen, warum etwas schiefging. Bisher hatte sie aber keinen Redakteur gefunden, der das auch so sah.

Sie warf noch einen Blick in den Himmel über dem Ledigenheim und schloss das Fenster. Blau, dachte sie. Das Azurblau im Wasserfarbenkasten war ihre Lieblingsfarbe gewesen, immer die erste, in der sie als Kind den Pinsel herumdrehte, bis er sich ganz vollgesaugt hatte. Kaum hatte sie angefangen zu malen, schwappten die Farbfächer über, weil sie zu viel Wasser benutzte. Langsam wurde das Azur ganz flüssig und lief aus und bildete kleine Tropfenseen aus unterschiedlichen Blaus zwischen den anderen Farben. Genau so sah der Himmel aus an jenem Tag, der mit dem schlechten Traum von dem Verhör begann, auf das sie sich immer noch keinen Reim machen konnte, obwohl der Traum sie seit ein paar Jahren regelmäßig kurz aus der Bahn warf. Ungleichmäßig war der Himmel, dennoch strahlend, nur hatte er keinen Rand, über den er hinauslief.

Blau war überall, wo es für sie ernst wurde. Die blauen Nächte in New York, die im Juni etwa zur Zeit der Sonnenwende anbrechen und einen Hauch von Sommer in sich tragen, aber noch keine Hitze, nur das Licht, das einfach zwischen den Häusern stehen bleibt. Blue Nights, so hieß auch ein Buch von Joan Didion, das ihr wichtig war, weil es davon erzählte, wie Gegenstände, Fotografien, Briefe einem vor allem das ins Gedächtnis rufen, was man nicht brauchen kann. Weil all dies zu einem Leben gehörte, das vorbei war, unwiederbringlich, und die Erinnerung nichts anderes sagt als dies. Vorbei.

Ihr ging das nicht so, dachte sie. Vielleicht liebte sie das Buch gerade deshalb, weil es diesen Widerstand in ihr wachrief, jedes Mal, wenn sie von Unwiederbringlichem las. Sie war da noch nicht. Sie dachte an Vergangenes immer noch so, als ließe es sich vielleicht ändern. Als wäre ein alter Schmerz umzulenken, wenn sie die Geschichte dazu etwas stärkte oder bügelte oder wenn ihr noch etwas einfallen würde, an das sie bisher nicht gedacht hatte, und das Ganze bekäme eine stabilere Mitte, einen freundlicheren Schluss.

Niemand kam jemals über irgendetwas hinweg, davon war sie überzeugt, nicht einmal Joan Didion. Die Seele war ein Schwamm, aus dem nie wieder etwas heraustropfte. Das schien ihr unumstößlich. Verletzungen blieben. Die Leere, die ihr Vater in ihr hinterlassen hatte. Irgendwann war es ihr gelungen, an den Rand dieser Leere zu gelangen, und etwas anderes war ins Zentrum getreten. Vorübergehend. Eine Serie von Vorübergehendem. Immerhin.

Obwohl sie einen Bogen um Situationen machte, die sie an etwas erinnerten, über das sie nicht hinwegkam, glaubte sie ebenfalls meistens, bei der richtigen Sicht auf die Dinge könne auch Vergangenes möglicherweise zu etwas führen, das sich noch nicht abzeichnete. Als sei das Potenzial dessen, was längst vorbei war, eventuell noch nicht ganz ausgeschöpft, und man könnte in der Erinnerung zurückgehen und noch etwas aus ihr herausholen, das man bisher übersehen hatte. Sie stellte sich das, was gerade gegenwärtig war, als Provisorium vor, als ein zugiges Pfahlhaus, auf den wackeligen Stelzen des Gewesenen gebaut, die aber nicht für immer so stehen bleiben mussten wie gerade jetzt. Die Gegenwart war nur eine Zwischenstation, weil auch die Vergangenheit noch die Möglichkeit der Veränderung in sich trug. Die Pfähle sich stabilisieren und auch versetzen ließen, damit das Haus nicht mehr im Wasser stand, sondern am Waldrand oder hinter den Dünen.

So ungefähr hatte sie sich in den Zeiten eingerichtet. Die Übergänge fließend gehalten. Provisorisch in jeder Hinsicht. Zwischenstation war jedenfalls das richtige Stichwort. Niemand musste immer wieder dahin zurückgehen, wo es wehtat, davon war sie überzeugt, und sie hatte ihre Schritte entsprechend umgeleitet. Vor langer Zeit nach New York zum Beispiel, wo es nichts gab, das mit dem, was damals für sie bereits vergangen war und über das sie nicht hinwegkam, etwas zu tun hatte. New York war eine Stadt ohne Erinnerungen für sie gewesen.

Irgendwann, lange her, hatte sie eine kleine Wohnung dort gekauft, die sie inzwischen fast das ganze Jahr über vermietete. Es war ein einfaches Shotgun-Apartment in damals miserabler Gegend, ein Fenster auf einer Seite, ein anderes auf der anderen und dazwischen ein lang gestreckter Raum, in dem sie mit einem Bücherregal eine Schlafecke abgetrennt hatte. Shotgun, weil man einen Schuss ohne Hindernis von einer zur anderen Seite jagen könnte. Obwohl sie mit Waffen nichts zu tun hatte, mochte sie, dass ihre Wohnung so hieß, und so bot sie sie auch an: »Shotgun-Apartment zu vermieten. Spärlich möbliert. Blick zum Hof mit einem Stück Himmel darüber. Sommer, Herbst und Winter.«

In den Wochen um die Sonnenwende im Juni lebte sie selbst dort. Nur für das Blau, für die hellen Nächte. Für die Leere im Kopf. Sie lief. Nicht besonders schnell, aber lange Strecken. Sie trabte durch die Straßen, die nicht richtig dunkel wurden, von West nach Ost und ganz in den Süden und manchmal bis nach Harlem hoch, und dachte nur eins: blau. Wie der Himmel über dem Fluss. Wie die Manhattan Bridge. Blau, wie The Blue Note, der New Yorker Club, in dem sie viele Stunden, Abende, frühe Morgen verbracht hatte, zum Trost, aus Übermut oder Glückseligkeit; der Club, in dem sie Claudio traf, wenn sie beide in der Stadt waren, und gleichzeitig der Name für einen Ton, der so viel versprach wie die Nächte in derselben Farbe. Ein Ton, der genauso flüchtig war, genauso geheimnisvoll, vielleicht eine Illusion. Blues. Melodien aus anderen Tönen, nahe am Blauen dran, von denen sie wünschte, sie könnte sie summen, spielen, singen. Der Vogel, der ihr verlässlich im Central Park zuzwitscherte, als hätte er nur darauf gewartet, sie zu begrüßen, wenn sie wieder in der Stadt war. Vor einer Woche noch war er in der gemauerten Nische vor ihrem Fenster zum Hof herumstolziert, auf der die großen Boxen der Klimaanlagen ihres Hauses standen. Die Nische war vom Kondenswasser feucht gewesen, und sie und auch der Vogel, glaubte sie, hatten gedacht, es hätte nachts geregnet. Bluebird. Und immer wieder der Himmel, so wie jetzt.

Claudio hatte nicht gewusst, dass sie in der Stadt war, und es war Zufall gewesen, dass sie die Ankündigung zu seinem Konzert entdeckt und noch eine Karte ergattert hatte. Sie saß in der zweiten Reihe. Er erkannte sie sofort, und es kam ihr so vor, als jubelte er kurz in die Trompete, während er ein paar gleitende Tanzschritte machte, was zum Lied passte, sie aber als Begrüßung nahm. Zwischen ihnen war eine Zärtlichkeit geblieben, die sich um sie legte, als er ernsthaft zu spielen anfing, gerade so, als säße sie da ganz allein. Sie weinte im Dunkeln ein bisschen, nicht aus Trauer, sondern weil sie sich vollkommen entspannen konnte, wenn er bei ihr war. Später liefen sie Arm in Arm durch die Stadt, und er erzählte von seinen Söhnen, von seiner Scheidung, seinem Kummer mit der Familie. Sie waren immer noch gut zusammen. Wenn auch kein Paar mit Zukunft mehr. Aber sie spürten noch diese große Freude aneinander. Daran, wie sie gemeinsam gewesen waren, solange es dieses Gemeinsam gab.

Während sie ein Paar waren, damals, hatten sie sich beide verändert. Claudio war ein Stück von seiner Familie abgerückt, die ihm die Sicht verstellte. Sie hatte den Vater hinter sich gelassen. Familie war das Letzte gewesen, wonach ihr der Sinn stand. Sie irrte sich, als sie glaubte, Claudio sähe das auch so. Sie und Claudio, sie hätten gemeinsam etwas finden können, für das es noch keinen Namen gab. Sie hatten es nicht geschafft. Aber bis dahin hatten sie das Beste aus dem anderen herausgeholt. Weil sie das wussten, liebten sie sich immer noch. Auch wenn sie keine Pläne mehr miteinander machten.

Aus New York war sie am Abend zuvor zurückgekommen. In der kleinen Wohnung fast ohne Möbel in der Nähe des großen Flughafens, einer weiteren Zwischenstation, mit eigener Bettwäsche allerdings und dem Blick aufs Ledigenheim, war sie ins Bett gefallen und am Morgen aus ihrem Traum erwacht, der immer noch im Raum hing, absurd und rätselhaft und altbekannt, wie er war.

Todmüde und lustlos, den Tag zu beginnen, starrte sie in den Himmel, aus dem die Vögel verschwunden waren. Sie hockte sich auf den Boden und öffnete den Koffer, den sie am Abend zuvor neben dem Bett hatte stehen lassen, und nahm eine Bluse, eine Hose und ein Jackett heraus, bevor sie sich noch einmal für ein paar Minuten ins Bett fallen ließ. Laufen täte ihr jetzt gut, dachte sie. Aber sie hatte eine Verabredung. Auf dem Friedhof. Die Nachricht hatte sie noch in New York erreicht, und sie hatte gewusst, nach einer kurzen Nacht in Deutschland wäre eine Beerdigung ihr erstes Ziel.

Sie trugen einen Mann zu Grabe, mit dem sie nichts verbunden hatte. Sie war gekommen, um einer Freundin beizustehen, die diesen Mann, der ihr Vater war, heftig beweinte. Die meisten Trauergäste kannte sie nicht.

Sie hatte die schwarze Hose aus dem Koffer angezogen, Strümpfe auch und einen dünnen dunklen Mantel umgehängt, zu viel Stoff für den ungewöhnlich warmen Frühsommertag. Die Mitteilung, der Tote hätte darum gebeten, farbig gekleidet zu kommen, war nicht bei ihr angekommen, und sie hätte sich seinem Wunsch vermutlich auch nicht gebeugt. Dafür kannte sie ihn nicht gut genug. Ihr war es lieber so. Wenn sie schon nicht trauerte, zeigte Schwarz zumindest Respekt an diesem besonderen Tag, vor dem Toten und denen, die seinen Tod in ihren bunten Hemden und fröhlichen Kleidern beklagten.

Während in der Trauerhalle Reden gehalten und Lieder gesungen, Geschichten erzählt und Gitarren gezupft wurden, wanderte sie in Gedanken über andere Friedhöfe. Friedhöfe aus Filmen, über die Autos rollten, schwarze Limousinen, aus denen Männer mit Sonnenbrillen stiegen und Frauen unter Schleiern und mit blickdichten Strümpfen in hochhackigen Schuhen, deren Absätze auf dem Weg vom Auto zum Grab ins Gras sanken. Auch da befanden sich unter den Trauernden Menschen, die aus anderen Gründen gekommen waren. Sie dachte an den Friedhof in Queens, den der Highway vom Flughafen nach Manhattan durchschneidet und der vom Taxi aus immer staubig aussieht, und an den Waldfriedhof in Maine, durch den die Main Street führt. An die Urne, in der eine Freundin die Asche ihres Mannes im Kleiderschrank aufbewahrte und die sie mit dem Etikett »John« versehen hatte, für den Fall, dass jemand anderem als ihr die Dose in die Hände fiel. An die weiß geschmückten Hütten der Buddhisten in Asien, die anzeigen, dies ist ein Trauerhaus, und an die Tuk-Tuks, die ihre Geschwindigkeit drosseln und aufhören zu hupen, wenn sie an ihnen vorbeifahren. Sie dachte an die antiken Grabstelen, die sie oft in Museen gesehen hatte, auf denen die Toten sitzend abgebildet sind, während die Trauernden neben ihnen stehen und auf sie hinabblicken. Als würden sie jeden Augenblick fortgehen und die Toten einfach sitzen lassen. Das verwirrte sie jedes Mal, denn es hieß doch, die Toten gingen und ließen uns Lebende zurück. Ihre Gedanken glitten weiter zu den orangefarbenen Tulpen, mit denen sie den Sarg ihrer Mutter bedeckt hatte. Zu dem Händel-Stück, das eine kleine Streichercombo neben den Tulpen in der Kapelle gespielt hatte. Zu dem kleinen Hut, den eine elegante Besucherin zum traurigen Anlass aufgesetzt hatte.

Ein Paar mit Masken führte jetzt vor dem Sarg des Vaters ihrer Freundin einen Sketch auf, den sie nicht verstand, der aber viel Anklang bei den Trauernden fand. Das schloss sie aus dem Tuscheln und leisen Gelächter, das von hinten über die Seiten nach vorn über das kalte Gemäuer der Trauerhalle zum Sarg und den Maskenspielern hüpfte. Die Masken hatten sich einander zugeneigt und wieder voneinander abgewendet, waren in drehenden Bewegungen in unterschiedliche Richtungen gelaufen, als hätten sie vergessen, wohin sie eigentlich wollten, hatten sich dann aber doch wieder gefunden und eine Weile nebeneinandergestanden, während sie ihre Arme von innen nach außen drehten. Später begann der Gitarrenspieler wieder und spielte etwas Südliches, während die Masken abgingen und das leise Gelächter mit sich nahmen.

Sie fragte sich, ob es eine Verbindung zwischen dem Lied und dem Toten gab. Oder den Hinterbliebenen. Sie war sich nicht sicher, wie viele Witwen um sie herum saßen. Der Vater ihrer Freundin war, das wusste sie aus Erzählungen, ein Frauenheld gewesen, wie er sich selbst gern nannte, wegen des Helden, der er auf anderem Wege nicht geworden war, was ihn offenbar schmerzte, und auch wegen der Frauen. Sie kannte aber keine von ihnen.

Das Lied tröpfelte aus. Ein paar gezupfte Töne. Noch eine Rede.

Sie nickte ein. Trieb zurück in ihrem Tag bis zu der Stelle, an der sie im Traum einer der Männer »Baby« genannt und sie gezappelt und gerufen hatte, *mein Vater hat nichts damit zu tun!* Sie schreckte hoch und schaute sich um. Hatte sie tatsächlich gerufen? Doch niemand nahm von ihr Notiz.

Dafür war ihr Vater plötzlich da, in einer Präsenz, die sie alarmierte. Bei keiner der Ansprachen und Gespräche über tote Väter an diesem Morgen war ihr der eigene in den Sinn gekommen. Nicht einmal seine Beerdigung, hier, auf demselben Friedhof, mit der Trauerfeier im selben Raum, in dem sie gerade saß und über fremden Familienerinnerungen einnickte, die keine Schneise zu ihren eigenen schlugen. Ein Maskenspiel hatte es damals nicht gegeben, da war sie sich sicher, und auch nur eine Witwe. Aber sie erinnerte sich nicht an die Blumen auf seinem Sarg. An nichts, was gesagt und ob musiziert wurde. An kaum einen, der dabei gewesen war.

Wenigstens fiel ihr wieder ein, dass auch sie einen Vater gehabt hatte. Dass er gestorben war. Dass sie ihn begraben hatte, wie ihre Freundin gerade ihren. Der Traum, der ihr so vertraut war, hatte das nie mit ihr gemacht. Dass sie über ihren Vater nachdachte.

Jetzt spürte sie plötzlich wieder dieselbe Anspannung wie damals, als sein Sarg neben der Kanzel abgesenkt wurde und auf einmal nicht mehr da war und sie beinahe nach vorn gelaufen wäre, um zu schauen, ob er heruntergefallen war. Ihr Bruder hatte sie gerade noch zurückhalten können. Sie hatte rufen wollen: Was fällt Ihnen ein, den Sarg mit meinem Vater verschwinden zu lassen! Dabei hatte sie gar keine Pläne mit seinem Sarg gehabt, sondern nur das Gefühl, sie sollte sich kümmern. Sie wusste ja, er kam ins Krematorium.

Sie war Anfang dreißig, als er starb. Von all den Ungeheuerlichkeiten, die sie in seinem Leben vermutete, hatte sie kaum etwas miterlebt, und fast nichts war ihr erzählt worden. Er starb in einer Nacht, in der sie in derselben Stadt lebte, aber nicht an seinem Bett saß. In den Jahren zuvor war sein Zittern immer heftiger und er immer trauriger geworden, so war es ihr vorgekommen. Ein paarmal hatten sie sich noch gesehen. Einmal fast vertraut. Er hatte gesprochen, sie hatte zugehört, eine oder zwei Stunden lang. Das war alles gewesen.

Die größten Ungeheuerlichkeiten ihres Lebens, fürchtete sie damals, lagen noch vor ihr, und es hätte nichts genutzt, wenn er dabei gewesen wäre. Sie hatten einander nicht gekannt, nicht gewusst, wer die andere Person war, obwohl sie dreizehn Jahre zusammengelebt hatten. Nur einmal hatte er sich ihr kurz zugewandt, da war er fast schon tot. Und sie hatte früh aufgehört, ihn zu rufen.

Ihr Vater und sie, sie hatten einander verpasst, so einfach war das.

Die Erinnerungen an ihn, gezündet über Umwege über Friedhöfe und andere Tote, ein kurzes Wegnicken und ein gezupftes Lied, irgendetwas Südliches, waren ihr nicht willkommen, das stand fest. Denn sie fürchtete, es kamen mehr davon. Immer gespeist aus einem überschaubaren Reservoir, einer Handvoll mickriger Situationen, mehr nicht. Fast alle hatten auf die eine oder andere Weise Wunden geschlagen. Sie war schon lange nicht mehr der Meinung, daraus müsse sich eine Erzählung von Vater und Tochter formen lassen, mit einem anständigen Anfang, einer Mitte, vielleicht einem Höhepunkt, von dem aus alles auf ein glaubwürdiges Ende zuliefe. Eine Art Summe des Ganzen. Eine umfassende Versöhnung. Früher hatte sie für eine Weile versucht, die Fragmente zusammenzufügen. Verknüpfungen herzustellen. Eine runde Sache daraus zu machen. Aber längst nicht mehr.

Und doch. Wenn sie an ihn dachte, so selten, wie das passierte, spielte die Zeit keine Rolle. Eine Art beständige Gegenwart setzte ein, in der noch einmal alles möglich schien. Eine Verbindung über die Tatsache seines Todes hinaus. Eine Erfahrung, die ihnen gemeinsam wäre.

Jeder behält von den Toten etwas zurück, dachte sie, während ihr Blick über die schmucklosen Wände der Kapelle glitt. So sollte es sein, wenn es gut ging. Etwas, das Teil von einem wurde. Vielleicht war das der Sinn hinter dem Maskenspiel am Sarg des Vaters ihrer Freundin gewesen, dem Lied. Sie dachte an ihren alten Bekannten Bob aus Montana, der ihr erzählt hatte, er höre sich selbst plötzlich häufiger anmerken, wenn ihm etwas unglaublich schien: »Better luck than management!« Das hatte seine Mutter immer gesagt, wenn ihm etwas geglückt war. Als er im College als

Bester abschnitt. Seine erste Stelle an einer Provinzuni bekam. Eine Festanstellung mit Pensionsanspruch schließlich an einem Ivy League College an der amerikanischen Westküste. Mehr Glück als Verstand! Er fand das gar nicht komisch, solange seine Mutter noch lebte, die irgendwann starb, während er in Ottawa einen Vortrag hielt, in dem er seinen japanischen Zuhören von verschiedenen Höflichkeitsformen im Finnischen erzählte, die darüber entschieden, ob einer dazugehörte zu denen, die da sprachen, oder nicht. Bob war Linguist.

Mehr Glück als Verstand! Seit jenem Tag, an dem seine Mutter weit weg von ihm gestorben war, sagte er das plötzlich. Über sich selbst. Über seine Studenten. Zu ihr. Am Anfang fügte er noch hinzu, »wie meine Mutter zu sagen pflegte« oder »um mit meiner Mutter zu sprechen«, aber bald ließ er diesen Zusatz weg.

Wie pflegte ihr Vater zu sagen? Mehr Glück als Verstand? Könnte sein, dass er das öfter mal sagte. Zu ihr, der er nicht viel zutraute. *Not too bad, all things considered.* Das sagte er manchmal, wenn er sehr gut gelaunt war. Aber nicht zu ihr. Vielleicht sagte er da eher: Man kann nicht alles haben.

Sie hatte diesen Spruch an den unwahrscheinlichsten Orten der Welt gehört und immer rufen wollen: Warum eigentlich nicht! Möglicherweise hatte ihr Vater das gesagt, um ihre Erwartungen an ihn und ans Leben insgesamt gering zu halten. Aber sie wusste es nicht mehr genau. Wenn sie sich allerdings große Mühe gab, fielen ihr immer wieder Situationen ein, in denen irgendwer diesen blödsinnigen Spruch angebracht hatte, und wie dann durch ihren Kopf ein kurzer Erinnerungsblitz gezuckt war, in dem sie den Vater erkannte. Sie kramte nach anderen Redensarten und fand keine, suchte nach Wörtern, die er gern benutzte, und fand drei: Kokolores. Marschmarsch. Kasino. Außerdem fiel ihr der flaschengrüne Opel Kapitän ein, den er eine Weile fuhr und der jedes Mal, wenn sie auf dem Weg in den Urlaub waren, auf halber Strecke mit einem Vergaserschaden liegen blieb.

Immerhin, dachte sie. Sagte das noch jemand? Kokolores für Unsinn? Kasino, wenn Kantine gemeint war? Marschmarsch, wenn es schnell gehen sollte?

Seine Augen waren wässrig grün gewesen, und Grün blieb seine Lieblingsfarbe. Wie junges Birkengrün, dachte sie, während ein unbehagliches Gefühl in ihr hochstieg. Das Gefühl, sie würde ihn nicht los. Und schon sah sie sich wieder als dickes Kind in dem Gartenlokal nahe dem Haus ihrer Kindheit, in dem es die besten jungen Kartoffeln gab, und beobachtete, wie sie in der ersten Frühlingswärme draußen unter Bäumen sitzend einen ganzen Berg der weichen gelben Knollen in flüssiger Butter zerdrückte, Salz darüber streute und ohne alles weitere so langsam aß, als habe jemand das Leben gerade auf Zeitlupe gestellt. »Noch ein Eis?«, hatte ihr Vater gefragt, als sie fertig war, und sie hörte den Sarkasmus nicht, sah den missbilligenden Blick nicht, mit dem er ihre Pausbacken streifte, und rief deshalb begeistert: »Ja, ja, ja!« Als das Eis kam, drei Bällchen ohne Sahne, Schokolade, Erdbeere und Zitrone, wie sie es liebte, da sagte er: »Du solltest aufpassen, dass du nicht noch dicker wirst.« Sie war kaum zehn und beschloss, das Essen ab sofort möglichst bleiben zu lassen.

Puh, dachte sie. Sie hasste alles, was mit dieser Erinnerung zusammenhing. Das Gefühl, dick zu sein, das sie in dem Augenblick, in dem ihr Vater es sagte, zum ersten Mal spürte und nie wieder loswurde. Seinen eisigen Blick, der an ihrer Gesichtshaut haften blieb wie ein Stück kaltes Metall. Heute fragte sie sich, ob er diesen Blick immer im Repertoire gehabt hatte. Oder wann und für welche Gelegenheit er ihn sich zulegte. Niemand schaut so von Anfang an. An jenem Mittag im Gartenlokal, als sie zehn war, waren seine Augen nicht mehr grün gewesen, eher grau, wie die See kurz vor einem Sturm. Irgendwann hatten sie sich verändert und blieben einfach so. Das Grün verschwand für immer. Seit damals bekam sie Herzklopfen und feuchte Handflächen, wenn sie im Fenster eines muffigen Cafés das Schild mit dem Bild eines silbernen Eisschälchens auf einem runden Fuß mit drei Kugeln und einer Waffel daneben sah. Mannomann, dachte sie, inzwischen mehr als vierzig Jahre später und immer noch für diese Gefühle nicht gerüstet. Außerdem nervten sie Sentimentalitäten solcher Art erheblich.

Sie schaute sich um. Die anderen schienen nun auch langsam von Maskenspiel, Gitarrenliedern, Reden und Anekdoten über den Toten müde geworden zu sein. Und gerade als sie dachte, jetzt ist es genug, erhob sich die Trauergemeinde, um den Sarg, der den Vater ihrer Freundin barg, zum Grab zu geleiten.

Es war nicht viel, was sie mit Sicherheit von ihrem Vater wusste. Seine Lebensdaten, die grünen Augen, Haarfarbe, Beruf. Dass er einmal in der Woche zum Friseur und zur Maniküre ging. Dass er seine Hemden schneidern ließ, seine Anzüge meistens auch. Dass er einen Hut aufsetzte, wenn er nach draußen ging. Dass er versuchte, ein Familienmensch zu sein, und dass er, als es ihm nicht auf Anhieb glückte, aufgab wie nach einem langen Kampf. Dass er zu viel trank, Martinis, Whiskey, und zu viel rauchte. Triviales Zeugs, genau betrachtet. Außer diesem: dass er aus einer im Inneren zerfetzten Familie kam, in der niemand außer ihm sich jemals scheiden ließ. Dass er ein paar Menschen geliebt hatte. Seine Mutter, das vermutete sie zumindest. Ihre Mutter, jedenfalls für eine Weile. Andreas, seinen

Sohn, ihren Bruder, ganz besonders. Und möglicherweise seinen älteren Bruder Karl, den er im Krieg aus den Augen verloren hatte und den er nicht mehr suchen konnte, weil er zu alt war, als er spürte, er wollte sich versöhnen.

Sie schloss sich, als der Sarg mit dem Vater ihrer Freundin an ihr vorbeizog, als eine der Letzten an, warf als eine der Letzten ein wenig Erde in die Grube, in die der Sarg hinabgesenkt wurde, und verabschiedete sich leise. Sie blieb abseits unter einem Baum stehen, der mehreren inzwischen aufgelassenen Gräbern einmal Schatten gespendet hatte, hörte den Vögeln zu und beobachtete die Trauergäste, die sich noch ein wenig die Beine vertraten und sich gedämpft unterhielten und einander in die Arme nahmen.

Gab es einen Trick, dachte sie, über den Graben zwischen Leben und Tod hinweg mit den Toten im Gespräch zu bleiben? Sie brauchten unseren Trost nicht mehr, aber wir vielleicht ihren. Half es, an etwas zu glauben, das jenseits dieser Welt lag? Sie konnte es sich nicht vorstellen. Selbst wenn sie in der Kunst danach gesucht hatte, hatte sie immer nur entdeckt, was sie aus dieser Welt wiedererkannte und was Teil von ihr war. Trauernde neben Toten. Trauernde ohne Tote. Tote ohne Trauernde. Licht, Engel, Teufel auch, aber nichts, was eine andere Welt vermuten ließe.

Sie hatte auch mit der hiesigen genug zu tun. Vor allem jetzt, da ihr der Vater wieder in die Quere kam. Ein Toter! Ein Phantom für sie, auch meistens, solange er noch lebte. Wenn sie jetzt an ihn dachte, verschwammen seine Züge aus jenen Jahren, die sie gemeinsam verbracht hatten. Aber sie erinnerte sich an sein dichtes Haar, das er zurückkämmte und mit Brillantine an den Kopf klebte, und dass es silbern glänzte, als er kaum vierzig war, was ihren Vater zu einer noch auffallenderen Erscheinung machte. Als das Haar vor seinem fünfzigsten Geburtstag schon schneeweiß wurde, staunten Andreas und sie, wie jung er trotzdem auf sie wirkte.

Vor allem aber erinnerte sie sich an seine Bewegungen. Daran, wie er sich im Sessel vorbeugte, die Unterarme auf den Knien, und ein Lächeln in die Runde warf, dem niemand widerstehen konnte. Und ganz klar vor Augen stand ihr der panische Blick, den er manchmal ins Leere schickte. Es war ein Blick, in dem ein Flehen lag: Hoffentlich erkennt mich keiner! So schaute ihr Vater manchmal, wenn sonntags Besuch kam oder sie mit Freunden der Mutter um einen Kaminofen im Bergdorf ihrer Kinderferien saßen und die Erwachsenen von ernsten Dingen sprachen, während Andreas und sie hinter dem Ofen die Socken absichtlich falsch sortierten, die dort zum Trocknen hingen.

Unverkennbar, mit allem Drum und Dran war ihr Vater ein Mann der Sechziger. Mit der Lässigkeit des Erfolgs, die in den gut sitzenden Anzügen bequem Platz fand, und der Melancholie mit Wurzeln in einer Vergangenheit, die ein Geheimnis barg. Die Männer dieses Typs kannten den Krieg, aber sie sprachen nicht darüber. Sie hatten es zu einigem Wohlstand gebracht und standen sicher auf dem Boden vermeintlich unverrückbarer Gegebenheiten, was das Verhältnis zwischen Männern und Frauen anging zum Beispiel oder das zwischen Eltern und Kindern – bis ihnen langsam, aber sicher dieser Boden unter den Füßen weggezogen wurde. Die Frauen eigene Wege gingen und die Kinder wissen wollten, wohin sie denn aufbrachen und ob es richtig war. Was den Männern der Sechziger von den unumstößlich scheinenden Gewissheiten blieb, in die sie so fest vertraut hatten, bis alles doch ganz anders kam, war ein Fortschrittsglauben, der ihr rückblickend noch den Atem nahm.

In seinen mittleren Jahren war ihr Vater ein brillanter Geschäftsmann gewesen. Er hatte Karriere in einem Chemieunternehmen gemacht, und schon als Kind glaubte sie, er war gut in dem, was er tat, auch wenn sie nicht genau wusste, was es war. Es hatte mit Farben zu tun und später mit Skai, einem Kunstleder, auf das er merkwürdig stolz war, als hätte er die Rezeptur dafür selbst erfunden. Was nicht der Fall war, er war Geschäftsmann, nicht Chemiker. Blau und Rot verbanden sich besonders schön mit diesem Material. Red shoes, blue sky. Er ließ sein Monogramm in den maßgeschneiderten Hemden unten neben den vorletzten Knopf sticken, damit nur die Frau in der Wäscherei es sah, die es bügelte und zu seinen anderen legte. Weil er das Hemd möglichst lange morgens über der Hose hängen ließ, lag das Monogramm, als sie klein war, genau in ihrem Blickfeld, während der Vater sich rasierte. Auf sie hatte das immer mächtig Eindruck gemacht, und sie hatte später die Angeber verachtet, die das Monogramm auf ihren Hemden oberhalb des Gürtels einsticken ließen.

Als alter Mann sah ihr Vater anders aus. Zerbrechlich. Als wäre er lange genug scheinbar unberührt durch die Zeit gegangen und spürte jetzt erst die Blessuren, die er abbekommen hatte. Wie er in den Jahren, bevor er in nicht sehr hohem Alter starb, manchmal dasaß, schmal, mit einem Glas Whiskey in der Hand und einer Zigarette zwischen den zitternden Fingern und nach draußen guckte, sah er aus, als wartete er auf etwas. Vielleicht wartete er nur darauf, ein wenig älter noch zu werden und dann zu gehen. Unerkannt von fast allen, mit denen er zu tun gehabt hatte.

Sie solle mitkommen, Nudeln essen, sagte ihre Freundin. Mit undurchdringlichen Gesichtern schaufelten die Totengräber nun dicke Brocken Erde auf den Sarg, jeder lehmige Klumpen erst ein ploppender Schlag, dann ein dumpfes Klopfen, bis auch das aufhörte. Ein Glück, dachte sie mit Blick auf das Grab, das sich langsam mit Erde füllte, es ist warm. Wenn der Boden gefroren wäre wie auf dem Wiener Zentralfriedhof bei der Beerdigung von Harry Lime im »Dritten Mann«, müssten die Totengräber mit Bohrmaschinen anrücken, um ein Loch für den Sarg auszuheben, damit er überhaupt unter die Erde käme.

Ihre Freundin zupfte sie am Ärmel und wiederholte die Einladung. Doch sie wollte nicht essen. Wollte nicht neben den Menschen in den bunten Kleidern sitzen, die sie so lange beobachtet hatte. Sie wollte zum Grab des eigenen Vaters gehen, an dem sie lange nicht gestanden hatte. Sie hatte plötzlich das Gefühl, es sei ein guter Zeitpunkt, mal wieder vorbeizuschauen, ein paar Jahrzehnte nach seinem Tod.

Gab es zwischen Vätern und Töchtern eine zweite Chance? Hätte er sie genutzt, wenn er sie erkannt hätte? Gesucht hatte er sie nicht. Für einen Augenblick war sie fest davon überzeugt, diesmal werde sie etwas richtig machen und ihn für sich gewinnen. Ihn finden in seinem Grab und sagen, Hallo, erinnerst du dich? Sie war schon lange nicht mehr dick. Er würde ihr zunicken, und aus dem Geist, der er immer für sie gewesen war, würde ein Mann aus Fleisch und Blut mit Herz und Seele werden, der jetzt zwar leider tot, aber eben früher lebendig gewesen war. Man kann nicht alles haben? Mutter und Vater? War das sein Ernst?

»Kokolores!«, würde er rufen, da war sie sich plötzlich sicher und stapfte zuversichtlich los. Zurück zur Trauerhalle. Dann links herum, über den großen Rasen, an dem steinernen Engel vorbei ins Gebüsch schräg wieder nach links. Und stand irgendwo, wo sie noch nie gewesen war. Und ihr Vater offensichtlich auch nicht. Nicht einmal als Toter. Sein Grab war nicht da.

ES WAR NICHT DER ERSTE verpatzte Anfang zwischen ihnen. Die ganze Sache hatte bereits verquer begonnen. Mit einem Betrug in gewisser Weise, und einer Lüge.

Sie abzutreiben sollte fünfhundert Mark kosten, die im Voraus zu bezahlen waren. Ein Arzt, der als zuverlässig, seriös und geübt in diesen Dingen galt, hatte einen Mittwochnachmittag frei gehalten, und ihre Mutter war pünktlich da gewesen. Die Arztpraxis lag im ersten Stock eines kurz nach dem Krieg hastig neben Ruinen hochgezogenen Hauses mit dünnen Wänden, flachem Dach und Türen, die nicht sicher im Rahmen hingen. Am Eingang sorgte eine Kette von innen dafür, dass die Praxistür schloss. Auf den Ruinengrundstücken rechts und links waren längst wieder Häuserblocks mit rechten Winkeln und gegiebelten Dächern errichtet worden, im Vorgarten waren Büsche und Bäume gewachsen, die Bombenlöcher aufgeschüttet, überbaut, überwuchert. Nur das Haus mit dem Arzt machte noch einen etwas maroden Eindruck. Die Praxis aber wirkte sauber, und eine Sprechstundenhilfe mit gestärkter Haube auf dem blonden Haar nickte ihrer Mutter freundlich zu, als sie zögernd durch die Tür trat. Der Arzt, der weder alt noch jung war, begrüßte sie mit ernstem Gesicht. Es konnte auch sein, er schaute immer so, neutral. Er schien ein diskreter Mann zu sein, einer, der nicht infrage stellte, was er tat, und nicht urteilte, wie gut die Gründe seiner Kundinnen waren, seine illegalen Dienste in Anspruch zu nehmen.

Sie nicht abzutreiben kostete tausend Mark. Der ernste Mann, der sich kein Urteil erlaubte, erklärte sich bereit, für eine zweite Zahlung von fünfhundert Mark nichts zu tun, darüber den Mund zu halten und alles Weitere ihrer Mutter zu überlassen. Vor allem den Vater zu beruhigen, der den Termin ausgemacht hatte, aber nicht mitgekommen war, als es so weit war. Sie wusste nicht, warum ihre Mutter dachte, den Arzt mit weiterem Geld zu einem Stillschweigen verpflichten zu müssen, das sie selbst gar nicht einhalten konnte. Vielleicht wollte sie Zeit gewinnen, die Auseinandersetzung vertagen, die ihre Entscheidung zwangsläufig nach sich ziehen würde. Später jedenfalls tobte der Vater, als er sah, es fehlten wieder fünfhundert Mark auf seinem Konto, und von ihrer Mutter erfuhr, warum.

Ihre Mutter hatte kein eigenes Geld. Und ihr Vater wollte nicht noch ein Kind. Mit dem ersten hatten sie gewartet, bis der Krieg zwölf Jahre zurücklag, das schien ihnen beiden kurz. Sie hatten diese Zeit gebraucht, um damit klarzukommen, dass ein Teil ihres Lebens den Stempel der Naziherrschaft trug. Aber dann erlaubten sie sich, etwas Neues, etwas Gutes zu beginnen. Sie empfanden es als ihre eigene, ganz private Stunde null, als der Sohn geboren wurde. Andreas, ihr Bruder.

Ihre Mutter hatte ihren Vater nicht bei ihr angeschwärzt, was die Abtreibung anging. Sie hatte vielmehr erzählt, ihr Vater, der beruflich auf dem Weg nach oben war, sei um ihre Gesundheit besorgt gewesen und habe deshalb eine weitere Schwangerschaft für keine so gute Idee gehalten.

Nicht so schnell. Ihr Bruder war kaum ein Jahr alt. Aber für sie hatte es sich immer anders angefühlt. Sie ging verloren, als sie von der Geschichte erfuhr.

Eine Weile tauchte sie über weite Strecken der Tage in Phantasien ab. Sechs oder sieben musste sie gewesen sein, als sie begann sich ununterbrochen alles Mögliche vorzustellen, etwa in Afrika als Tochter eines Arztes zur Welt gekommen zu sein oder im Mittelalter als Burgfräulein oder in der Zukunft als Androidin. Das Wort kannte sie damals noch nicht, sie nannte das Ding Menschmaschine.

Immer war der wichtigste Teil des Spiels der Anfang, die Frage, woher sie kam. Manchmal war er näherliegend als Afrika oder eine Fabrik für Menschmaschinen. Etwa die Familie einer Freundin. Diese Familie imponierte ihr sehr, weil dort in kurzer Folge nacheinander Kindermädchen aus aller Herren Länder ankamen und wieder verschwanden, was für die Vielsprachigkeit der Kinder sorgte, und weil die Freundin mit Eltern aufwuchs, die viermal in der Woche die Spätvorstellung im Kino besuchten und anschließend in einem Club zu Abend aßen, als sei die Stadt ihrer Kindheit eine Weltstadt wie London oder Paris. London, Paris! Das waren Orte mit magischen Namen, an die sie sich nicht einmal imaginär zu verpflanzen wagte, weil sie ihr zu prächtig, zu mondän vorkamen für das schüchterne dicke Mädchen, das sie war.

Aber in die Familie dieser Freundin konnte sie in ihrer Phantasie ohne Weiteres einziehen. Sie lag oft unter dem Esstisch oder hinter den hellseidenen Vorhängen, dem Sofa oder den schweren samtbezogenen Sesseln im Wohnzimmer ihrer Eltern und verbrachte ihre Nachmittage damit, sich in diese oder eine andere Herkunft hineinzuträumen. Wobei die Szenerie mit dem Arztvater in Afrika nicht viel taugte. Sie kam nie darüber hinaus, wie brav sie als Arzttochter in Afrika war und wie sie alle mochten und dass sie nicht weiß wie ihr Vater, sondern schwarz wie die anderen Kinder war. Mehr fiel ihr nicht dazu ein. Besser gelang es ihr, sich selbst in der Zeit ein paar hundert Jahre zurück und im Alter etwas nach vorn zu schieben. Sie war nicht romantisch; oft ging es blutig zu und hoch her, wenn die Burg, in der sie Fräulein war, von Feinden und manchmal auch von Wölfen angegriffen wurde, brennende Strohballen über die Mauern flogen und ein wildes Chaos ausbrach, in dem sie mit ihren langen Röcken und geschnürter Taille leicht zu fangen war. In einer solchen Burg unter Beschuss konnte sie sich ein paar Stunden herumtreiben und immer neue enge Treppen mit niedrigen Nischen entdecken, in denen sie sich verstecken konnte. Einmal fand sie in ihrer Phantasie einen rostigen Dolch in einer Fensterluke, den sie dem ersten Verfolger, als er sie am Rock schon zu fassen gekriegt hatte, mitten ins Herz stieß. Ein anderes Mal versteckte sie sich unter einem Bett, auf dem schon mindestens drei tote Ritter in ihren Rüstungen lagen und die Matratze bis fast auf den Boden drückten, und traf dort ein Kind unbestimmten Geschlechts, das den Finger auf ihren Mund hielt. *Schschsch.* Oder sie irrte mit steifen Roboterbeinen, aber heftig schlagendem Herzen in ihrer Gehäusebrust durch einen klinisch weißen Gang auf der Suche nach einer Menschen- oder auch Maschinenseele, die ihr weiterhelfen könnte, aber sie fand nie jemanden und ging einfach immer weiter, während an der unendlichen Fensterfront dieses unendlich langen weißen Gangs die ganze Welt vorbeizog, die Chinesische Mauer, ein Strand mit Palmen, die Bergketten der Alpen und des Himalayas und die Wüsten aus Stein und die Wüsten aus Salz und Sand, und sie lief mit ihren steifen Beinen immer weiter und lief und blieb immer allein.

Nichts von alldem ließ sie die tausend Mark vergessen, von denen sie erfuhr, als sie fünf war.

Sie weinte nicht, als sie die Geschichte zum ersten Mal hörte. Ihr wurde warm. Ihre Körpermitte löste sich auf, bis sie ganz flüssig war und ihr die Beine hinablief. Sie machte in die Hose. Seit jenem Nachmittag, an dem sie von dem Tauziehen ihrer Eltern um ihre Existenz erfuhr, schien ihre Willenskraft, was ihre Körperfunktionen anging, vollkommen gelähmt. Und blieb gelähmt, für einige Jahre. Sie schämte sich sehr dafür und vergrub ihre nassen Unterhosen in der weichen Erde am Bach, der sich durch den Wald und den Ort schlängelte, an dem sie bald zur Schule gehen würde. Dort wusch sie sich auch, obwohl das Wasser kalt und nicht sehr sauber war und jeden Augenblick ein Spaziergänger vorbeikommen konnte. Was nie geschah. Nachts wachte sie auf nassen Laken auf, die sie umgehend in die Waschmaschine stopfte, viele Nächte über viele Jahre ging das so. Die Waschküche im Haus ihrer Kindheit lag auf derselben Etage wie ihr Zimmer, in einem ausgebauten Souterrain, was damals als sehr schick galt und ihr und ihrem Bruder und dem Kindermädchen viel Platz gab. Das Durchgangszimmer mittendrin hatte statt eines Fensters nur eine Luke nach draußen und wurde schnell stickig. Dort versuchte sie an vielen Tagen, nachdem sie die Laken im völlig eingewachsenen Garten auf eine Leine gehängt hatte, in einer Art Ablasshandel durch Wegbügeln hoher Wäscheberge gutzumachen, dass sie schon wieder nicht rechtzeitig aufgewacht war, um aufs Klo zu gehen. Ihre selbst auferlegte Buße richtete sich an niemanden im Besonderen, eher an die ganze Welt als an ihre Mutter zum Beispiel. Denn wenn ihre Mutter sie mit dem heißen Bügeleisen hantieren sah, zog sie den Stecker und nahm sie in den Arm. »Geh spielen«, sagte sie dann und drückte sie noch einen Augenblick an sich, sodass sie einen Hauch ihres Parfüms erhaschte und spürte, wie ihr Herz schlug und die Welt verschwand und sie in Sicherheit war. Irgendwann wird alles gut.

Vielleicht dachte sie deshalb als Kind, alles finge jeden Tag von Neuem an. Die nassen Laken gehörten zur Nacht, sie waren morgens schon Vergangenheit. Wenn sie aufstand, begann der Kampf, den Vater auf sich aufmerksam zu machen, ohne sein Missfallen zu erregen. Das erforderte einen Balanceakt besonderer Art, denn seine Launen waren unvorhersehbar und hatten auch damit zu tun, ob der Abend zuvor sehr lang gewesen war und ob er noch zur Arbeit gehen musste oder eine seiner häufigen Dienstreisen bevorstand, auf denen er die Frau treffen konnte, die ihm damals schon näherstand als ihre Mutter. Die Frage war auch, ob er bemerkt hatte, dass wieder die Waschmaschine mit ihren Laken darin lief. Es gab kein Rezept, und meistens gelang ihr nicht, was sie täglich versuchte. Dann hoffte sie auf den nächsten Tag, an dem sie ihre Anstrengungen verdoppeln würde, und am darauffolgenden noch einmal.

Lange glaubte sie unbeirrt, sie hätte jeden Tag eine neue Chance. Der alte würde ausgelöscht, wenn die Nacht kam und bis in die hintersten Ecken alles ins Dunkel sank, die Straße vor dem Garten zuerst, dann die Beete vor ihrem Fenster, die Bluse, deren weiße Karos noch eine Weile von der Schranktür aus zu ihr herüberleuchteten, das hellbraune Stoffkaninchen, das sie zu sich unter die Bettdecke zog, die als Letztes vom vollkommenen Schwarz verschluckt wurde. Sie freute sich auf den nächsten Morgen, wenn alles wieder von vorn losginge. Sie war voller Erwartung, hoffnungsvoll. Vielleicht würde ihr Vater lächeln, wenn er sie sah. Vielleicht würde er sich nicht gleich wieder ärgern und die Stirn runzeln und seine Brauen heftig zusammenziehen.

Er glaubte fest, seine Tochter habe eine Blasenschwäche. Es nützte nichts, dass ihre Mutter das für ausgeschlossen hielt. Seelische Plagen waren in seiner Familie ein Ding der Unmöglichkeit, davon wiederum war ihr Vater überzeugt. Er machte einen Termin bei einem Urologen, ging dann aber nicht mit, als es so weit war.

Der Arzt hörte sich ihre Geschichte an, sagte, dann wollen wir mal, bat sie, den Rock hochzuschieben und die Unterhose auszuziehen, und legte sie mit geöffneten Beinen auf eine Liege. Sie lernte das Wort Harngang in diesen Minuten, denn er führte ein dünnes Röhrchen da hinein und bewegte es hin und her, während ihre Mutter ihre Hand hielt, es tat weh. Der Urologe zog ein bisschen Flüssigkeit heraus, und als er damit fertig war, dachte sie, sie müsse für Stunden auf dem Klo sitzen bleiben, so schmerzhaft stark war der Pinkeldrang. Nur eine vorübergehende Reizung durch das eingeführte Röhrchen, hatte der Arzt gesagt, aber sie war kaum zu überreden gewesen, die Toilette zu verlassen. Ein paar Tage später rief er an und vermeldete, alles sei in Ordnung und vielleicht ein Psychologe besser gerüstet, ihr zu helfen. Doch der Vater hielt nichts von Psychologen. Und verabredete einen Termin mit einem zweiten Urologen. Und einem dritten. Danach sagte ihre Mutter: »Es reicht.«

Unverdrossen dachte sie weiterhin, die Welt entstünde jeden Tag neu. Alles müsse neu erkämpft werden. Aber auch jedes Glück sei wieder möglich. Sie war bereit.

An ihrem achten Geburtstag erkannte sie, wie vergeblich ihr Denken war, jedenfalls was das Glück und seine Möglichkeiten anging. Ihr Vater, der sonst immer an ihrem Zimmer vorbeilief, ohne ihr gute Nacht zu sagen, kam an jenem Tag tatsächlich zu ihr. Sie lag schon im Bett. Er roch nach Alkohol und Zigaretten. An jenem Abend hatte er ein Geschenk dabei. Es war eine bemalte Keramikdose, unter deren Holzdeckel in Plastik eingepackt eine Handvoll Pralinen lag. Die Schokolade war grau, wahrscheinlich hatte ihr Vater die Dose an einer Tankstelle auf dem Heimweg gekauft, wo sie schon seit Ewigkeiten im Regal herumstand. Vielleicht hatte er an der Kasse warten müssen, und sein Blick war auf die Dose neben den Zigaretten gefallen, die er auch noch brauchte, und er hatte sich daran erinnert, dass ihn ihre Mutter am Telefon zuvor auf den Geburtstag der Tochter aufmerksam gemacht und gesagt hatte, ein kleines Geschenk wäre schön. Er hatte ihr noch nie etwas geschenkt.

Sie war vollkommen hingerissen von diesem in Zellophan eingewickelten Geburtstagspäckchen mit der rosa Papierschleife obendrauf. Und obwohl sich dieser kurze Besuch des Vaters an ihrem Bett nicht erfreulich entwickelte, packte sie die Dose auch später noch, als sie längst erwachsen war, bei jedem Umzug sorgfältig ein und in jeder neuen Wohnung wieder aus und stellte sie ganz hinten in einen Schrank, wo niemand sie sehen konnte. Das Ding war nicht schön, doch sie behandelte es mit derselben Vorsicht wie Gläubige den Fingerknochen eines Heiligen oder ein Stück Tuch mit getrocknetem Blut darauf. Seltsamerweise glaubte sie, die Dose müsse ihr Glück bringen oder wenigstens böse Geister fernhalten, obwohl sie das am Geburtstagsabend nicht getan hatte. Jahrzehnte später erst, da war ihr Vater längst tot, warf sie dieses einzige Geschenk, das er ihr je gemacht hatte, endlich fort.

An jenem Geburtstagsabend war sie einen Augenblick lang in der Gegenwart ihres Vater glücklich gewesen. Übermütig sogar. Sie witterte keinen Ärger. Dabei hätte sie es besser wissen müssen. Denn genau so übermütig und sorglos hatte sie sich ein paar Jahre zuvor auf einer Wiese in Kärnten gefühlt. Ein paar Kühe hatten dort am Berg auf den Bauern gewartet, der sie zum Melken führen sollte und sich offenbar verspätet hatte. Ihre Mutter hatte sie auf die dicken Euter aufmerksam gemacht, die schon schmerzen mussten, denn die Kühe klagten, wiegten die Köpfe hin und her, und die Glocken um ihren Hals bimmelten Alarm. Sie hatte damals erst erschrocken zugehört, weil sie Mitleid mit den Kühen hatte, hatte dann aber lachen müssen und gesagt: »Guck mal, die Euter, die sehen aus wie bei Papa!« Sie fand das zum Schießen, und ihre Mutter lachte auch. Aber der Vater starrte sie böse an und meinte, was erlaubst du dir. Wenn sie übermütig wurde, mochte er sie besonders wenig.

Deshalb hätte sie gewarnt sein müssen, als ihr Vater an diesem Geburtstagsabend neben ihrem Bett auftauchte und dieser Übermut in ihr hochstieg. Sie stand auf, um ihn zu umarmen, obwohl sie sich ein bisschen davor ekelte, wie er roch, und er tätschelte ihr kurz den Rücken, schob sie aber schnell wieder von sich weg und sagte:

»Du bist aber groß geworden!« Als hätte er sie seit Monaten, Jahren vielleicht, nicht gesehen. Was gar nicht unwahrscheinlich war. Er blickte oft an ihr vorbei. »Bald kannst du mir auf den Kopf spucken!«

Sie überlegte gar nicht, was sie tat, als sie aufs Bett kletterte und ihm auf den Kopf spuckte.

Für einen kurzen Augenblick war ihr Vater verblüfft. Dann schlug er ihr ins Gesicht. Drehte sich um und ging, ohne ein Wort zu sagen.

Von da an glaubte sie nicht mehr, mit jedem neuen Tag noch einmal eine Chance bei ihm zu haben. Es war vorbei. Sie würde die Liebe des Vaters nie erringen. Sie hatte die größte Chance vertan. Die beste Gelegenheit vermasselt. Es war ihr Geburtstag, und er hatte ein Geschenk für sie! Sie hätte nur den Mund zu halten brauchen. Den Kopf senken, *findest Du, Papa* sagen sollen, oder: *Not too bad, nicht wahr, Papa, all things considered?*

In den vergangenen zwanzig Jahren waren diese Erinnerungen ein paarmal über sie gekommen, selten, alles in allem. Solange ihr Vater gelebt hatte, war sie von ihnen verschont geblieben, gerade so, als hätte sie vom Leben noch eine Korrektur erwartet, bevor es mit den Wiederholungen im Gedächtnis losging. Aber es hatte keine Korrektur gegeben.

Dicke Wolken zogen über den Friedhof, alles Blau war aus dem Himmel verschwunden. Sie hatte sich an einen Baum gelehnt und starrte lange auf den Busch, hinter dem das Grab ihres Vater nicht lag. Dann schloss sie die Augen, um eine Welle von Müdigkeit über sich hinweg schwappen zu lassen, und wie in der Kapelle zuvor schlief sie für einen Augenblick ein. Traumlos. Als sie die Augen wieder öffnete, fiel ihr auf, wie klein die umliegenden Grabflächen waren. Offenbar war sie in der falschen Abteilung gelandet, in der Abteilung für Urnengräber. Doch das Grab, in dem die Urne mit der Asche ihres Vaters versenkt worden war, gehörte hier nicht hin. Denn es fasste auch die Särge seiner Brüder. Es war ein großes Grab, zu groß für die kleine Fläche zwischen dem Busch und der Hecke an der Außenmauer des Friedhofs, vor der sie stand. Unbenutzt lag dieses kleine Stück da, ein Webfehler in der Gräberordnung.

Sie hatte seine Brüder nie kennengelernt. Aber sie erinnerte sich an ein Telefongespräch ihres Vaters mit einem von ihnen, das sie unbemerkt mit angehört hatte, während sie hinter dem Vorhang in der Bibliothek lag und versuchte, eine andere zu sein, eine, die von anderswo herkam. Der Bruder des Vaters hatte offenbar eine Tochter in ihrem Alter und angeregt, sie sollten doch einmal zusammen spielen, aber ihr Vater hatte barsch reagiert. In einem Ton, der ihr genervt vorkam oder auch verzweifelt, hatte er in den Hörer gerufen: »Sie verliert sich ja sowieso nur in ihren Büchern.«

Sie glaubte nicht, dass ihr Vater und ihr Onkel noch einmal darüber sprachen. Ihre Cousine hatte sie jedenfalls nie kennengelernt. Sie glaubte, sie sprachen sowieso fast nie. Aber von da an dachte sie, das wäre eine Möglichkeit. Sich in den Büchern zu verlieren. Sie nahm das wörtlich. Der Platz hinter dem Vorhang in der Bibliothek der Eltern in einer Ecke zwischen hohen Regalen wurde ihr Stammplatz, von dem aus sie mit aller Kraft versuchte, sich so leicht zu machen, dass sie zwischen die Buchdeckel fliegen könnte und auf den Seiten spazieren gehen und von einem Buch zum nächsten schweben, in eine andere Geschichte hinein, höher hinauf, bis in die verbotenen Regionen des Regals, wo die »Tagebücher des Don Juan« standen, »Josephine« und »Im Tal der Puppen«. Aber wenn die Mutter oder der Bruder oder das Kindermädchen in die Bibliothek kamen, lag sie immer noch wie ein Käfer auf dem Rücken hinter dem Vorhang und war doch nicht in den Büchern verloren gegangen.

Obwohl sie sich viel stritten, teilten Andreas und sie für einige Zeit eine Welt, die nur ihnen gehörte. Andreas vergaß seine Schwester zwar, so schien es ihr, solange sie hinter einem Vorhang lag oder ihre Unterhosen am Bach vergrub. Doch manchmal, wenn die Eltern aneinandergerieten und es ratsam schien, sich für eine Weile wegzustehlen, erinnerte er sich an sie und nahm sie bei der Hand, um mit ihr in der phantastischen Welt zu verschwinden, von der weder Vater noch Mutter wussten. Dort konnte nichts sie trennen, dort konnte ihnen nichts geschehen. Es war eine Welt, in der das Bücherregal zum Schutzwall wurde und der Plattenspieler mit seinem weiß gerippten Gehäuse und dem durchsichtigen Deckel zu einem Gefängnis und der Schirmständer sich in einen Bergwerksschacht verwandelte, der die Männer und Frauen, die aus dem weißen Kerker ausbrachen und den Schutzwall überwinden konnten, zu reichen Diamantvorkommen am Mittelpunkt der Erde führte. Ihr Bruder und sie vermuteten den Ausgang des Schachts draußen neben dem Tulpenbeet, wo es verheißungsvoll glitzerte. Alle anderen sahen dort die Düsen der Sprinkleranlage für den Rasen, aber ihr Bruder und sie wussten, es waren riesige Diamanten, die niemand erkennen konnte außer ihnen, vom Erdmittelpunkt nach oben gebracht von den dankbaren Gefangenen, die sie befreit hatten und die mit ihnen teilen würden. Es war genug für alle da. Einträchtig versanken sie in dieser abenteuerlichen Welt voller erlöster Gefangener und riesiger Edelsteine. Sobald sie aber aus ihr auftauchten und die Gegenstände wieder wurden, was auch ihre Eltern in ihnen sahen, begannen sie zu streiten. Andreas gehörte wieder zur Welt des Vaters. Und sie nicht.

Sie war ein trauriges Mädchen geblieben. Aber sie hatte es für ein gutes Omen gehalten, dass ihre Eltern mit ihrem Bruder und ihr kurz nach ihrer einerseits vom Vater ungewollten, andererseits von der Mutter so sehr gewollten Geburt aus der nordwestdeutschen Kleinstadt fortgezogen waren, in der die Praxis des ernsten Arztes mit den tausend Mark lag. An dem neuen Ort konnte niemand wissen, dass sie fast nicht da wäre. Dass sie ihre Zeugung nur mit Ach und Krach überlebt hatte.

Sie blieb optimistisch. Glaubte, es würde besser werden. Gutes stünde bevor. Es käme eine Zeit, wenn sie sagen könnte: »Die Kindheit, na ja. Aber was dann kam!«

Nach ihren Versuchen, sich in Büchern zu verlieren, hatte sie dasselbe mit Filmen oder Songs versucht und sich Geschichten düsterer, blutiger Art dafür ausgesucht. Friedhofsgeschichten. Sie trieb sich in den Phantasien anderer herum und kroch in sie hinein wie in Höhlen voller wundersamer Wandmalereien und Schattenspiele, immer auf der Suche nach Orten, an denen sie in Sicherheit war. In Sicherheit hieß unsichtbar.

»Birdland« zum Beispiel. Patti Smith war eine Weile ihre heimliche Liebe gewesen, auch wegen dieses Songs von dem Jungen, der sich nach dem Begräbnis seines Vaters in den Bauch eines Schiffes wünscht, auf dem der Vater am Steuer steht, nicht mehr Mensch, aber besser als alle, die sich zu seiner Beerdigung versammelt hatten. Sie singt davon, wie die Vögel kommen und den Jungen packen und nach oben tragen, zu dem Schiff mit dem Vater, der nicht mehr Mensch ist, *take me up, oh please, take me up*, schreit Patti, und sie dachte, da oben, da wäre sie auch gern. Obwohl ihr Vater dort vermutlich gar nicht war. Er lebte auch noch damals, wenn auch für sie unerreichbar.

Wenn sie später irgendwo »Birdland« hörte, war ihr Vater für einen kurzen Augenblick da. Dabei verstand sie inzwischen nicht mehr genau, wie sie sich damals diese Geschichte zusammengereimt hatte, in die sie sich hineinwünschte. Was sie gefühlt hatte, wer sie war. Jetzt, während sie unschlüssig an der Stelle stand, an der sie sein Grab vermutet hatte, war ihr die Vorstellung unerträglich, ihr Vater wäre eine Figur aus der Phantasie eines Fremden, ausgedacht, ausgestanzt. Ihr Vater, ein Mann im Song einer alten Punk-Röhre!

Vor allem das störte sie an dem aufdringlichen Traum. Wie er sie immer wieder mit der Nase darauf stieß, dass ihr außer ihren alles in allem unersprießlichen Erinnerungen an den Vater bisher nichts zu ihm eingefallen war. Sie hatte sich ein Bild von ihm aus Maßhemden, Zigaretten, Hüten, Martinis und seinem kalten Blick zusammengepuzzelt. Die Schablone für Männer wie ihn. Unwürdig war das, dachte sie, für sie und für ihn. Es sprach nichts dagegen, mit etwas mehr Phantasie an die Sache heranzugehen. Zu erfinden, was sie nicht wusste. Auszumalen, was sie nur schemenhaft ahnte. Damit ihr Vater greifbarer würde. Eine Person mit Vergangenheit. Mit einer Kindheit. Mit Interessen und Vorstellungen von der Welt, vielleicht auch davon, wie sie besser werden könnte, wenn er mit anpackte. Oder mit ganz anderen Wünschen und Hoffnungen nach Glück oder Erfolg oder sonst etwas, das ungefähr zu dem wenigen passte, was sie von ihm wusste.

Andererseits, dachte sie, hatte sich ihr Vater ihr nicht umsonst nie zu erkennen gegeben. Ihr nie gezeigt, wer er wirklich war.

Unschlüssig blieb sie noch eine Weile an den Baum vor der bewachsenen Nische gelehnt stehen. Sie hatte das Gefühl, es hinge viel davon ab, das Grab des Vaters zu finden. Wenigstens zu wissen, es war noch da. Wenn auch anderswo. Als sie Andreas anrief und fragte, ob er sich erinnern könne, wo sie ihren Vater begraben hätten, und er sagte, natürlich, und auch erzählte, er ginge manchmal dorthin, war sie erleichtert. Und bat ihn, sie beim nächsten Mal mitzunehmen. Falls sie im Lande wäre. Sie lief noch ein paar Schritte zwischen fremden Gräbern herum, bevor sie beschloss, endlich nach Hause zu gehen.

IMMER NOCH KEINE VORHÄNGE. Kein Schutz vor Tageslicht, wenn es nötig wäre. Stundenlang noch würde es in ihrer Wohnung in der Nähe des großen Flughafens taghell bleiben, und sie musste dringend schlafen. Stattdessen lag sie auf dem Rücken, stierte am Campingschrank vorbei die kahlen Wände an und gab sich ihrer Unruhe hin. Einer Unruhe, die sie immer erfasste, wenn sie in diese Wohnung zurückkam und sich fremder fühlte als auf jeder ihrer Reisen. Sobald sie zu Hause war, wurde sie nervös. Für zu Hause hatte sie keinen Plan.

Früh schon hatte sie den Eindruck gehabt, was immer sie tat, was immer aus ihr werden würde, es wäre nie genug. Oder immer zu viel. Vielleicht hatte sie deshalb niemals einen Plan gemacht. Was naheliegend gewesen wäre. Einen Mann finden, oder eine Frau, eine Familie gründen, Kinder kriegen. Teil eines eigenen Klans werden, ein Haus kaufen, sich eine Welt bauen. Nichts davon war ihr je in den Sinn gekommen. Aber irgendwann hatte sie sich entschlossen, aus ihrer Existenz, die einerseits unwahrscheinlich, andererseits nicht zu leugnen und ohne Weiteres offenbar auch nicht rückgängig zu machen war, das Beste herauszuholen. Sie beobachtete, blieb abseits und glitt in ein Leben hinein, in dem sie keine vergeblichen Kämpfe mehr fechten musste. Ein Leben unter Menschen, die ihr prinzipiell freundlich gegenübertraten. Ein Leben, in dem niemand als Erstes fragte, was machst du denn hier, woher kommst du, warum bist du überhaupt da? Und später, wenn sie sich nützlich gemacht hatte, trotzdem sagte, geh fort. Nirgendwo war sie lange genug geblieben, dass dies passieren konnte.

Einmal hatte sie es mit dem Bleiben versucht. War weggegangen, hin zu einem Mann, den sie liebte. Er ahnte, sie hatte Angst vorm Verlassensein und wollte sie deshalb festnageln, woraufhin sie das Weite suchte. Es war kompliziert, sie sah das selbst. Danach hatte sie sich an keinen Menschen, keinen Ort mehr gebunden, nicht für länger. Manchmal dachte sie, das kommt noch. Es sei noch Zeit. Es ginge nochmal richtig los. Dann würde sie es aushalten. »The best is yet to come«, sang schließlich Frank Sinatra. Vielleicht hatte auch ihr Vater daran geglaubt.

Vorerst aber war das Reisen ihre Art, sich aus der Schusslinie zu bringen. Menschen zu treffen, die nicht ahnten, ihr Leben hatte mit tausend Mark angefangen, von denen ihr Vater fünfhundert gegen sie gesetzt hatte.

Spuren verwischen, das war der einzige Plan, den sie lange Zeit verfolgte. Sie arbeitete hartnäckig daran. Damit dann, wenn sie als eine andere wiederkäme, das Leben alles Weitere übernehmen könnte. Ab einem gewissen Alter, da war sie sich sicher, sollten die Dinge einen Sinn ergeben, sich verknüpfen, zu einem Bild verweben. Ab wann das wäre, wusste sie nicht. Sie dachte immer noch, der Zeitpunkt würde sich zu gegebener Zeit offenbaren.

III

SIE WAR MIT IHRER ARBEIT im Rückstand. Die Wochen in New York, in denen sie kaum etwas geschafft hatte, sondern nur durch die Straßen gelaufen war, allein und zu zweit, und alles aus ihrem Kopf vertrieben hatte, was ihre Sinne verstopfte, musste sie wieder aufholen. Vom Winter lagen noch die Aufzeichnungen von einer Asienreise unbearbeitet da, Tonaufnahmen, die sie noch nicht abgehört, Notizen, die sie noch nicht angeschaut hatte. Vom Winter! Dabei war nichts passiert, außer dass sie getrödelt hatte.

Sie packte ihren Laptop, ihr Smartphone und ihr Notizbuch auf den großen Tisch. Sie kochte Tee. Schaute nach draußen. Landregen hatte dem ungewöhnlich warmen Wetter ein Ende gesetzt, aber als sie das Fenster öffnete, spürte sie in der kühlen Luft den Sommer, der jetzt jeden Tag mit voller Kraft kommen konnte. Sie holte ihre Turnschuhe aus dem Koffer. Während sie über die nassen Straßen lief, am Ledigenheim vorbei und hinaus auf die Felder, die das Wohngebiet vom Flughafen trennten, dachte sie an den kleinen Vogel in der Nische vor ihrem Shotgun-Apartment und an die Manhattan Bridge. Um sie herum war nur Grün und Braun. Es wurde Zeit, dass sie sich endlich die Kopfhörer aufsetzte und abzuhören begann, was ihr vor Monaten in Asien durch den Kopf gegangen war. Sie trabte zurück, trank den kalten Tee und fing endlich an.

Es kam ihr vor, als sei die Reise ewig her. Heiß war es gewesen, unangenehm schwül, selbst die Einheimischen hatten gestöhnt. Es hatte viel zu viel geregnet für die Jahreszeit, die eigentlich trocken und mild sein sollte, und die Moskitos feierten mit ihrer unüberschaubaren Brut die Feste ihres Lebens.

Ihr Auftrag war unbestimmt gewesen. Das Magazin, das sie geschickt hatte, traute ihr nach langer Zusammenarbeit zu, mit einer druckbaren Geschichte zurückzukommen. Originell, aber nicht zu abseitig, schön zu bebildern, aber auch wirklichkeitsnah. Mit allem drin und dennoch mit klarem Fokus, wie ihr Redakteur das nannte. Sie lachte ihn jedes Mal aus, wenn er damit anfing, und fragte nach dem Abgabetermin. Sie war pünktlich. Deadlines waren für sie innerlich nicht verhandelbar. Deadline klang nach Guillotine, das nahm sie ernst. Jetzt hatte sie nicht mehr viel Zeit, aber sie arbeitete gut unter Druck. Gut fast nur unter Druck. Die Geschichte war für die Herbstausgabe geplant, sie musste sich ranhalten.

Um Kosten zu sparen, war sie damals über Mumbai nach Colombo geflogen und hatte Tage gebraucht, sich an die Hitze, die Feuchtigkeit, die Zeit zu gewöhnen. Sie hatte in den Seilen gehangen, war in den ersten Nächten Stunden vor Morgengrauen aufgestanden und hatte sich auf den kleinen Balkon ihres schäbigen Hotels gesetzt, der nur zwanzig Meter vom Strand entfernt über einer kleinen Grünfläche hing. Bis es hell wurde, saß sie einfach da, japste ein bisschen und schaute zu, wie sich die Dunkelheit langsam über dem Meer hob, das mit lautem Grollen den Strand überspülte. So laut, als säße sie am Frankfurter Kreuz, hatte sie damals in ihr Notizbuch geschrieben, und sie erinnerte sich daran, wie überreizt sie gewesen war, weil sie wusste, der Lärm blieb, bei Ebbe und bei Flut.

Am dritten Tag war endlich ein Gewitter gekommen. Dröhnend stürzte der Regen vom Himmel und machte mehr Krach als das Meer, das sich unter dem Ansturm des Wassers von oben ein wenig zu beruhigen schien. Alle Farbe verschwand für eine Weile aus der Gegend. Der Ozean schwarz, grau das Land.

Sie schrieb ein paar Absätze über ihr Hotel, in das der Regen gedrungen war, als hätte es keine Wände und kein Dach gehabt. In einer langen Reihe von Häusern lag es auf dem schmalen Streifen zwischen der Hauptstraße und dem Meer. Es war einfach und längst nicht mehr neu, aber die Betreiber schonten die Welt und verbrannten keine Plastiktüten am Strand, verarbeiteten die Reste vom Mittagessen am Abend, baten die Gäste darum, die Ventilatoren auszuschalten, wenn sie ihre Zimmer verließen, und hatten einen Yogalehrer aus dem Dorf engagiert, der morgens und abends vorbeikam und vor allem mit der Löwen-Übung großen Erfolg hatte. Sie teilte ihr Zimmer mit kleinen gelben Geckos und größeren grauen.

Gleich neben dem Balkon, auf dem sie so oft saß, hinter einer knapp zwei Meter hohen Mauer mit einem Maschendrahtzaun bis zum zweiten Stock, begann ein anderes Land. Hütten aus Blech mit Dächern aus durchhängenden Planen standen dort, und ein Hügel von Kokosnussschalen zwischen ihnen markierte offenbar die privaten Räume verschiedener Gruppen oder Familien. Jeden Morgen hatte sie beobachtet, wie, noch bevor die Sonne aufging, zwei, manchmal drei Männer in Sarongs zur kleinen Kaimauer gingen, die das Grundstück vom Meer trennte und die Flut zurückhielt, wenn sie in normalen Bahnen blieb. Für Strand war nur bei Ebbe Platz. Dort hatten sie mit verschränkten Armen darauf gewartet, ob das Licht auch an diesem Morgen wieder die Dunkelheit durchbrechen würde und die Sonne am Horizont erschiene. Die Männer hatten einfach dagestanden, kaum gesprochen, sich nicht einmal gekratzt. Manchmal zwei Stunden lang, manchmal nur eine. Bis der Tag anbrach, taten sie nichts als Warten.

Abends hingegen hatte sie immer eine Frau dort gesehen, deren Alter sie unmöglich schätzen konnte. Älter jedenfalls, geschäftig. Sie trug einen einfachen Sari und zog einen Plastikstuhl mit nur noch einer Armlehne hinter sich her, den sie direkt in der Ecke vom Kai und dem Mäuerchen zum Hotelgrundstück aufstellte. Umständlich setzte sie sich, zog den Sari über den Knien glatt und fischte schließlich aus ihrer Umhängetasche einen Laptop. Offensichtlich reichte das WLAN des Hotels bis in diese Ecke, jedenfalls tippte die Alte drauflos, verschob manchmal den Stuhl ein wenig oder hielt den Laptop kurz über den Kopf, um das Signal aufzufangen, und erledigte, so schien es, was anlag. Manchmal knatterten gegen Abend Böllerschüsse von dem Grundstück, die wie Kanonen klangen. Manchmal war ein Geruch von Kreuzkümmel, Kerosin und Curry von dort an ihr vorbeigezogen.

Wie die Familienverhältnisse auf diesem Grundstück waren, hatte sie bis zum Ende ihres Aufenthalts nicht durchschaut. Eine Gruppe waren Tamilen. Es gab eine Menge Kinder, die sich bei Flut direkt von der Kaimauer in die Wellen plumpsen ließen. Junge Männer turnten barfuß auf dem messerscharfen Kliff herum und fingen Krebse. Einige von ihnen stiegen abends nach Einbruch der Dunkelheit noch einmal ins Meer und schwammen hinaus, trotz der starken Strömungen, die ständig gegeneinander antraten und einen Teil der Wellen frontal aufs Land schickten, einen anderen seitlich an ihm entlang. Das Wasser war stets in Aufruhr, und das Vorhaben der Krabbenfischer schien ihr außerordentlich riskant. Aber es war einträglich, wenn sie Langusten fingen. Das hatte ihr Rayinda erzählt, einer der Kellner des Hotels, der sich elegant wie ein Tänzer bewegte und deshalb wirkte, als gehöre er hier nicht her. Sie erinnerte sich an sein Lächeln, als sie ihn fragte, wie die Fischer draußen in der Nacht in den Strömungen des Indischen Ozeans am Leben blieben, und daran, wie er die Lider gesenkt, aber nichts dazu gesagt hatte. Sie hatte die Lichter der Kopflampen der waghalsigen Jungen hinter dem Kliff unter Wasser auf und ab hüpfen sehen und auch einmal beobachtet, wie die fackelnden Lichter nach vorne schossen, als die Krabbenfänger rasant losschwammen, und sie hatte an die Diamanten im Schacht zum Erdkern gedacht und für Andreas ein Foto gemacht, auf dem aber nicht zu sehen war, worauf es ihr ankam.

Außerdem hatte sie jeden Tag den Hügel aus Kokosnussschalen auf dem Nachbargrundstück fotografiert. Sie wollte festhalten, wie er wuchs. Auf den Bildern war auch die Zementplatte, die auf zwei großen Steinen ruhte, zu erkennen, die als Tisch diente, auf dem Krabben gepult wurden, wenn die Männer aus dem Meer zurückkamen. Eines Morgens lag eine Machete darauf.

Einige der Kinder trugen Badeanzüge, andere Shorts mit einem Hemd darüber. Die Frauen blieben im Schatten und standen während des Tages meistens, die Männer blieben ebenfalls im Schatten und saßen. Offenbar hatte niemand Arbeit. Offenbar gab es darüber keinen Streit.

Wenn sie jetzt zurückdachte, merkte sie, wie wenig sie davon begriffen hatte, was sie da tagelang von den frühen Morgenstunden an eigentlich gesehen hatte. Sie kannte keinen Kontext und konnte auch keinen herstellen. Wenn sie reiste, sehnte sie sich nach Verbindung. Sie musste nicht andauern, sich nicht bewähren, sie musste nicht halten oder tiefer gehen, aber einen Augenblick des Verstehens mit wenigstens einem Menschen, dem sie unterwegs begegnete, über alle Unterschiede hinweg, den wollte sie schon erleben, wenn sie so weit weg war. Meistens klappte das. Manchmal, so wie hier in den wenigen Sekunden mit Rayinda, klappte es nur mit Ach und Krach.

In ihrer Magazingeschichte hatte das alles nichts verloren. Sie hatte genug Material für einen ganz anderen Ansatz, an dem sie ohne große Mühe die Sache aufhängte. Ein deutsch-singhalesisches Ehepaar hatte die Hotelgäste mit Gemüse, Kräutern und Gewürzen aus seinem Biogarten in der Nähe versorgt und alle eingeladen, eines frühen Morgens bei der mühseligen Zimtgewinnung zuzusehen. Später hatten Kellner in weißen Sarongs barfuß Wasser und rosafarbenen Tee gebracht. Ohne Anstrengung machte sie eine runde Sache daraus. Nachhaltig, was das Thema anging, leserorientiert. Um dem Ganzen Struktur zu geben, brachte sie noch den Bäcker unter, der mit seinem Tuk-Tuk morgens und abends Brot brachte und nicht nur wie alle anderen ständig hupte, sondern auch ein Band mit »Für Elise« laufen ließ, um sein Kommen anzukündigen. Sie brauchte kaum vier Stunden, bis die Geschichte fertig war.

Dennoch war sie unzufrieden. Sie war voller Emphase von dieser Reise zurückgekommen, voller Begeisterung für diese Weltgegend, die sie umgehend wieder besuchen wollte. Im Rückblick hatte sie den Eindruck, nichts kapiert zu haben. Was waren das für Menschen, denen sie sich in aller Fremdheit verbunden gefühlt hatte? Der tamilische Tempelwächter zum Beispiel, der ihr den roten Punkt, die weißen Streifen ins Gesicht gemalt hatte und ein wenig Milch auf den Handrücken tropfen ließ, die sie ableckte, wie er es ihr zu verstehen gab? Er hatte ihr erzählt, Touristen kämen fast nie vorbei, weil der Tempel, auffällig, wie er mit seinen bunten Halbreliefs an der Fassade war, eingeklemmt zwischen anderen Häusern an der Hauptstraße lag. Dort herrschte dichter Verkehr, und es war gefährlich, anzuhalten. Außerdem schloss er auch um elf Uhr morgens schon wieder, weil der Mönch einer anderen Arbeit nachgehen musste. Der Tempel konnte ihn nicht ernähren. Sie hatte nicht verstanden, was das für eine Arbeit war. Vielleicht, dämmerte ihr jetzt, hatte sie sowieso alles falsch verstanden.

Sie tütete die Geschichte ein. Schickte sie weg. Einige Tage später schrieb ihr der Redakteur, die Länge, der Ton, alles stimme, passe, prima. Sie fühlte sich schäbig, als sie das las. Es war ein Missverständnis. Nicht, dass sie irgendwem anderweitige Versprechen gab, die sie nicht hielt. Das nicht. Aber sobald es schwierig wurde, dreckig und gemein, sortierte sie die Leute aus. Für später.

Sie stand auf und ging ans Fenster, um auf die Straße zu schauen, ob Menschen herumliefen, was sie anhatten, ob sie in Eile waren und der Regen aufgehört hatte. Sie schaute wieder auf die Uhr, die am frühen Nachmittag immer noch auf acht Uhr zehn stand. Wie am Morgen. Uhren, die aufgehört hatten, die Zeit anzuzeigen, beunruhigten sie. Obwohl sie nicht abergläubisch war, vermutete sie doch ein Zeichen darin. Stillstand? »Marschmarsch«, hörte sie ihren Vater sagen. Sie ging zurück zum Schreibtisch und sicherte die Notizen, die sie nicht verwendet hatte, in einem neuen Outtakes-Ordner. Sie hatte keine genaue Vorstellung, was sie mit diesen ausgemusterten Erlebnisfetzen und Erzählstückchen machen würde. Vielleicht hing sie an ihnen, weil sie wusste, sie fehlten in dem, was sie letztlich geschrieben hatte. Es waren immerhin Spuren des Lebens, und sie wollte sie vielleicht einfach davor bewahren, nicht nur aus der veröffentlichten Geschichte, die nicht besonders wichtig war, sondern auch aus ihrem Gedächtnis und der Welt insgesamt zu verschwinden. Weil sie sich als Zeugin begriff, selbst wenn es im Einzelnen nichts Weltbewegendes war, das sie bezeugen konnte.

Was machen Sie hier?
– Arbeiten.
Wie alt ist Ihr Vater?
– Tot.
Was wissen Sie von ihm?

Schon wieder war sie eingeschlafen. Schon wieder der Traum mit den Knalltüten, die sie verhörten, diesmal in bunten Socken. Sie wusste nichts von ihrem Vater. Wie es zwischen ihr und ihm hätte sein können, wenn es anders gewesen wäre, als es war? Sie hatte keine Ahnung. Birdland? Das war absurd.

Vielleicht, dachte sie, ließe sich mit der Handvoll Erinnerungen, die sie an ihn hatte, unschön, wie sie alles in allem waren, noch etwas machen. Wenn sie ein bisschen an ihnen herumzupfte und sie an den Rändern stärkte, könnten sie möglicherweise für eine stabilere Mitte taugen.

Natürlich gibt es eine zweite Chance zwischen Vätern und Töchtern, dachte sie, während sie sich nach einer langen heißen Dusche abtrocknete und überlegte, ob das diffuse Licht, das von draußen durch die Fenster fiel, für Morgen oder Abend sprach. Sie beschloss, die Frage offenzulassen und ins Bett zu gehen. Bevor sie einschlief, dachte sie noch, da ihr Vater seit Jahrzehnten tot war, könnte er in dieser Sache nichts mehr unternehmen. Sie war allein damit. Sie hatte freie Bahn. Ihr würde schon etwas einfallen, und dann würde sie loslegen.

IV

FRIEDRICH. SOHN EINES PFARRERS. Das war ihr Vater.

Sonntags gingen die Gläubigen zu Friedrichs Vater zum Gottesdienst. Zur Gemeinde gehörte ein Kirchhof mit verwitterten Grabsteinen, der an den alten jüdischen Friedhof der Stadt grenzte, auf dem die Grabsteine ebenfalls verwitterten. Nur manchmal kam jemand vorbei und legte ein paar Steine auf einem Epitaph ab, nur manchmal sah man im Kirchhof nebenan frische Blumen zwischen den wuchernden Büschen und Hecken. Als die Schändungen der jüdischen Grabstätten begannen, wurden auch dort die Gräber zertrampelt. Aber jetzt lag über dem Totenacker, wie das damals noch genannt wurde, die Ruhe des langsamen Vergessens.

Friedrichs Vater predigte gern und lange. Er sprach von den Wundern, die Christus vollbracht habe, von seiner Güte, von seinem Aufruf, zu vergeben. Nie vom Zorn Gottes. Immer wieder predigte er die Zehn Gebote. Manchmal aber sprach er auch vom Leid der Maria, von den Tränen der Mutter um ihren ermordeten Sohn. Zwischendurch und lange zum Schluss ließ er die Gemeinde zur Lobpreisung Gottes singen und sang inbrünstig mit.

In seinen Predigten bemühte sich Friedrichs Vater sehr, junge Menschen wie Friedrich und seine Brüder bei der

Stange zu halten und ihnen einen Halt zu geben, damit sie nicht andernorts danach suchen mussten. Immer wieder hob er die Freiheit des Einzelnen hervor und das helle Licht des Gewissens, das jeder in sich tragen solle. »Tue nichts«, rief er seiner Gemeinde zu, »wobei du den Gedanken an Gott unterdrücken musst!« Aber es half nichts. Weder seine Erziehung zur Verantwortung noch seine Predigten konnten verhindern, dass seine Söhne später ihren Arm hochstreckten, »Heil Hitler« riefen und möglicherweise nicht unschuldig blieben an den Verbrechen ihres Landes, über die er bis zu seinem Tod nicht hinwegkam und die ihn gegen seinen ganzen Widerstand schließlich doch noch mit seinem Gott hadern ließen, was ihn verzweifelt machte. Alle seine Söhne hoben den Arm. Außer Friedrich.

Wahrscheinlich hatte sein Vater auch an dem Sonntag gepredigt, an dem Friedrich geboren wurde. Sicher wurden die Lieder zum Lob des Herrn mit besonderer Freude und Dankbarkeit im Herzen gesungen. Vielleicht hatte er sich ein wenig kürzer gefasst, um zu seiner Frau zu eilen, die am Morgen entbunden hatte, obwohl sie ihn hatte wissen lassen, alles sei in Ordnung, und er könne in Ruhe tun, was er immer tue, dann sei noch Zeit genug für sie und den Kleinen.

Es war mild, obwohl Weihnachten vor der Tür stand. Wie in den Jahren zuvor wollte es auch in diesem Dezember noch nicht richtig Winter werden. Das galt für Paris ebenfalls, wo am selben Tag Edith Piaf zur Welt kam, Edith Piaf, die Friedrich später in seinem Leben fast noch mehr verehren würde als die Leiterin des Kirchenchors, die in der Kirche seines Vaters singen ließ und selber sang und die Friedrichs erste heimliche Liebe war.

Die Eltern, vor allem der Vater, wollten die Stimme ihres Jüngsten sonntags im Chor hören, und für ein paar Jahre ging das gut. Glockenhell, wie man so sagt, und weich glitten die Töne aus seinem Mund, er musste nichts weiter dafür tun. Der Stimmbruch, auf den er stolz war wie vor ihm seine Brüder, beendete das, und auch die heimliche Schwärmerei für die Leiterin des Kirchenchors verebbte still. Was danach aus Friedrichs Kehle kam, war für lange Zeit kratzig, unbestimmt in den Tonlagen und für Kirchenlieder gänzlich ungeeignet. Als sich seine Stimme schließlich in einer unauffälligen, nicht sehr strapazierfähigen Mittellage eingependelt hatte, war an Singen für die Ohren anderer gar nicht mehr zu denken.

Umso mehr bewunderte Friedrich seitdem Menschen, die singen konnten und deren Lieder ihm aus dem Herzen sprachen. Edith Piaf eben. Wenn Jahre später, als er längst erwachsen war, ihre Chansons im Radio liefen, drehte er die Lautstärke hoch und sang leise mit, tonlos fast, damit niemand hörte, wie wenig seine Stimme hergab. Genauso machte er es mit Frank Sinatra, der nur wenige Tage vor ihm und der Piaf geboren wurde und mit dem ihn daher in seiner Vorstellung mehr verband als nur die Liebe zu denselben Songs, dem Groove, den Fremden in der Nacht.

Dabei wusste er außer den Geburtsdaten fast gar nichts über die beiden. Nichts über die Kindheit Sinatras als Sohn eines Profiboxers und einer Hebamme, nichts über dessen Anfänge in Hoboken in New Jersey, einem Ort ohne weitere Eigenschaften, von dem er bis zu seinem Lebensende nichts gehört haben würde. Und kaum etwas ahnte er von der Herkunft der Piaf, von ihrer Kindheit in einem Bordell, ihrem Vater, dem Schlangenmenschen, wusste nichts über Verbindungen beider in Milieus, vor denen er zurückgeschreckt wäre.

Aber als »Je ne regrette rien« herauskam und sie alle Mitte vierzig waren, da schmetterte Friedrich auf einmal, wenn er allein war, so gut er konnte, das Chanson mit ihr im Duett. Und er summte es immerhin noch mit, wenn andere herumstanden, obwohl er überhaupt keine Vorstellung davon hatte, was diese Zeile für sie, die Piaf, bedeuten mochte. Erst fast schon gegen Ende seines Lebens begriff er den Trotz und das Drama des Lieds und bekam feuchte Augen, wenn ihm von irgendwoher die traurigen Zeilen entgegenwehten. Längst neigte er da zur Sentimentalität. Möglicherweise spürte er inzwischen selbst ein Bedauern über dies und das. Die verbaute akademische Laufbahn. Die gescheiterten Ehen. Die Länder, die er nicht gesehen hatte. Darüber, im falschen Jahr geboren zu sein. Oder im falschen Land. In Deutschland mitten im ersten großen Krieg.

Die Männer trugen Uniform in jenem Jahr, in dem der Winter selbst im Dezember nicht recht kommen wollte und Friedrich ohne Zögern aus dem Leib seiner Mutter flutschte, während sein Vater das Lob des Herrn sang. Aber sie trugen die Uniform nicht mehr mit Begeisterung. Selbst die, die sich nach vorn gedrängelt hatten, um als Erste an der Front zu sein, waren inzwischen ernüchtert, traumatisiert, versehrt, wenn sie überhaupt noch am Leben waren. Sie hatten sich in den Kampf gestürzt, getrieben von Phantasien vom schnellen Siegen oder heldenhaften Sterben, und hatten nicht mit dem Dreck, den Schmerzen, den Schreien, dem Blut gerechnet, nicht mit der Zeit, die in den matschigen Schützengräben unmerklich nur vorüberschlich, nicht mit Kälte, Hitze, Heimweh. Väter und Mütter, Brüder und Schwestern dieser Männer, die oft noch Jungen waren, saßen bei Friedrichs Vater in der Kirche und beteten, dass Gott ein Erbarmen mit ihren Kindern, ihren Geschwistern haben würde. Manche wurden erhört.

Friedrich war ein hübscher Junge. Die Mutter hatte sich zum Abschluss ihrer Fruchtbarkeit eine Tochter gewünscht, aber es war wieder ein Junge geworden. Der fünfte Sohn. Er wurde dennoch mit großer Zartheit begrüßt, gerade so, als stecke in ihm vielleicht doch noch das so sehr ersehnte Mädchen, und die Mutter zog ihn mit besonderer Sorgfalt an und bürstete ihm abends lange das Haar. Sie hielt ihn fest und summte leise alte Lieder, sodass er manchmal bereits schlief, wenn sie ihn in sein Bettchen legte. Es gab Mütter, die gingen sehr viel weiter als sie, davon erfuhr sie später, Mütter, die sich auch ein Mädchen gewünscht hatten und die Locken ihrer kleinen Söhne lang wachsen ließen und ihnen Kleidchen überzogen, bis sie in die Schule kamen. Doch damals wusste Friedrichs Mutter das noch nicht. Dass es andere Frauen gab, die wie sie ihren kleinen Söhnen abends das Haar bürsteten und von einem Mädchen träumten, ohne den Jungen, den sie im Arm hielten, deshalb weniger zu lieben.

Friedrichs Mutter nahm sich vor, ihren kleinen Sohn, den sie in den ersten Jahren seines Lebens wie eine Tochter behandelte, zu beschützen, so gut sie das konnte. Vor den älteren Brüdern, die Hermann, Walter, Curt und Karl hießen und stramm deutsch aussahen und sich so benahmen und das für männlich hielten. Vor deren Freunden, von denen nicht wenige ebenfalls Hermann, Walter, Curt oder Karl hießen und die sich ebenfalls so benahmen. Vor der Welt überhaupt. Als sie ihn Friedrich nannte und dabei ihren Mann ansah, der ihr zunickte und meinte, mach du nur, dachte sie an Friederike.

Es war keine gute Zeit, geboren zu werden, da hatte Friedrich schon recht, wenn er sich später ein wenig bedauerte. Die Sorgen und die Gemetzel waren zu groß und die Zeit zwischen den Katastrophen zu kurz, um in ein gutes Leben zu finden. Für die Zwanzigerjahre, als sie wild und aufregend waren, war Friedrich zu jung. Als sie vorbei waren, reichte es gerade mal für die Tanzstunde und einige Abendgesellschaften in den Elternhäusern von Schulkameraden. Sie hörten Schlager. »Am Sonntag will mein Süßer mit mir segeln geh'n« mochten sie besonders, und sie lachten sich schlapp, wenn es hieß: »und dann beim Abendrot mach ich das Abendbrot«, und hüpften dazu herum. Zu »Mood Indigo«, das Duke Ellington gerade herausbrachte, tanzten sie einen langsamen Swing, worin Friedrich es zu einiger Meisterschaft brachte.

Alle Mädchen waren verrückt nach ihm, viele Jungen auch. Hinter Hecken in den zugewachsenen Gärten der Villen wurde spät am Abend ein bisschen gefummelt, am Bahnhof am nächsten Morgen strichen Hände an der Seite des anderen entlang, fanden sich Finger kurz, schüchtern. Friedrich wusste nicht genau, was er wollte. Wen er wollte. Einen Jungen aus der Stadt, für einen kurzen Kuss und einen zweiten und dann nichts mehr. Für Anna, das Mädchen, das ihn am meisten faszinierte und das ihre Mutter werden sollte, schwärmten auch alle anderen. Anna und Friedrich schauten einander eine Weile immer wieder an, als wollten sie sich prüfen und den anderen auch, zögerten und verliebten sich schließlich langsam ineinander. Es war für beide die erste richtige Liebe, kein Schwarm, kein Flirt. Friedrich erkannte das neue Gefühl mit einiger Verzögerung. Seine Verträumtheit schob er auf mangelnden Schlaf, sein Herzklopfen darauf, wie schnell er rennen musste, um nicht zu spät zu ihrer Verabredung zu kommen. Sie trafen sich heimlich auf halbem Weg zwischen ihren Schulen.

Eines Tages aber wachte er auf und war vollkommen klar. Unverträumt. Sein Herz schlug fast normal, als er den

Stolz in sich aufsteigen spürte. Den Stolz, zu erkennen, er war verliebt. Es fühlte sich erwachsen an. Eine Welt öffnete sich vor ihm, groß und schön und ohne Nacht. Mit einer Heftigkeit, die sie beide vorher nicht gekannt hatten, küssten Friedrich und Anna sich von diesem Tag an wochenlang in jedem Winkel, hinter jedem Baum oder Busch, der ihnen Schutz bot. Liebten sich. Fühlten vollkommenes Glück, wenn sie nebeneinander nur durch die Straßen liefen. Verloren sich dann aber für zwei Jahrzehnte aus den Augen. Anna zog fort. Die wunderbare Welt ohne Nacht verschloss sich für Friedrich wieder.

Als er sich eingestand, dass die Predigten seines Vaters ihm nichts mehr sagten, war Friedrich sechzehn. Aber er saß gern am Sonntag in der Kirche und beobachtete, wie die Gemeinde am Mund des Vaters hing, ihm die Wörter geradezu von den Lippen saugte und jedes einzelne für bare Münze nahm. Es fühlte sich gut an, zu sehen, wie glaubwürdig, anerkannt und beliebt sein Vater war. Er selbst allerdings glaubte ihm in der Kirche kein Wort. Dass sie alle noch einen Vater im Himmel hätten. Dass Jesus auch für ihn gestorben sei. Dass Maria Gottes Sohn jungfräulich empfangen und Josef nichts dabei gefunden hätte.

Friedrich war mehr den exakten Wissenschaften zugeneigt, der Mathematik und Physik, der Biologie auch, und für eine Weile, als noch alles möglich schien, überlegte er, was er lieber werden wollte, Arzt oder Astronom. Das eine würde ihn mit Menschen zusammenbringen, die ihm glauben, ihm Respekt zollen, ihn vielleicht lieben würden wie die Gemeindemitglieder seinen Vater, was ihm eine verlockende Aussicht schien, vor allem, da er nicht vorhatte, sie zu belügen, wie es sein Vater tat, wenn auch in gutem Glauben, da war er sich sicher. Das andere, die Astronomie, würde ihn von den Menschen vermutlich entfernen, ihn für lange Strecken allein seinen Studien nachgehen lassen, was ihm eine nicht minder verführerische Perspektive zu sein schien. Vor allem, wenn er an seine Brüder und ihre Freunde dachte, die laut und anmaßend durch die Pfarrerswohnung polterten, als seien sie die Herren im Haus. Sogar Karl, den er liebte, weil er ihn nicht behandelte wie den kleinen Bruder, der wie ein Mädchen aussah, machte mit. Sogar Karl trainierte sich die kraftmeierischen Sprüche an, aus denen ungeheurer Hass sprach, obwohl ihn nichts in seiner Familie darauf vorbereitet hatte, überhaupt zu hassen. Wie sehr wünschte Friedrich sich da, allein zu sein, allein zu bleiben und über das Universum nachzudenken, in dem die Welt keine gar zu große Rolle spielte.

In dem einzigen Gespräch, das Friedrich gegen Ende seines Lebens mit seiner Tochter führte, hatte er von seinen Brüdern und auch von seiner Liebe zum Kosmos gesprochen. Aber er wusste nicht mehr genau, was er sich einmal von den Sternen oder dem Raum zwischen ihnen erhofft hatte. Ob er zu ihnen fliegen oder sie von der Erde aus beobachten wollte. Wollte er einfach möglichst weit fort von seinen Brüdern? Als sie ihn das fragte, wiegte er den Kopf hin und her und sagte schließlich traurig, vielleicht sei es so gewesen. Karl allerdings, den hätte er gern losgerissen von den anderen Brüdern und mitgenommen ins All.

Wovon träumte Friedrich damals? Hatte er eine Vorstellung von den fremden Welten und einem anderen Leben dort gehabt? Wahrscheinlich. Aber er wusste es nicht mehr. Er hatte den Kopf geschüttelt, während er mit ihr sprach, und bedauert, dass er auf die Bücher, die ihm so viel bedeuteten, als er noch fast ein Kind war, nicht aufgepasst hatte und nun nichts in den Händen hielt, was seiner Erinnerung auf die Sprünge helfen könnte.

Niemand ahnte bei seiner Geburt, Friedrich würde dreiundzwanzig Jahre später auch eine Uniform tragen müssen. Sie stand ihm phantastisch. Seine Mutter weinte, als er sie zum ersten Mal anzog, und sein Vater tätschelte ihr hilflos den Rücken, den sie ganz steif machte, um nicht nach vorn zu sacken und sich vor Angst um ihren jüngsten Sohn mit bloßen Händen ins Parkett zu graben. Sie war so stolz darauf gewesen, wie hübsch er war, nicht nur als Kind und Knabe, auch als junger Mann, selbst wenn sich seine Stimme enttäuschend entwickelt hatte. Sie war so sicher gewesen, sie könne ihn, solange sie lebte, vor der Welt in Schutz nehmen. Sich vor ihn stellen, wenn Gefahr drohte. Ihn verstecken, wenn jemand mit bösen Absichten nach ihm suchte. Ihn verleugnen, wenn es sein musste, und beteuern, mein jüngstes Kind, das ist kein Sohn, das ist Friederike, meine Tochter!

Doch das klappte nicht, als die Einberufung kam. Friedrich war deutlich ein Mann. Nun wünschte die Mutter, er schielte und wäre taub und hätte einen Hinkefuß, damit er nicht gehen musste. Die anderen vier, die älteren, die waren doch auch noch da! Warum, das wusste sie genau, und war sehr zornig auf sie und hatte ihnen verboten, ihr Haus noch einmal zu betreten.

Aus Friedrichs Mutter war inzwischen eine kleine, graue Gestalt mit immer noch unerschütterlich gutmütigen Augen geworden, die von der Welt nicht viel Gutes mehr erwartete. Mit zarter Kraft versuchte sie, nicht mit Haut und Haar der Angst um ihre Kinder zu verfallen und trotz des Zorns auf ihre vier älteren Söhne Gott nicht infrage zu stellen. Sie schrumpfte unter diesen Anforderungen, die sie sich selbst stellte und mit sich selbst ausmachte, weil ihr Mann, der Pfarrer, für Zweifel an den Wegen Gottes zu dieser Zeit noch kein Verständnis aufbrachte. Niemand hatte damit gerechnet, dass sie ihn überleben würde, und also beeilte sie sich, dem Pfarrer hinterherzusterben, als es so weit war. Sie war immer eine gehorsame Gattin gewesen. Als sie wenige Monate nach ihrem Mann und fünfundzwanzig Jahre, nachdem Friedrich als jüngster und erster ihrer Söhne in den Krieg ziehen musste, die Augen für immer schloss, da weinte dieser jüngste Sohn so hemmungslos wie niemals zuvor in seinem Leben. Und sprach dann nie wieder von seiner Mutter und besuchte nie ihr Grab.

Sie war damals zu klein gewesen, um zu begreifen, was geschehen war. Ihren Vater weinen zu sehen hatte sie erschreckt, umso mehr, weil er lange gar nicht damit aufhörte. Später, als sie es hätte verstehen können, hatte sie ihn nicht danach gefragt. Sie hatte ihn, dämmerte ihr, sowieso zu wenig gefragt.

Begeistert über Friedrichs famose Erscheinung in Uniform war der Wehrmachtsfotograf, der ein offizielles Porträt von ihm anfertigte. Er setzte ihn ins weichste Licht, das er im Studio herzaubern konnte, und versah später das Bild des jungen Mannes, der nichts von der Welt und kaum etwas vom Krieg wusste, mit rosigen Wangen, stechend grünen Augen und weizengelbem Haar. Einen riesigen Abzug des handkolorierten Fotos auf dickem Papier schenkte der Fotograf der Familie. Für den Fall, sie sähen den Sohn, der sie aus diesem Foto schon wie eine Erscheinung aus einer anderen Welt anblickte, nicht wieder. Der Mutter missfielen vor allem die weizengelben Haare, weil sie sich an eine Käthe-Kruse-Puppe erinnert fühlte, die sie vorsorglich besorgt hatte, als sie noch dachte, sie bekäme eine Tochter. Sie legte das Bild sofort mit dem Gesicht nach unten in den Wäscheschrank unter die großen Leinentischdecken mit der Lochstickerei am Saum, die sie aufgelegt hatte, als sie noch alle gemeinsam sonntags nach der Predigt des Vaters zu Mittag aßen. Nun musste Friedrich fort.

Doch es war nicht Friedrich, der in diesem Krieg fiel, in den er als Erster ziehen sollte, sondern einer seiner Brüder. Sie wollten und mussten schließlich doch noch ins Feld, und Walter kehrte aus Russland nicht zurück. Was aus Karl geworden war, wusste niemand. Er hatte sich, so munkelten alte Kameraden, kurz vor Schluss davongemacht, und niemand hatte ihn je wieder gesehen. Friedrich aber blieb nach kurzer Grundausbildung zum Soldaten glücklich zunächst weit weg von jeder Front. In Uniform wurde er der Assistent des Fotografen.

Die Armee rückte schneller vor, als irgendjemand es für möglich gehalten hatte. Hitler war davon ebenso überrascht wie die Franzosen, die Belgier, die Engländer. Ein umfassender Sieg Deutschlands in dem zweiten großen Krieg, den es angezettelt hatte, schien unmittelbar bevorzustehen. Die Stimmung war prächtig. Doch als der Fotograf eines Morgens ins Labor stürmte, die Tür zur Dunkelkammer aufriss und rief: »Wir müssen los, dem Blitzkrieg hinterher«, da kroch die Angst in Friedrich hoch wie eine Spinne und legte ein eisernes Netz um seine Brust, das ihm lange noch die Luft wegnahm. Friedrich war gerade mit dem Entwickeln von Bildern junger Männer beschäftigt gewesen, denen die Uniform nicht ganz so gut stand wie ihm, deren Fotos aber ebenfalls für die Familien bestimmt waren, die nun zurückblieben. Die Begeisterung des Fotografen überraschte ihn. Friedrich fiel gar nichts ein, wofür er jenseits der deutschen Grenzen oder überhaupt in seiner Uniform kämpfen wollte.

Vielleicht lag es an all den Jahren, in denen die Mutter ihm das Haar gebürstet hatte, dass ihm soldatische Härte abging. Dafür schämte er sich plötzlich. An jenem Tag, an dem der Fotograf rief: »Wir müssen dem Blitzkrieg hinterher«, beschloss er, von nun an daran zu denken, was ihm nützlich wäre. Weich zu sein hatte ihm keinerlei Vorteile gebracht. Nachteile wohl. Er war nicht einer der Jungs gewesen. Dafür hatte er zahlen müssen. Seine Brüder hatten nichts dabei gefunden, der SA beizutreten, um nach dem Studium noch promovieren zu können und deshalb vorerst als »unabkömmlich« zu Hause bleiben zu dürfen. Sie hatten sich nicht geschämt, mit ihren dumpfen Sturmgenossen am Elternhaus vorbeizuziehen und dröhnende Schmähreden auf den Vater durch die Straße zu brüllen und einen Stein ins Fenster des elterlichen Wohnzimmers zu werfen, um den sie einen Zettel gewickelt hatten, auf dem »Judenpfarrer« stand, weil der Vater Juden getauft und irrtümlich gehofft hatte, ihnen damit das Leben zu retten.

Bei all diesen Aktionen war Friedrich abseits geblieben. Hatte, wenn die Brüder ihn aufforderten mitzumachen und sich einzureihen, die Tür zu seinem Zimmer verschlossen und sich unter dem Kopfkissen verkrochen. Als er wieder hervorkrabbelte, hatte er seine Bücher über die Ordnung des Universums vom Regal geholt und sich in den Kosmos versenkt. Hatte auf die Mutter gehört, die davon erzählte, was für Leute diese Männer in den braunen Hemden waren, bei denen die Brüder mitliefen. »Aber wir können studieren«, riefen ihr die Söhne zu. Sie zuckte nur mit den Schultern und sagte: »Raus mit euch.«

Friedrich konnte nicht studieren. Er machte eine Lehre, nach der er nur ein weiterer Kaufmann war, der von Glück sagen konnte, wenn bei der Firma, die ihn ausgebildet hatte, noch ein Platz für ihn frei war. Unabkömmlich? Nicht im Mindesten.

Friedrich also beschloss, als der Fotograf in die Dunkelkammer gestürmt kam und seine Arbeit des Vormittags ruinierte, seine Gefühle einzufrieren, bis er nichts mehr spürte als eine Taubheit hinter den Knöpfen seiner Uniformjacke. Er bestieg den Beiwagen des Motorrads, das der Fotograf der Propagandaeinheit sein Dienstfahrzeug nannte, zwischen den Füßen eine Ledertasche, vollgepackt mit Objektiven und Filmrollen, neben sich festgeschnallt das Stativ, und so brausten sie den bedröhnten Soldaten der Wehrmacht hinterher, die in wahnwitzigem Tempo gerade Belgien überrannten. Friedrich reckte die Brust in den Fahrtwind und stellte sich vor, wie sein Herz langsam abkühlte und schließlich zu einem Stück Eis gefror. Die Maschine rumpelte durch die hubbeligen Senken, von den Panzerketten in den Frühlingsboden gefräst, der Fotograf juchzte auf, wenn sein Motorrad die Bodenhaftung verlor, Friedrich kotzte, dann lachten sie beide und rasten weiter hinter dem wahnsinnig gewordenen Heer her, das seit Tagen ohne Schlaf pervitingedopt dem Ärmelkanal entgegenstürmte. Nur am frühen Morgen, wenn der Nebel noch über den Feldern hing und sich die Panzer besonders malerisch vor dem gerade aufscheinenden Horizont abzeichneten, machten sie Pause, um zu fotografieren. Und gegen Abend hielten sie noch einmal an und versuchten, die Stimmung festzuhalten, wenn das Licht die Soldaten, die kurz Atem holten, bevor sie weiterpreschten, golden rahmte.

Die Fotos, die sie schossen, gingen nicht um die Welt. Sie fanden nicht einmal ihren Weg zum Reichsbildberichterstatter Hoffmann, in dessen Auftrag sie unterwegs waren. Sie landeten mit der Tasche und den Objektiven im Schlamm, und kurz darauf rollte eine schier endlose Kolonne von Militärfahrzeugen über sie hinweg wie über alles andere, das auf ihrem Weg lag. Niemand scherte sich um sie, als das Motorrad in eine besonders tiefe Bodendelle plumpste. Vom Aufprall wieder nach oben gestoßen, überschlug sich die Maschine und schleuderte den Fotografen und Friedrich in ein Feld, wobei der Beiwagen, aus dem in hohem Bogen die Tasche mit den Objektiven und den Filmdöschen flog, sich von der Achse löste, auf Friedrichs Rücken fiel und ihn brach.

Das war im Mai 1940 irgendwo in Flandern. Der Fotograf, von dem Stativ durchbohrt, starb sofort. Für Friedrich war der Krieg vorbei.

Könnte es so gewesen sein?

Ein Trupp von Nachzüglern fand ihn. Als Friedrich wieder zu sich kam, lag er bereits auf der Ladefläche eines Lastwagens und war auf dem Weg in ein Lazarett. Seltsamerweise hatte er keine Schmerzen. Noch nicht. Außer einem höllischen Brennen in der Hand, die schon verbunden war, als er aufwachte, spürte Friedrich kaum etwas. Bis zwei Sanitäter ihn aufrichten wollten und er zusammenknickte wie eine Marionette ohne ihren Spieler.

Er verbrachte die nächsten fünf Jahre mehr oder weniger im Bett, nicht immer in demselben zwar, aber doch lange genug in der Gipsschale, die ihm auf der ersten Station sofort angepasst worden war, damit der Rücken wieder zusammenwuchs. Je länger er dalag, desto mehr schrumpften seine Glieder. Er verlor einige Zentimeter an Körpergröße, an Umfang sowieso. Ein paarmal wurde an ihm herumoperiert. Manchmal war Friedrich optimistisch, was seine Heilung anging, dann wieder fürchtete er sich vor einer Zukunft als Invalide. Krüppel, wie er das nannte. Er sah viele Invaliden in diesen Jahren, freundete sich auch mit einem an, der keine Beine mehr hatte und darüber lachte, dass jetzt andere die Welt überrennen müssten, er stehe dafür nicht mehr zur Verfügung. Friedrich wollte niemanden überrennen. Aber aufrecht stehen, gehen, weiterleben, das wollte er schon.

Und doch hatte er es nicht eilig, auf die Beine zu kommen. Aber er arbeitete mit, wenn jemand kam, der versuchte, ihn aufzusetzen, seine Beine in Bewegung zu bringen, den Rumpf zu drehen. Langsam, sehr langsam erholte er sich, während Hitler die Welt in Brand setzte.

Nach zwei Jahren, da konnte er gerade wieder halbwegs aufrecht sitzen, doch an Aufstehen oder Gehen war noch nicht zu denken, schrieb ihm sein Vater, Walter sei verschollen. Er habe sich mit einigen seiner alten SA-Kameraden freiwillig an die Front gemeldet und sich wie ein Wahnsinniger in der Überzeugung in den Kampf gestürzt, es gebe nichts Größeres in seinem jungen Leben, als dem Führer Russland zu Füßen zu legen. Die paar Briefe, die er noch an die Eltern geschrieben hatte, um sie von seinem Heldenmut zu überzeugen, zeigten, er war nicht nur verblendet, sondern nachgerade verrückt geworden. Sie seien sicher, schrieb der Vater, er sei tot. Wie, wo, wann, das wussten sie nicht, und sie wollten es auch nicht wissen. Sie hatten ihn längst verloren, als er noch lebte, und diese Gewissheit hatte sich über ihre Trauer gelegt wie ein Leichentuch. »Unsere Gefühle sind tot«, schrieb der Vater, »wie Dein Bruder. Bleib Du am Leben. Bitte. Mutti grüßt Dich sehr herzlich. Dein Vater.«

Als sie gut fünfzehn Jahre später ungebeten in Friedrichs Leben trat, konnte er längst wieder ohne Krücken laufen. Er konnte sogar rennen, wenn er wollte, lange Spaziergänge machen, wie er es liebte, allein. Und wieder den Swing tanzen, besser als alle anderen. Kein bisschen hinkte er und ging nicht gebeugt. Niemand würde vermuten, dass er den Krieg schwer verletzt in einem Bett aus Gips verbracht hatte, worüber er selbst gar nicht unglücklich war, *all things considered.*

Ihm gefiel diese Redewendung, und er gebrauchte sie oft. Er hatte sie in der Gefangenschaft von den Amerikanern gelernt. Auch da hatte er Glück gehabt. Bei ihnen gab es alles, was er brauchte. Ärzte. Krankenpfleger. Medikamente. Männer, die Spaß daran hatten, mit ihm neue Bewegungen zu üben, Bewegungen überhaupt. In den letzten Kriegsmonaten im zerstörten Deutschland, als klar war, sie kriegen ihn nicht mehr fit für die Front, hatten die Ärzte das Interesse an ihm verloren gehabt und ihn einfach in dem Sanatorium liegen lassen, wo er mit allen anderen Patienten gefangen genommen wurde, als die Pfleger weiße Kopfkissenbezüge auf Besenstiele steckten und damit den amerikanischen Panzern zuwinkten. Wer weiß, was aus dem Swing geworden wäre, wäre es anders gekommen! Friedrich lernte etwas Englisch bei der Gelegenheit, und später streute er manchmal, wenn er gut gelaunt war, einen englischen Satz oder Halbsatz ein.

Er wurde ein Art Maskottchen für die Amerikaner, ihr »soldier without a cause«, wie sie ihn nannten. Sie brachten Friedrich bei, einen Baseball zu fangen, solange er noch nicht richtig laufen konnte, und später auch, wie man ihn schlug. Sie erklärten ihm, wie man einen Grill bedient und welche Soßen man über das Fleisch gießen musste. Er schloss Freundschaften. Und es war in ihrer Obhut, dass er sich seinen schlendernden Gang angewöhnte, als er das Laufen wieder lernte. Als sei er der coolste Mann der Welt. Mit einem Herz aus Eis.

Trotz des Baseballs, dessen Regeln er schnell wieder vergaß, war Sport nicht seine Sache. Von den Freundschaften aus der Gefangenschaft machte er nie wieder Gebrauch, und einen Grill hatte er, solange sie ihn kannte, auch nicht angezündet. Er war träge geworden, und der verletzte Rücken, auf dem eine lange Narbe von den Brustwirbeln bis in die Pofalte hinein zurückgeblieben war, war eine gute Entschuldigung.

Die Narbe war das Einzige, wonach sie ihn jemals gefragt hatte. Zweimal sogar. Sie war eine Markierung auf seinem Körper, das faszinierte sie, weil es zeigte, er war ein Mann aus Fleisch und Blut. Es wäre also möglich, wenn sie den richtigen Dreh fände, Kontakt zu ihm aufzunehmen. Wenn die Narbe wirklich war, war der Mann es auch. Aber er hatte ihr nie erzählt, woher sie stammte und ob es wehgetan hatte. Als sie fragte, hatte er mit den Achseln gezuckt und sie stehen lassen, beim ersten und auch beim zweiten Mal. Seitdem glaubte sie, er kam tatsächlich von einem anderen Stern. Er war auch nie nach Amerika gereist.

Was war Friedrich nach dem Krieg anderes übrig geblieben, als Geschäftsmann zu werden? Ohne Studium, aber mit losen Verbindungen aus seiner Lehrzeit zu einigen Männern, die sich nicht allzu viel hatten zuschulden kommen lassen oder dies den Amerikanern glaubwürdig versichern konnten? Hatte er sich glücklich gewähnt, mit ihnen in dem Chemiekonzern unterzukommen, bei dem er für den Rest seines Arbeitslebens blieb?

Für eine Weile hatte Friedrich sich darüber erregt, dass schon kurz nach dem Krieg kaum noch jemand an die Nazis dachte. Er schaute sich seine Brüder an und das Leben, das sie führten, wie sie angesehene Bürger blieben, sich für den Wiederaufbau ihrer Stadt engagierten und ihren Wohlstand mehrten, und er beschloss, den Mund zu halten und diesmal mit dem Strom zu schwimmen. Wenn es eine Gefahr gab, so hieß es jetzt in seiner Umgebung, vor der sich die Welt in Acht nehmen sollte, waren es die Kommunisten. Die Amerikaner, mit denen Friedrich Geschäfte machte, legten großen Wert darauf, dass Friedrich und die Firma, die er vertrat, das genauso sahen.

In seinem Chemiekonzern verkaufte Friedrich nicht irgendein Produkt. Er verkaufte ein Versprechen, eine Illusion. Farben. Rot und Blau. Das Licht, das in ihnen schimmerte. Die Wärme, ihre Schönheit. Sie hatte sich nie die Töpfe mit den Farben vorgestellt, nie die toxischen Dämpfe in den Fabriken und später die Gifte im Grundwasser. Sie hatte immer nur an die Farben gedacht, an das Glück und an die fröhliche Welt, die sie in ihrem Glanz versprachen. Blau. Das machte ihr Vater. Wenn sie mit dem Pinsel das Azurblau aus ihrem Wasserfarbenkasten löffelte und ein ganzes Blatt damit beschmierte, bis es aussah wie ein Stück Himmel, versuchte sie, es ihm gleichzutun. Ungleichmäßig, aber blau.

Erst jetzt, so lange nach seinem Tod, dämmerte ihr, Friedrich war, alles in allem, ein einsamer Mensch. Er war ein einsamer Bruder gewesen, ein einsamer Sohn, ein einsamer Soldat. Wie hätte er da Freunde unter den Männern finden können, die aus dem Krieg oder der Gefangenschaft nach Hause kamen, unschlüssig, was sie an die Stelle von Uniform und Stechschritt setzen sollten? Anna, seine große Liebe, war längst verschwunden, und da er nicht wusste, wo er sie suchen sollte, bemühte er sich, nicht mehr oft an sie zu denken. Er hatte andere Frauen, das fiel ihm nicht schwer, so schön, wie er war, so galant, wie er sein konnte, so geheimnisvoll, wie er wirkte. Aber es kümmerte ihn kaum. Nur manchmal spürte er eine Sehnsucht. Wenn die Piaf oder Frank Sinatra sangen und er sich vorstellte, wie es wäre, so viel Gefühl in sich aufzutauen und in solchen Liedern abzulegen und dann von der Bühne zu gehen, von allem befreit, aber nicht kalt. Weil er aber nicht darüber sprach und auch versuchte, nicht darüber ins Grübeln zu verfallen, verschwand die Sehnsucht schließlich. Nur die sentimentalen Affekte, die ihn hin und wieder anfielen, ließen noch einen Rest von ihr ahnen.

So kam es, dass die Menschen, die sie später nach ihm fragte, Friedrich zwar charmant fanden, seine tadellosen Manieren bemerkt hatten und sein einnehmendes Auftreten mochten. Dass aber niemand sagen konnte, worüber er nachdachte. Wo eine Leidenschaft lag. Wovon er träumte oder wovor er sich fürchtete. Nicht einmal die Frau, mit der er vorübergehend verheiratet war, kurz und fast aus Versehen, konnte irgendetwas Persönliches über ihn sagen.

Eines Abends in einem Spätsommer, noch während dieser kurzen Ehe, die ein Versehen war, traf Friedrich Anna wieder. In der Ruine eines alten Opernhauses war das, in der Pause eines Bachkonzerts. Er sah sie von fern. Sie war allein. Zierlich wie früher, blasser. Sie trug ein helles Leinenkleid mit dottergelben Rosen darauf, einen schmalen Lackgürtel in der Taille über dem weiten Rock und Schuhe mit Absätzen, die sie größer machten. Aufrecht, selbstbewusst stand sie einfach da. Sie erkannte ihn sofort, als er näher kam. Er legte ihr die Hand um die Taille und machte zwei Tanzschritte mit ihr, bevor er etwas sagte. Beide wussten sie in diesem Augenblick, sie würden von jetzt an zusammenbleiben. Es würde gut werden, wenigstens für eine Weile. Glück, endlich. Friedrich erzählte Anna nicht, dass er verheiratet war. Die Scheidung fand in aller Stille statt. Die anschließende Hochzeit auch.

Ein paar Jahre lang waren sie ein strahlendes Paar, ineinander und in die Idee verliebt, sich nach all der Zeit wiedergefunden zu haben, die ihnen fast so lang schien, wie das tausendjährige Reich dauern sollte. Ihre Jugend war vorbei. Sie waren erschöpft. Sie waren beide nicht gläubig, und doch dachten sie, nach der Naziherrschaft müsse eine Zeit der Buße sein. Eine Zeit der Scham darüber, dass sie nicht verhindert hatten und nicht verhindern konnten, was geschehen war.

Anna und Friedrich leugneten nie, gewusst zu haben, was den Menschen bevorstand, die vor ihren Augen aus ihren Häusern und Wohnungen vertrieben und abtransportiert wurden. Nicht im Einzelnen, das nicht. Aber dass diese Menschen in den Zügen, die Anna vom Küchenfenster ihrer Wohnung aus sehen konnte, bevor sie ausgebombt wurde, und von denen Friedrich immerhin noch hörte, während sein kaputter Rücken zusammenwuchs, ihrem Tod entgegenfuhren, darüber waren sich beide im Klaren. Friedrich und Anna dachten, ihre Schuld sei durch dieses Wissen gewachsen. Weil sie beide, während sie das wussten, auch an anderes dachten. Friedrich daran, ob er je wieder würde laufen können, an seine Brüder, seine Mutter. Anna an ihre alten Eltern, an Lebensmittelmarken und einen Wintermantel. Zwölf Jahre brauchten beide, jeder für sich und eine Weile gemeinsam, bis sie sich ein Stück Zukunft erlaubten, etwas, das halten sollte. Eine Familie.

Sie bekamen einen Sohn, der sie beide noch für eine weitere Weile glücklich machte. Dann die Tochter, die sie entzweite. Der Bruch kam plötzlich und war unwiderruflich, obwohl weder Friedrich noch Anna sagen konnten, was ihn auslöste. Friedrichs Aufforderung zur Abtreibung? Annas Handel mit dem Arzt? Tausend Mark für nichts? Die Urologen? Es wurde hässlich. Sie wussten nicht mehr, wie sie miteinander leben sollten. Friedrich liebte den Erfolg, der sich schließlich eingestellt hatte. Anna stand dem Leben, das damit einherging, misstrauisch gegenüber. Wenn sie einander anschauten, spürten sie keine Liebe mehr. Sie, die einmal gemeinsam eine Welt ohne Nacht entdeckt, einander verloren, wiedergefunden und glücklich gemacht hatten, sahen nur noch ins Dunkel. Keine Zukunft. Sie teilten keine Welt mehr, und es gelang ihnen nicht, das All, das sich zwischen sie geschoben hatte, zu überbrücken. Die Trauer darüber war so groß, dass sie es nicht einmal versuchten.

Wie verliebt Friedrich und Anna einmal gewesen waren, hatten weder sie noch Andreas je gesehen. Kaum einmal in Einklang miteinander. Im besten Fall hatten sie gespürt, wie die Eltern beim Blättern in Fotoalben oder während des einzigen Dia-Abends, der ihr im Gedächtnis geblieben war, sich in die gemeinsame Erinnerung an vergangene Augenblicke vertieften, in denen sie einmal glücklich gewesen waren. Sie wusste längst, die Erinnerung an etwas, das nicht mehr gilt, reicht nicht für ein Leben, und ihre Eltern wussten es auch, obwohl die Werbekampagne für ihr Dia-Karussell etwas anderes behauptete. Weder Andreas noch sie hatten eine Ahnung, was zwischen ihnen schiefgelaufen war. Die glücklichste Zeit im Leben ihres Vaters war jedenfalls vorbei, als sie geboren wurde.

Je länger diese Zeit zurücklag, desto besser sah sie von außen aus. Friedrichs Welt. Die Möbel der Fünfziger und Sechziger, die Kleider, die Männer und die Frauen. Trinken gehörte dazu, und Zigarettenrauchen, maßlos, wie ihr schien, und doch völlig selbstverständlich. Gleichzeitig hatten Männer und Frauen sich offenbar gar nichts zu sagen. Sie lebten getrennte Leben, die einen draußen in der Welt, die anderen für eine Weile noch drinnen.

Friedrich, das Wesen von einem anderen Stern. Nur in seinem Büro hoch über der Stadt ihrer Kindheit kam er ihr wirklich vor. Fremd, aber anwesend, während er an anderen Orten flüchtig blieb und sich aufzulösen schien, wenn man ihn ein wenig länger ansah. Dort aber, in seinem Büro in einem hochmodernen Nachkriegsbau, war er tatsächlich leiblich da. Natürlich präsent. Über ihm nur noch das Kasino mit seinen weißen Tischdecken, gestärkten Servietten und Kellnerinnen mit halbrunden weißen Schürzchen über schwarzen Kleidern, und darüber der Himmel, blau. Palisandermöbel im Büro mit Vorzimmer, gegenüber dem blank polierten Schreibtisch die Bar, die in einem halbhohen Sideboard untergebracht war und sich mit der Tür herausdrehte. Dann ging dahinter das Licht an, und vor einer verspiegelten Rückwand kamen Flaschen, Karaffen, Kristallgläser, Eisbehälter, silberne Cocktaillöffel, kleine, feste Papierservietten und Miniflaschen mit Orangensaft zum Vorschein. Den Orangensaft bekam sie, falls die Sekretärin, die das Eis für den Whiskey brachte, es nicht vergaß.

Der Portier am Empfang hinter einem geschwungenen Tresen begrüßte sie formvollendet, wenn sie Friedrich dort besuchte. Er kannte sie und lächelte, während er die Sekretärin anrief, die oben am Paternoster auf sie wartete. Meistens war das, wenn Andreas sie von der Schule abgeholt hatte und sie mehr bei der Sekretärin als beim Vater parken wollte, während er mit seinen Freunden irgendwohin ging, wo sie nicht sein sollte.

Aber im Büro war Friedrich nicht so oft. Wo auch immer er sonst seine Tage und häufig auch seine Nächte verbrachte, sie hatte keinen Zutritt zu diesen Orten. Sie wusste noch nicht einmal, wo sie lagen. Manchmal holte sein Fahrer ihn ab, um ihn dorthin zu bringen, und irgendwann brachte er ihn auch zurück zu dem Haus, in dem seine Familie wieder einmal vergeblich mit dem Abendbrot auf ihn gewartet hatte. Aber was dazwischen passierte, darüber gab es nicht einmal Gerüchte.

Ihr achter Geburtstag, an dem sie dem Vater auf den Kopf gespuckt hatte, lag einige Jahre zurück. Die Scheidung der Eltern auch. Seit dem Nachmittag im Gartenlokal hatte sie kein Eis mehr und auch sonst nicht viel gegessen. Sie sah Friedrich nur noch, wenn sie sich zum Mittagessen verabredeten, als wären sie Geschäftsfreunde, und sie trafen sich auch immer in dem Lokal, das er sonst mit anderen Geschäftsleuten besuchte. Es lag in einem Keller, war schummrig beleuchtet, sodass die Tischdecken besonders hell strahlten. Wispernde Männer in dunklen Anzügen empfingen die Gäste am Eingang und geleiteten sie zu ihren Tischen. Gedämpfte Musik legte sich um den Raum wie Seidenpapier, hinter dem der Rest der Welt nur noch schemenhaft zu erkennen war.

Friedrich saß immer ungefähr in der Mitte des Restaurants mit dem Rücken zur Wand. Man kannte ihn und wusste, dies war sein Lieblingsplatz. Sichtbar, aber auch geschützt. Der Martini, sehr trocken, mit Olive, wurde serviert, bevor er sich überhaupt richtig niedergelassen und den Stuhl ein wenig schräg zum Tisch gerückt hatte, um den Beinen mehr Platz zu geben. Der zweite kam ungefragt, manchmal ein dritter. Nach dem Essen ein Mokka mit einem Kirschwasser dazu und dann einem zweiten. Seltener, aber doch manchmal stattdessen ein, zwei Irish Coffee. Sie trank nicht. Aß spärlich. In ihrem täglichen Tanzunterricht war dünn, wie Friedrich es an ihr mochte, auch gern gesehen. Doch das interessierte ihn schon nicht mehr. Sie spürte das, zog aber keine Konsequenz daraus.

Friedrich saß, seine schlanken Beine in der teuren Anzughose übereinandergeschlagen, vor ihr und schaute an ihr vorbei irgendwohin, wo sie nicht war.

Das war ungefähr der Zeitpunkt, an dem sie einander aus den Augen verloren. Nirgends, wo andere Väter waren, tauchte Friedrich auf. Bei Schulaufführungen. Tanzveranstaltungen. Geburtstagspartys, er war nie dabei. Sie wusste, er hatte eine Freundin. Sie glaubte, auch noch andere Frauen. Irgendwann hörte sie, er hatte wieder geheiratet. Später, er hätte aufgehört zu arbeiten. Andreas erzählte ihr diese Dinge, weil er meinte, sie sollte im Bilde sein.

Dabei machte sie sich ihre Bilder selbst. Friedrich würde durch fremde Länder reisen, stellte sie sich vor. Der Norden passte zu ihm, dachte sie. Skandinavien, Island, Alaska, Länder mit weiten Landschaften mit nicht viel darauf. Sie sah ihn in leeren Bars in Gesellschaft schweigsamer Barkeeper, die ein Glas nach dem anderen vor ihm abstellten und manchmal mit ihm tranken und Sinatra-Platten auflegten, bevor sich eine oder eine andere Frau neben ihn stellte und ihm die Hand in den Nacken legte und dann wieder verschwand. Sah ihn in kühlen Nächten, die nicht dunkel wurden, vor einem Blockhaus sitzen, mit einer Zigarette in der Hand, Glühwürmchen ein Stück weiter hinten Richtung Wald. Oder Afrika, wie es damals war. Das passte auch zu ihm, glaubte sie. Weite mit Tieren, Savannen. Die großen Nationalparks, über die Vogelschwärme flogen. Ihr gefiel die Vorstellung, er bereite sich auf diese Reisen vor, vertiefe sich in die historischen Gegebenheiten und die Naturgeschichte jener Länder, in denen sie ihn herumreisen oder einfach in die Ferne blicken ließ, wie in die Geheimnisse des Kosmos als Jugendlicher. Wer leistete sich schon noch eine Vorstellung vom Universum? Sie glaubte, er dachte über solche Sachen nach. Sie hoffte, er fände etwas, das ihn fesselte, ihm Halt gab. Irgendetwas musste er sehen, vermutete sie, während sein Blick über sie hinweg glitt und in der Ferne festfror.

Letztlich aber dachte sie selten an ihn. Jahrelang nicht und dann plötzlich doch, wenn sie gerade nicht aufpasste.

SIE FAND DAS PLAKAT HARMLOS. Enorme Brüste. Rüschen-BH, Korsage, Strapse an den geöffneten Schenkeln und dann Unschärfe. Sehr rosa alles, nicht mehr ganz neu. Sie fand auch die Peepshow harmlos, bei der sie sich als Tänzerin vorstellte. Der Job war gut bezahlt, sie brauchte Geld, und etwas anderes fiel ihr gerade nicht ein. Sich zu zeigen schien ihr machbar. Direkter Kontakt eher nicht. Deshalb kamen Pornos nicht infrage. Aber in der Peepshow wäre sie allein und könnte das Ganze sogar ein bisschen als Training benutzen, Dehnung wenigstens, dachte sie. Der Besitzer des Ladens hatte die Schaufenster mit Bildern einer Pornodarstellerin dekoriert, auch, um auf das Kino gleich nebenan, das ebenfalls ihm gehörte, hinzuweisen. Ihr hatte der Riesenbusen imponiert und der strahlende Blick unter dem vielen blonden Haar. Sie hatte keinen Schimmer von der Branche. Deshalb fragte sie den Besitzer, bei dem sie gerade einen guten Eindruck zu machen versuchte, wer das sei. Ihr neuer Chef schaute sie mitleidig an und murmelte: »Cicciolina.« Dann räusperte er sich und wurde etwas lauter:

»Merk dir das, Mädchen: Alle Männer kennen Cicciolina!«

Und sie antwortete scharf: »Mein Vater nicht.«

Sie hatte keine Ahnung, warum sie das sagte, aber sie war sich sicher, sie hatte recht.

Inzwischen hatte sie lange genug getanzt, um mit ihrem Körper einigermaßen einverstanden zu sein. Sie hatte ein operationales Verhältnis zu ihm entwickelt, schmückte ihn selten und machte sich ansonsten nicht viele Gedanken über ihn, abgesehen von den Fragen, die das tägliche Training stellte. Höhe der Beine. Tiefe des Pliés. Sprungkraft. Kleine Verletzungen. Balance in den Drehungen, in der Arabesque. Sie warb dabei nicht um die Blicke der anderen, der Männer oder Frauen. Vielleicht war das der Grund, dass ihr Vater sie übersehen hatte.

Das Tanzen hatte das Leben leicht für sie gemacht. Ihm eine Struktur gegeben und ihrem Körper einen Zweck. Es gab keine Ambivalenz. Alles, was sie war, konzentrierte sich auf eine Reihe einfacher Dinge, die sehr viel Übung, sehr viele Wiederholungen erforderten. Eine schöne Rückbeuge. Ein sauberes Chassé. Ein schnelles, pointiertes Piqué. Runde Arme, auch in der Streckung. Instinktiv zählen und die Bewegung ohne Hindernisse durch die Gelenke fließen lassen. Es war ein großer Augenblick, wenn das gelang. In einem solchen Moment empfand sie ihren Körper als Einheit, mit der sie in Frieden leben konnte. In einem solchen Moment ertrug, vielleicht genoss sie es sogar, angeschaut zu werden. Dafür brauchte sie den Ballettsaal mit den Spiegeln rundherum, die Bühne. Ansonsten blieb sie noch lange auf fast ungelenke Weise schüchtern.

Kaum war das Training vorbei, versuchte sie wieder, unsichtbar zu werden, und lange tat sie so, als reiche es dafür, sich selbst nicht anzuschauen. Auch deshalb hatte sie, obwohl sie sich wegen des Trainings oder der Proben täglich mehrmals umzog, auszog, zweimal mindestens duschte und nackt oder halbnackt vor einem Spiegel stand, nie darüber nachgedacht, wie ihre Unterwäsche wirken könnte, wenn sie jemand zur Kenntnis nähme. Für sie war die Unterwäsche die erste Schutzschicht zwischen ihrem Körper und der Welt. Instinktiv griff sie in Läden oder auf Wühltischen zu Teilen, die keinerlei ästhetischen oder erotischen Standards standhielten, sondern einzig solchen der Sicherheit. Eine Unterhose war für sie ein Kleidungsstück, das den Po völlig bedeckte und bis wenige Zentimeter unter den Nabel reichte, weiß und aus Baumwolle. Lange war das so. Vielleicht, weil sie eine Weile immer wieder solche Kinderunterhosen am Bach vergraben hatte, der durch den Ort ihrer Kindheit floss. Obwohl sich im Sportunterricht oder im Schwimmbad die anderen Mädchen darüber lustig machten, hatte sie sich nie weitere Gedanken über Schnitt, Farbe, Gewebe oder Verzierungen ihrer Unterhosen gemacht und das, was sie an anderen Versionen des Dings in Form von Slips, Shorts, Strings, Tangas, Stringtangas bei anderen Mädchen, in Zeitschriften, Schaufenstern oder Filmen sah, nie mit sich und dem, was sie morgens als Erstes anzog, in Verbindung gebracht. Dass auch sie so etwas tragen könnte. Als sie das erste Mal von einer Tante eine Garnitur mit Spitzenbesatz am Bein und am Bund geschenkt bekam, schien ihr das verwegen genug. Obwohl auch hier alles aus Baumwolle war und den Po warm hielt.

Beim Tanzen ging ihr das auch so. Dass sie die Dinge, die sie da tat, nicht mit sich in Verbindung brachte. Nach dem Anfang in einer Ballettschule lernte sie später alle möglichen Varianten des modernen Tanzes, Jazz auch und afrikanisch. Sie liebte das Training direkt nach der Schule oder am Abend, die Möglichkeiten, die ihr Körper sich langsam erschloss. Sie mochte, wie die Trikots sich mit ihrem Schweiß vollsaugten und vorne dunkle Streifen bekamen, wo ihre Rippen waren, und hinten entlang der Wirbelsäule, die oberhalb der Lenden einen kleinen Knick nach rechts machte, was nicht ideal war. Ihre Hüften waren auch nicht ideal, eine ernsthafte Ballettkarriere mit Rollen wie Gisèle oder Schneewittchen oder dem schwarzen Schwan konnte sie vergessen. Aber das kümmerte sie nicht. Im Tutu mochte sie sich nie besonders.

Doch sie liebte es, wie die Musik sich in ihren Körper hineinwand, der nach ein paar Jahren ohne großes Zutun ihrerseits zu Schritten oder Sprüngen und Pirouetten fand, selbst wenn diese Musik oft nur ein Walzer oder ein einfaches Stück im Viervierteltakt war, das der Pianist in den Ballettklassen gelangweilt klimperte. In den Jazzklassen kam die Musik vom Band, und sie lernte ganz andere Bewegungen, weite kreisende Schwünge mit den Hüften, heftiges Schütteln von Kopf und Oberkörper in der Hocke knapp über dem Boden, sie lernte, die Einzelteile ihres Körpers isoliert zu bewegen, lernte, mit den Füßen zu stampfen, und Kontraktionen der Körpermitte und wie sie den Kopf von einer zur anderen Seite des Halses schieben konnte, lernte Handstände, aus denen sie sich nach vorn abrollte, und verlor die Angst, sich aus dem Sprung zu Boden fallen zu lassen.

Dazu kamen ganz unvertraute Schritte in neuen Rhythmen, stolpernd synkopisch, komplex zu zählen. Es war schwieriger, und es dauerte eine Weile, bis sie ihre klassische Haltung auflösen, ihre Muskeln loslassen konnte, aber sie warf sich hinein, arbeitete an sich, und irgendwann überkam sie dieses Gefühl fließenden Glücks, das sie von den Viervierteltakten kannte, wenn der Körper von selbst in die Kombinationen fand und die Rhythmen aufnahm.

Eines Abends in der Stunde eines Gastlehrers, der aus Amerika gekommen war, aber einen spanischen Namen hatte, und der ihr gefiel, weil er lässig wirkte und sie Sweetie nannte, ließ ihr Körper alles Tastende fahren. Während sie mit den Fersen stampfte, schob sie sich an jedem Gelenk in entgegengesetzte Positionen, die Füße quer zu den Hüften, die Hüften gegenläufig zu den Schultern, dazu rollte sie den Kopf und streckte die Arme weit von sich, um sie windmühlenartig kreisen zu lassen, in die Seiten zu stemmen und sich selbst mit ihnen in einen Sprung hochzuschieben, den sie in der Hocke abfederte, bevor sie die Arme um die eigene Brust schlang und mit den Händen hinter ihrem Rücken herumwedelte, bis sie schließlich ermattet hinabsanken. Sie schnaufte kurz, riss die Arme dann nochmal hoch und wirbelte mit den Händen auf ihren Schultern herum, während sie sich mit herausgestreckter Brust und aufgerissenen Augen wie ein kleiner Derwisch drehte und die Hüften schwang und die Füße immer noch stampften und der Kopf frei war. Sie hängte noch einen Überschlag dran und kam heftig atmend endlich zur Ruhe. »Yeah«, sagte der Lehrer aus Amerika mit dem spanischen Namen. »Sexy.«

Aber sexy hatte sie nicht im Sinn gehabt. Sie bekam die Verbindung zwischen diesem Wort und dem, was sie tat, nicht hin. Als ein anderer Tanzlehrer, der weder lässig war noch sie Sweetie nannte, während eines Sommer-Workshops in einer fremden Stadt sie einmal bat, sich an die Wand zu lehnen und zu ihrem Partner hinüberzuschauen, als wolle sie ihn anmachen, hatte sie keine Idee, was sie tun sollte. Ihr fiel keine einzige Bewegung, keine Pose dazu ein. »Versuch es mit der Hüfte«, schlug der Lehrer vor. Da war sie schon neunzehn, hatte Freunde gehabt, Sex gehabt und war trotzdem völlig unbedarft.

Der erste dieser Freunde war sehr viel älter als sie gewesen, und ihre Mutter hatte gesagt, die Vorstellung sei ihr unerträglich, dieser Mann, der tagsüber an Motorrädern herumschraubte und Altöl unter den Fingernägeln hatte, würde abends ihre Tochter anfassen. Vor allem deswegen hatte sie sich abends von diesem Mann anfassen lassen, mit dem sie nichts verband außer einer vagen und keineswegs ausschließlichen Liebe zu Captain Beefheart. Sie war gerade sechzehn. Er wusste nicht, dass er ihr erster Mann war. Sie hatte ihre Jungfräulichkeit einem Tampon geopfert und gab sich erfahrener, als sie war. Sie hatte keine Verbindung zu ihrem Körper, wusste nichts von seinem oder Sex überhaupt, und es tat ein bisschen weh, und sie wunderte sich, warum alle davon sprachen und Lust ins Spiel brachten. Aber sie empfand eine Genugtuung, die ihr neu war, wenn sie daran dachte, wie weit weg von ihrer Mutter sie im Bett dieses Mannes mit dem Dreck unter den Fingernägeln war, in dessen Zimmer es nach Reifen und Zigaretten roch. Es war eine kurze Phase, in der sie sich gewaltsam von der Mutter losriss, mit einer Kraft, die bei ihnen beiden Wunden schlug. Sie spürte, nur wenn es wehtat, würde sie irgendwann frei sein, zurückzukommen. Ihr Vater hatte mit alldem nichts zu tun.

Die Idee mit der Peepshow war ihr gekommen, weil sie tatsächlich kein Konzept von sexy hatte. Ein paar aufreizende Bewegungen zu dämlicher Musik für geile Männer hinter einer Sichtklappe, die nach fünf Minuten wieder vors Fenster fiel – sie sah nicht, warum sie damit Probleme bekommen sollte. Sie war in Sicherheit. Niemand könnte sie anfassen, sie hätte alles im Griff. Hätte Kontrolle über die Blicke der Männer (sie vermutete, es wären Männer, die ihr zuschauten), die sie sonst nicht herausforderte. In dem kleinen Zimmer der Peepshow hatte sie nicht vor, etwas zu zeigen, das zu zeigen sie nicht bereit war. Sie fühlte sich stark. Unverletzlich, körperlich.

Gleichzeitig driftete sie hierhin und dorthin, ziellos, aber ohne Drama auf der Suche nach einem Ausgang aus diesem Leben, damit sie durch einen anderen Eingang wieder eintreten könnte. Verschwinden, um als eine andere wiederzukommen, das war immer noch ihr Plan. Sie war inzwischen Anfang zwanzig und glaubte weiterhin, jeden Tag finge alles von Neuem an.

Der Laden, in dem sie sich als Tänzerin bewarb, lag in der Nähe des Bahnhofs, wo sonst. Ihr schien, es regnete immer, wenn sie dort ankam. Die Tropfen klebten von außen an den Scheiben, hinter denen die Poster von Cicciolina meistens nur verschwommen zu erkennen waren. Sie war gerade erst von ihrem neuen Arbeitgeber darüber aufgeklärt worden, dass jeder Mann Cicciolina kannte. Trotzdem hatte er sie eingestellt, aber unter Vorbehalt, weil sie so überhaupt keine Ahnung hatte, was er andererseits auch einen Vorzug nannte. Eine Woche Probezeit hatten sie vereinbart. Neben dem Eingang zur Peepshow standen ein Kassenhäuschen für die beiden Sexkinos und ein Automat mit Präservativen.

Als Kostüm, vom Arbeitgeber zu einem Spottpreis zur Verfügung gestellt, zog sie an, was die anderen trugen. Tauschte ihre Unterhose gegen einen G-String in der Farbe des Hauses, rot wie in allen anderen Häusern dieser Art, vermutete sie, und sie guckte sich an ihrem ersten Tag an, was die anderen Frauen machten, und machte es nach. Sie fand, es war leicht verdientes Geld. Die Bewegungen auf dem Hocker, der Matte, an der Stange waren kindisch. Kreisen mit dem Po, Brust vorstrecken, sich anfassen, aber nur so tun, ein Bein über die Stuhllehne schwingen oder um die Stange wickeln und in die Knie gehen und wieder hoch, über die Schulter gucken. Das alles zum Mitsingen langsam und zu betäubend banaler Musik. Sie hätte das im Schlaf hingekriegt und zog die Schicht auf Sparflamme durch. Mit den Männern, die ihr zusahen, nachdem sie ein paar Mark in einen Schlitz geworfen hatten und sich die Klappe vor dem Fenster öffnete, kam sie tatsächlich nicht in Berührung. Sie konnte sie auch nicht sehen, wenn sie durch das blendende Licht hindurch nicht sehr genau hinschaute oder ein Kunde ganz nah an die Scheibe trat. Sie stellte sich ihre Erregung nicht vor. Sie hatte nicht das Gefühl, sie gebe etwas von sich preis. Auf eine merkwürdig taube Art hatte sie nicht einmal das Gefühl, sie würde angesehen.

»Hey.«

Ihre Schicht war vorbei, und sie war auf dem Sprung weg von dort, als der Türsteher sie eines Abends ansprach. Die Probezeit lag hinter ihr, und sie war immer noch da.

»Hey«, sagte sie.

Sie hatten sich einander noch nicht vorgestellt, nur zugenickt, wenn sie zur Arbeit kam und wenn sie später wieder ging. Er war ihr aufgefallen, weil er nicht so groß wie die anderen war, mit denen er sich abwechselte, noch nicht so breit und stark. Er arbeitete daran, so schien ihr. Noch sah er etwas zottelig aus, kam aber immer mit einer prallen Sporttasche zum Dienst, und sie hatte ihn in der winzigen gemeinsamen Küche dickflüssige Eiweißdrinks zusammenrühren sehen. Er kam ihr vor, als gehörte er noch nicht völlig dazu, was ihm ganz recht zu sein schien. Vielleicht nutzte er den Laden nur als Durchgangsstation, vorübergehend, weil ihm gerade nichts anderes einfiel. So wie sie.

»Willst du was trinken gehen?«

Sie dachte an ihr Projekt, zu verschwinden, und an den neuen Eingang in ein anderes Leben und sagte: »Klar.«

Sie hatte auch nichts weiter vor und war durstig, und so trotteten sie los.

»Magst was rauchen?«, fragte er unterwegs und baute im Gehen einen Joint. Wie ein lässiger Bär in gerade sehr friedlicher Stimmung kam er ihr vor, wie er da neben ihr herging, als hätten sie das schon oft gemacht, und wie er aus seiner Hosentasche das Gras fischte, nachdem er fast ohne hinzuschauen zwei Blättchen Zigarettenpapier aneinandergeklebt hatte. Es war noch nicht mal Mitternacht, aber auf den Straßen fielen vor den Bordelleingängen schon die Betrunkenen übereinander her, ohne einander großen Schaden zuzufügen, und eine Ecke weiter stand eine Phalanx zusammengekrümmter Seelen Schlange bei ihrem Dealer, wie jeden Tag zu jeder Zeit.

»Später vielleicht«, sagte sie und dachte, wohin gehen wir eigentlich?

Er bog nach rechts ab, und gleich hinter der Ecke klopfte er an eine Tür. Kein Schild sagte, wie das Lokal hieß, keine Lichter wiesen den Weg. Die Sichtluke wurde kurz auf- und wieder zugeschoben, ein Schlüssel im Schloss gedreht. Schwer öffnete sich die Tür, und sie standen nach einem Schritt mitten in einer Bar. Sie fand nichts Besonderes an ihr, dass sie einen Geheimeingang brauchte. Düsteres Licht, ein gut aussehender Bartender mit rasiertem Kopf, das trugen damals noch nicht viele. Menschen aller Geschlechter standen oder saßen herum, Stammgäste, wie es schien, und hörten ein paar Musikern zu, die auf der winzigen Bühne einen Blues spielten.

Sie machte sich vom ersten Blick zur Bühne hin Sorgen um den Saxophonisten. Sein schwerer Bauch zog ihn mitsamt seinem Instrument gefährlich nach vorn, und sie befürchtete, er würde, während er im Spiel versunken mit seinem Instrument immer heftiger vor und zurück schaukelte und dabei immer tiefer ausholte, schließlich aus der Balance platt nach vorn auf den Boden kippen, was aber nicht geschah.

Ein Trompeter schneit herein und fragt, ob er mitmachen dürfe. Ein Argentinier, den der Barkeeper offenbar kennt.

»Er ist gut«, sagt er und schiebt das Kinn nach vorn, sein Freund soll auf die Bühne zu den anderen gehen. Er wird der Gott des Abends. Aber er will nicht angebetet werden, sondern sucht Gesellschaft, mit der er Musik machen kann, und er findet sie hier, in dem Saxophonisten mit dem enormen Bauch und dem Bassisten, einem dünnen Kerl mit dünner Krawatte und dünnem Haar. Der legt ein herrliches Solo hin, das sie überrascht und dem der Gott glücklich lachend applaudiert, bevor er eine Barocktrompete aus seinem Gepäck neben der Bühne kramt. Und darauf etwas zu spielen beginnt, das sie von fern wiedererkennt. »Blue in Green«, glaubt sie, Miles Davis. Bill Evans hat es für Klavier geschrieben, das ist auch bei Miles dabei, seine Stimme übernimmt hier der Bass mit. Jedes andere Geräusch verstummt, der Schlagzeuger streichelt nur ganz vorsichtig die Becken, bis der Trompeter schließlich sein Instrument langsam sinken lässt, während er lautlos tief einatmet. Ein leises Zittern steht in der Luft, der letzte Ton vibriert noch eine Weile, und erst nach einer Pause klatschen die Leute, und einige rufen bravo. Sie sagt leise: »Olé«, wie beim Flamenco, und der Bär stupst sie an und flüstert: »Wahnsinn.«

Es folgt noch ein Song mit einem großen Solo für den Saxophonspieler, der aber seinen Einsatz verpasst. Mit ein paar locker hingeworfenen Tönen gibt der Trompetengott zu erkennen, dass sie alle warten, leitet den verwirrten Saxspieler mit ein paar getupften Noten hin zu seinem Solo, verabschiedet sich dann mit zwei zur Seite gespielten Terzen und überlässt dem Spieler mit dem Bauch die Bühne.

»Warum kenne ich den Club nicht, warum gibt's draußen kein Schild?« Die Musiker packten ihre Instrumente ein, während der Barkeeper ihnen ein paar Biere zapfte.

»Na ja.« Der Bär wiegte seinen Körper, der ihr wuschelig vorkam, hin und her, »so was gibt es hier nur manchmal. Meistens sind hier Swingerpartys. Gehoben, teurer Eintritt, Dresscode. Mit Tänzerinnen. Ich dachte, das wär vielleicht was für dich.«

Swingerpartys mit Dresscode, du meine Güte. Sie musste lachen.

»Hast du Anteile hier, kriegst du ne Fangprämie, wenn du jemanden anschleppst?«

Er grinste sie an, sagte aber nichts.

Tänzerinnen gesucht. Sie wusste, was das hieß, sie hatte die Einstellungstour ja gerade hinter sich. Strings, Stangen, Perücke. Wenn sie Glück hatte, durfte sie bei der Swingerparty die glitzernden Herzen anbehalten, die an gehäkelten, im Nacken zusammengebundenen Polyesterträgern hingen und ihre Brustwarzen bedecken würden. Wahrscheinlich aber nicht. Wahrscheinlich müsste sie breitbeinig auf Stilettos mit dem Rücken zum Publikum stehen, in dem sie einzelne Männer würde ausmachen können, die sie anmachen sollte, damit sie nachher noch ein paar Drinks spendierten. Oder was machten die Tänzerinnen bei solchen Partys? Bei jedem Blick über die Schulter würde sie diese Männer sehen, die über sie lachten und sich aufgeilten und mit Banknoten nach ihr warfen. Und die Frauen, vermutete sie. Swinger eben. Sie müsste ihnen den Hintern entgegenstrecken und die Hüften kreisen lassen, wie in der Peepshow, und dabei den kleinen Knoten im Nacken lösen und sich in dem Augenblick umdrehen, in dem die Herzen von ihren Brüsten fielen. Die für diesen Anlass eigentlich zu klein waren und eher aussahen wie winzige Fettwölbungen über den Rippen, was sie, genau genommen, ja auch waren. In der Peepshow, das war der Unterschied, hatte sie ihren eigenen Raum.

»Nee«, sagte sie, »nichts für mich. Sexy und so, da muss ich passen.«

Der Bär nickte und meinte, das hätte er sich irgendwie gedacht. Obwohl sie in dem Club mit dem Automaten eigentlich auch nichts anderes täte. Nur eben ohne Publikum in Greifnähe. Und für deutlich weniger Geld.

Genau, dachte sie. Sie überlegte noch eine Weile. Stellte sich vor, wie die Lage wäre. Erst die Nähe. Dann das Geld. Schließlich schüttelte sie den Kopf:

»Nee du, lieber nicht.«

Er nickte ihr zu und meinte, dann könne er sich die nächste Frage ja sparen.

»Ach komm, sei nicht zickig. Probier's nochmal », sagte sie.

Sie wollte alle Optionen auf dem Tisch sehen, bevor sie endgültig Nein sagte. Wer weiß, dachte sie. Doch dann erzählte er ihr von seinem Plan, sich mit einem Escortservice selbstständig zu machen, ein Stück raus aus dem Bahnhofsmilieu, aber immer noch in derselben Branche. Es gäbe Aufstiegschancen.

»Ach ja?« Er war wirklich putzig. »Vom Bett ins Büro?« Sie schüttelte den Kopf: »Hast recht gehabt. Nichts für mich.«

Die kleine Peepshow hinter den Plakaten für Cicciolina, weiter wollte sie nicht gehen. Der Bär schaute sie eine Weile an und fragte schließlich: »Was machst du eigentlich sonst noch?«

Sie guckte sich um, ob die Musiker noch da wären, die anderen Gäste, der Bartender. Sie hätte jetzt gern noch ein Bier. Aber an der Bar war niemand außer dem Trompeter.

»Training«, murmelte sie, »manchmal ein richtiges Engagement, aber selten. Nichts weiter. Und du?«

»Training«, sagte er und schaute sie an, als wollte er sagen, was du kannst, kann ich auch. Mauern.

»Hat einer von euch ein Bett übrig?«

Der Bartender hatte offenbar schon eine Weile hinter ihnen gestanden. Wahrscheinlich hörte er solche Gespräche öfter, jedenfalls schien er nicht sonderlich interessiert.

»Zum Verschenken?« Der Bär grimassierte und raufte sich die Haare, als dächte er angestrengt nach, wo so etwas stehen könnte und wie man um diese Uhrzeit drankäme.

»Für heute Nacht, Blödmann. Mein Freund Claudio hier«, der Barmann zog den Trompetengott vom Tresen weg an ihren Tisch, »der hat noch nichts zum Schlafen.«

Der Trompetengott kam mit zu ihr. In ihrer Wohnung stand ein Zimmer leer, seit ihr letzter Freund ausgezogen war.

»Wo wohnst du eigentlich?«, hatte der Bär sie im Aufbruch noch gefragt.

»Ist nicht weit von hier.« Sie blieb unbestimmt.

»Aha. Ich seh dich dann morgen.« Seine Tatze berührte leicht ihre Schulter, als er den Joint in ihre Tasche fallen ließ, den er schnell noch gedreht hatte, und sie sagte, klar, bis morgen dann bei Cicciolina. Er lachte und trottete behäbig in die Nacht.

Claudio also. Ein Jahr älter als sie. Aus Buenos Aires, aber er lebte in Philadelphia, wenn er nicht auf Tour war. Hatte Familie in Italien, da kam er gerade her. Brauchte noch eine Weile, bis er sich New York leisten konnte. Sah hinreißend aus. Schlank. Dunkel. Mit blauen Augen wie Saphire mit Honigflecken drin, wenn sie ein paar Lichtstrahlen auffingen wie vorhin in der Bar, als jemand den Scheinwerfer ausschaltete und das Flickern beim Erlöschen in diesen Saphiren kurz halt gemacht hatte. Sie hatte das gesehen und gedacht, blau, und dann wieder weggeschaut. Er wartete nur einen Herzschlag, bevor er sie küsste, als sie in ihrer Wohnung angekommen waren.

Sie machten alles miteinander in dieser Nacht, was ihnen guttat, einverstanden mit dem anderen und mit sich selbst. Sie hatte zwar kein Konzept von sexy, aber von Sex verstand sie inzwischen was, wusste, was sie mochte, lernte schnell, worauf der andere abfuhr, zog sich zurück, wenn sie genug hatte, und schlief schnell ein, wenn es vorbei war. Sie brauchte nicht lange zu kuscheln, freute sich aber meistens, wenn sie am nächsten Morgen nicht allein aufwachte. In diesem Fall freute sie sich sehr. Claudio war noch da.

»Hola, amorcito«, nuschelte er und schlief gleich wieder ein.

»Hola«, flüsterte sie. Leise stand sie auf. Duschte kurz, weil für ihn noch Warmwasser im Boiler bleiben sollte, und lief zum Bäcker, um mit einer großen Tüte klebrig süßer Teilchen mit und ohne Obst zurückzukommen.

Er war zärtlich und distanziert, und ihr gefiel, wie seine Zärtlichkeit einige Meilen zurücklegen musste, um bei ihr anzukommen.

»Kann ich bleiben, bombón?«, hatte Claudio sie gefragt, als er schon ein paar Tage bei ihr war. Er hatte nie irgendetwas, das auf seine Anwesenheit hindeutete, herumliegen lassen. Sein Seesack stand ordentlich gepackt hinter der Küchentür. Er konnte ihn jederzeit schnappen und verschwinden. Wenn sie nach Hause kam und Claudio nicht da war, schaute sie als Erstes hinter die Küchentür. Sie wüsste nicht, wo sie ihn würde suchen können, würde er tatsächlich einmal seine Sachen nehmen und gehen.

»Klar«, hatte sie geantwortet und war ihm wie ein Kind in die Arme gesprungen, die Beine hinter seinem Rücken verschränkt. Ihr gefiel, wie er immer neue Kosenamen für sie benutzte. Bombón fand sie lustig, jedenfalls in seiner Sprache, und wie er es sagte, hörte es sich nach guter Laune an. Amorcito klang nach Zukunft.

Er mischte sich in nichts ein, brachte aber Einkäufe mit, wenn er unterwegs gewesen war, um Clubs auf der Suche nach einem Engagement abzuklappern. Irgendein Engagement fand er immer, für einen Abend oder ein paar. Er machte auch nicht den Eindruck, als brauche er viel Geld. Keine Ansprüche, keine Sucht. Selten mal ein Drink, keine Drogen, nur manchmal ein Joint, den jemand anderes rumgehen ließ. Andere Frauen? Bestimmt. Vielleicht nicht gerade jetzt. Sie dachte nicht darüber nach.

Eines Tages hatte er ein Geschenk für sie. Es war eine kleine strahlend helle Schachtel mit einer seidenen Schleife oben drauf, und darin ein weiches Päckchen in einem seidenen Beutel, und darin wiederum seidene Shorts. Champagnerfarben wie die Verpackung.

»Hhm«, sagte sie.

Claudio hatte zu ihren baumwollenen Kinderunterhosen nie etwas gesagt. Sie probierte die Shorts an, vorsichtig, skeptisch. Sie passten genau. Sie reichten bis eine Handbreit unter den Nabel und bedeckten den Po. Die kurzen weiten Beine wippten ein bisschen, wenn sie ging. Es waren die besten Shorts der Welt. Selbst ohne was drüber. Sie hätte in ihnen draußen herumspazieren, tanzen, schlafen können. In völliger Sicherheit.

»Danke«, nuschelte sie und wurde rot.

»Sexy«, meinte Claudio und sagte noch etwas auf Spanisch, das sie nicht verstand.

Spät nachmittags packte sie ihre Tasche, um zum Training zu gehen und danach zur Arbeit. Claudio spielte sich zu dieser Zeit meistens ein wenig warm auf seiner Trompete, in die er einen Dämpfer steckte, und kurz bevor sie die Tür hinter sich schloss, begann er manchmal einen leisen Abschiedssong für die paar Stunden zu spielen, die sie bis nach Mitternacht getrennt verbringen würden. Seine Läufe trippelten ihr im Treppenhaus hinterher wie ein gerade aufgewachter Notensatz, der sich erst auf der Straße eigene Wege suchte. Sie hatte es nicht weit zur Peepshow, wo eines Abends ihr Chef auf sie wartete.

»Na«, begrüßte er sie, »schon wieder so fröhlich? Oder immer noch? Lass dir die Laune nicht verderben. Ich hab schlechte Nachrichten. Eine Schicht mehr, ausnahmsweise. Nur heute. Rita hat gekündigt. Ersatz kommt erst morgen.«

Sie hatte nichts weiter vor an diesem Abend. Claudio spielte irgendwo, also sagte sie, in Ordnung. Sie machte, was sie tat, nach einer kurzen Pause gegen halb zwölf einfach immer weiter bis zum Ende der zweiten Schicht. Halb sechs hieß das, bis kurz vor dem Frühstück.

Ab zwei, halb drei wurde es unangenehm. Die Männer waren jetzt betrunken, trommelten gegen die Scheibe, die sie von ihnen trennte, pressten ihre Gesichter ans Glas und winkten ihr mit ihren besudelten Kleenextüchern zu oder traten beim Herausgehen gegen die Tür zu ihrem Zimmer. Der Bär hatte frei an diesem Abend, und seinem stämmigen Kollegen, der den Eingang bewachte, war egal, was hinten geschah. Zum ersten Mal wurde ihr mulmig. Zum ersten Mal spürte sie, dass sie nicht einfach nur mit dem Hintern wackelte und die glitzernden Herzen von ihren Brüsten fallen ließ, sondern dass da jemand war, der dafür bezahlte, sie so zu sehen. Sich daran aufgeilte. Mehr wollte vielleicht. Sich Phantasien hingab, in denen er mit ihr machen konnte, was er wollte.

Kein Wunder, dachte sie, dass Rita gekündigt hatte, Rita, die das in der Spätschicht jahrelang gemacht hatte und es dann offenbar von einem Tag auf den anderen nicht mehr aushielt. Sie hatte die Kollegin, die eine Ecke älter war als sie, nur ein paarmal kurz gesehen, und sie hatte ihr nie etwas erzählt. Darauf legte der Chef auch Wert, auf Distanz zwischen seinen Mädels. Für sie blieb es bei diesem einen Mal bis zum Morgen, wie er versprochen hatte. Aber sie ging nicht mehr so unbefangen zu ihrer Schicht, die auch weiterhin Tag für Tag so ereignislos verlief wie bisher.

»Hör mal«, erzählte ihr Claudio eines Morgens, »der Bär will, dass ich bei einer Party spiele. In der Bar, aus der du mich abgeschleppt hast.«

»Ha!« Sie protestierte. »Du hattest nichts zum Schlafen, erinnerst du dich?«

Claudio warf die Hände in die Luft und zog die Schultern hoch, als wollte er sagen, spielt es eine Rolle? Und sie warf die Hände ebenfalls hoch und zog die Schultern hinterher, weil es völlig egal war.

»Was Exklusives soll das sein, diese Party. Und außerordentlich gut bezahlt.«

Claudio benutzte manchmal solche Formulierungen. Er hatte eine deutsche Großmutter, die in Argentinien ihren Kindern und auch den Enkeln Deutsch beigebracht hatte, ein Deutsch, dem manchmal anzuhören war, es stammte aus einer anderen Zeit. Sie lachte. Sie ahnte, worum es ging.

»Die Party geht aber übers Wochenende. Komm doch mit, vielleicht wird das was Tolles.«

»Hat der Bär das gesagt? Dass ich mitkommen soll, weil die Party vielleicht was Tolles wird?«

»Nein. Als ich ihn gefragt habe, hat er nur gesagt, du kannst mitkommen.«

»Mir hat er nichts gesagt«, wandte sie ein, und überhaupt glaubte sie kaum, eine solche Party sei besonders spaßig für sie. Weil sie auch nicht wusste, ob sie als Gast oder zum Arbeiten mitkommen solle. An beidem hatte sie kein Interesse.

Claudio war offenbar vollkommen ahnungslos, was dieses Geschäft, das ganze Milieu anging. Als sie später vor der Arbeit den Bär traf und ihn fragte, was das mit der Party solle, meinte der, sie habe doch letztens schon gesagt, das sei nichts für sie. Deshalb habe er nicht nochmal gefragt, aber Claudio auch nicht sagen wollen, er dürfe sie nicht mitbringen. Warum ausgerechnet Claudio, wollte sie wissen. Er sei halt gut und ihm außerdem als Erster eingefallen, sagte der Bär und zuckte mit den Schultern.

»Claudio und du«, fragte er noch. »Wird das was Ernstes?«

Als sie nicht antwortete, ließ er den Kopf von einer auf die andere Seite baumeln und dann ein bisschen nach hinten sacken, während er die Augen schloss. Einen Augenblick lang sah er traurig aus, bevor er sich wieder aufraffte und ihr seine Tatzen auf die Schultern legte.

»Du solltest dich aus dem Staub machen«, raunte er ihr zu, damit der Chef ihn nicht hörte, und fuchtelte mit den Armen herum. »Weg von hier. Von dem Ganzen und so. Für ne neue Cicciolina ist auch gar nicht genug dran an dir.«

Er fand das einen guten Witz und lachte herzhaft.

Sie nickte. Das war ihr schon klar. War auch nicht ihr Karriereziel gewesen. Nach Ritas Schicht kürzlich schon gar nicht. Vielleicht hatte er recht. Vielleicht sollte sie wirklich von hier verschwinden. Vielleicht war jetzt ein guter Zeitpunkt. Aber erstmal zog sie sich den roten G-String an und hängte sich die glitzernden Herzen an den gehäkelten Polyesterschnüren über die Brustwarzen und tat, wofür sie bezahlt wurde. Verschwinden, dachte sie noch einmal, während sie ihre Beine um die Stange wickelte und versuchte, die Musik zu überhören, von der ihr Chef behauptete, er würde sie eigenhändig sampeln. Sie glaubte eher, es gab fertige Bänder im Sexshop nebenan. Jedenfalls klang sie wie Musik für Kaufhäuser und Aufzüge. Es war wirklich höchste Zeit, sich aus dem Staub zu machen.

»Sag mal, bombón, was machst du eigentlich?«, fragte Claudio, als er von dem außerordentlich gut honorierten Wochenende zurückkam.

Immer noch hörte sie manchmal Claudios Frage von damals in ihrem Kopf. *»Was machst du eigentlich, bombón?«* Wenn sie etwas tat, von dem sie ahnte, es war nicht gut für sie, und dennoch nicht davon lassen konnte. Wenn sie sich wegen irgendeiner Kleinigkeit mit einem Auftraggeber anlegte. Wenn sie mutwillig aufs Essen verzichtete. Deadlines aufeinanderstapelte von Aufträgen, die sie nicht zum Leben brauchte. *»Hey, bombón, was machst du eigentlich?«* Manchmal war ihr das lästig, ein Echo aus vergangener Zeit. Manchmal aber schnappte sie auch nach dem Köder und ließ sich in ihre Erinnerungen ziehen. Manchmal schickte sie Claudio eine kurze Notiz: »Hola over there, was macht die Musik?«

»Was für ein Job ist denn das, zu dem du immer gehst, mit dem Bär am Eingang, bombón?«

»Ach, na ja, weißt du«, sie eierte ein bisschen herum, während Claudio abwartend mit überschlagenen Beinen an der Wand lehnte. »Ich tanze in so einem Sexladen, aber allein, nicht auf der Bühne. Kein Kundenkontakt. Lap Dances mach ich auch nicht. Nur Pole und ein bisschen soften Kram. Ziemlich albern.«

Er schaute sie an, dann auf den Boden und drückte sich schließlich von der Wand weg.

»Porno, oder?« Er wartete nicht darauf, dass sie antwortete, sondern nahm seinen Instrumentenkasten und ging. Einfach so. Leise, als wäre sie gar nicht da. Sie hatte gedacht, der Laden, an dem er sie schon mehrmals abgesetzt oder abgeholt hatte, spräche für sich. Mit Cicciolina im Fenster! Was hatte er sich vorgestellt?

Als er wiederkam, spät, nach einem Gig in einem Club, saß sie immer noch in der Küche. Sie hatte gespült, aus dem Fenster geschaut, auf dem Boden gelegen und die Beine an der Wand gedehnt, an der er vorher gelehnt hatte, sich wieder an den Tisch gesetzt, einen Tee gemacht und darauf gewartet, dass eine Leere einsetzte. Die vertraute Leere. Claudio sagte:

»Übermorgen bin ich weg. Ich hab einen Flug nach Philly, ich muss mal wieder nach Hause.«

Sie schaute ihn an und versuchte, nicht zu weinen. Nicht zu toben, nicht zu zittern oder umzufallen. Einfach gar nichts zu tun. Ihr fiel auch nichts ein, was dem entsprochen hätte, was sie fühlte. Verblüfft, taub? Verärgert auch. Als hätte ihr jemand eine Unwucht verpasst, die sie zur Seite sacken ließ. Sie getraute sich nicht aufzustehen, weil sie fürchtete wegzukippen. Atmen, dachte sie, nicht flattern.

Claudio packte seine Trompete aus und spielte die ersten Takte von »Blue in Green«, diese langen Töne, in denen sie immer wieder Zuflucht fand. Er wusste das. Er hatte das gespielt, als sie nach Ritas Schicht nach Hause gekommen war, verstört, und nicht sprechen wollte. Auch als sie ihm eines Nachts von ihrem achten Geburtstag erzählt hatte und von der Menschmaschine in dem langen weißen Gang um die Erdkugel herum, hatte er die Trompete geholt und mit ein paar leisen Tönen diesen Song angedeutet. Sie fand ihre Balance wieder. Wusste aber immer noch nicht, was sie sagen sollte. Porno, hatte Claudio sie noch alle? Er hatte einfach keine Ahnung. So war das. Aber sie sagte nichts.

Stattdessen räusperte Claudio sich leise, als er fertig gespielt hatte, und legte seine Hand mit der Trompete auf den Tisch, mit einer sehr müden Geste, die sie noch nie bei ihm gesehen hatte.

»Komm mit, amorcito«, sagte er, aber in einem so abwesenden Ton, dass sie den Kopf schüttelte und doch noch Tränen kamen. Wieder spielte er ein paar Takte und sagte dann fast tonlos, während er aufstand und fast schon weg war: »Dann komm nach. Bitte.«

Einige Wochen später traf sie ihren Vater. Lässig kam er ihr auf dem Parkplatz zu dem Gartenlokal entgegen, in dem sie verabredet waren, ein gutes Stück außerhalb der Stadt. Er hatte das Lokal vorgeschlagen, weil er dachte, an diesen Ort ihrer Kindheit kehre sie gern zurück, während sie immer noch, wenn sie irgendetwas aß, das kein Apfel war, seinen Satz von dort im Ohr hatte, sie solle nicht noch dicker werden. Und sich immer noch so fühlte wie damals, immer noch morgens an sich hinabblickte, ob sie einen Bauch sah, immer noch einen Tag fastete, bevor sie sich wog, sich immer noch mehrmals täglich über den Hüften ins Fleisch kniff, um festzustellen, ob da Fett war.

Friedrich hatte die Szene von damals längst vergessen. Für ihn war das bewirtschaftete Gutshaus eine ferne Erinnerung aus seinem Vaterleben, also auch Teil ihres Tochterlebens, so stellte er sich das vermutlich vor. Sicher wäre er erstaunt gewesen, hätte er gewusst, was es für sie bedeutete, seine Tochter zu sein. Er meinte es freundlich, als er sagte, komm doch dorthin, das Wetter ist so schön. Sie verdrehte innerlich die Augen, sagte aber: «In Ordnung.«

Als sie ihn auf sich zuschlendern sah, mit seinem vollen weißen Haar, attraktiv, die Krawatte in einem Windsor-Knoten lose gebunden, guter Laune an diesem außergewöhnlich warmen Tag im April, da dachte sie für einen Augenblick, er würde sie umarmen. Aber so weit wollte er nicht gehen. Er gab ihr die Hand. Schob sie dann sacht in Richtung eines Tisches an einem kleinen Weiher, der zum Lokal gehörte.

»Was gibt es?« Er hatte ihren Anruf mit der Bitte nach einem Treffen ungewöhnlich gefunden, was er ja auch war. Obwohl er vor wenigen Monaten, als sie ihm eine Karte zu einem Auftritt von Claudio in einem seriösen Konzertsaal geschickt hatte, tatsächlich gekommen war. An jenem Abend, an dem sich die beiden Männer bombig zu verstehen schienen, war sie zuerst ein bisschen eifersüchtig gewesen. Zu ihren Auftritten, selbst den seriösen, kam ihr Vater nie. Dann hatte sie sich aber doch gefreut, dass er Claudios Talent erkannte und begeistert war von seinem Spiel. Nach dem Konzert waren sie sogar noch essen gegangen, ihr Vater hatte sie groß ausgeführt, und die Männer hatten getrunken, was beiden nichts auszumachen schien, und sich über Frank Sinatra und Miles Davis unterhalten, als seien sie alle gute alte Bekannte. Sie hatte einen solchen Abend mit ihrem Vater noch nie erlebt. Obwohl sie aus der Unterhaltung der Männer ausgeschlossen blieb, genoss sie, wie sie miteinander waren, warm und offen und vertraut, dabei trafen sie sich zum ersten Mal. Claudio sah sie ein paarmal von der Seite an und hielt für eine

Weile unter dem Tisch ihre Hand. Sie hatte sich später in die Ecke der Bank gekuschelt, auf der sie saßen, und war schließlich eingeschlafen.

»Ich gehe nach Amerika«, verkündete sie.

Es klang grandioser, als sie geplant hatte. Fast so grandios, wie es sich anfühlte, nachdem sie die Entscheidung getroffen hatte, eine Weile nach Claudios Abflug. Sie hatte ihn nur zum Bahnhof gebracht, nicht zum Flughafen, weil sie dachte, wenn es ein Abschied für immer wird, halte ich das nicht aus, wenn wir uns bald wiedersehen, braucht es keine Tränen, und die wären geflossen, bei ihr jedenfalls, bei ihm vielleicht auch. Er war ihr angegriffen vorkommen in den letzten Tagen, bevor er loszog. Tagsüber war er kaum noch in der Wohnung gewesen, aber jede Nacht kam er zurück.

Sie fragte sich, ob die Entdeckung, dass sie zum Arbeiten einen roten G-String und zwei glitzernde Herzen über den Brustwarzen trug, ihn an ihr und auch an ihnen zweifeln ließ. Das Wort Entdeckung fand sie allerdings lächerlich. Sie hatte ihm nie etwas verheimlicht, sondern immer gedacht, wenn sie sich vor den Plakaten mit Cicciolina verabschiedet hatten, er wisse, was sich dahinter abspielte. Kannten nicht alle Männer Cicciolina (außer ihrem Vater)? Seine Abreise hatte vielleicht mit dieser vermeintlichen Entdeckung gar nichts zu tun. Er hatte ja auch erst hinterher vorgeschlagen, in Amerika gemeinsam weiterzuleben. Es war eine zufällige Abfolge von Ereignissen und Entscheidungen, beschloss sie. Vermutlich war es für ihn wirklich einfach Zeit, mal wieder nach Hause zu fahren. Seine Leute zu sehen. In seinem eigenen Bett zu schlafen und beim Aufwachen in ein Stück seines Himmels zu schauen.

»Amerika.« Ihr Vater nickte. Sie wusste nicht, wohin

seine Gedanken wanderten, jedenfalls sagte er eine ganze Weile lang nichts weiter. »Hast du Geld?«

Noch nie hatte ihr Vater sie das gefragt. Nie wissen wollen, wie sie über die Runden kam. Amerika aber schien die Frage unausweichlich zu machen. Geld!

»Ein bisschen«, sagte sie. »Meine paar Möbel habe ich verkauft, Bücher und Klamotten auch; ich hab was gespart ich komm schon klar. Außerdem will ich arbeiten drüben.« Das klang selbstherrlich, und ihr Vater schaute sie erstaunt an, fragte aber nicht weiter. Er wusste auch gar nicht genau, was sie eigentlich arbeitete, nur, dass es mit Tanzen zu tun hatte. Wieder schwieg er eine Weile und schaute auf seine Hände mit den makellosen Nägeln.

»Wohin eigentlich in Amerika?« Die Frage kam wie ein nachgeschobener Gedanke daher, nach einem Detail, das noch zu klären, aber eigentlich nicht weiter von Bedeutung war.

»Philadelphia.« Sie hatte kein Bild von der Stadt, außer dass zwei Flüsse durch sie flossen. Sie wusste, es gab mindestens zwei Unis. Sie wusste auch, dass die Unabhängigkeitserklärung dort verkündet und die Bill of Rights in der Stadt beschlossen worden waren. Aber sie wusste nicht, was das für die Stadt heute hieß. Deshalb blieb sie einsilbig, sagte aber immerhin noch: »Zu Claudio.«

Ihr Vater schwieg wieder. Schließlich winkte er eine der Kellnerinnen an den Tisch, die vor der Backstube in der Sonne standen und sich unterhielten, während sie gegenseitig an den Schürzen ihrer Dirndls verschiedene Schleifen ausprobierten. Es war noch nicht viel los, so früh in der Saison.

»Kuchen«, rief ihr Vater, seinerseits jetzt grandios, der Kellnerin zu, noch bevor sie den Tisch erreicht hatte, und breitete die Arme aus. »Wir wollen Kuchen!«

Sie hob abwehrend die Hand.

»Nicht für mich. Nur einen Kaffee, bitte, stark, schwarz.«

Ihr Vater schaute sie fragend an. Wirklich nicht? Sie schüttelte den Kopf. Er zog die Augenbrauen hoch.

»Haben Sie Ihren Käsekuchen?«, fragte er die Kellnerin im Dirndl mit der gestärkten Schürze, die jetzt geduldig dastand und ihren Stift schon mal in den Block bohrte.

»Ja natürlich, der Herr.« Sie wirkte beleidigt. »Wie immer, Mürbeteig mit Philadelphia-Käse.«

»Den nehme ich«, sagte ihr Vater und nickte bekräftigend. »Mit Philadelphia-Käse, das muss heute sein.« Sie glaubte zu sehen, wie seine Augen feucht wurden, aber ganz sicher war sie sich nicht.

Er war damals, das war offensichtlich, enttäuscht gewesen, dass sie beim Kaffee blieb, während er mit ihr vor ihrer Abreise nach Philadelphia Philadelphia-Käsekuchen essen wollte. Offenbar begriff er seine Idee als Akt außerordentlicher Zuwendung, über den er selbst gerührt war. Sie konnte es ihm nicht recht machen, hatte sie damals gedacht. Wieder hatte sie seinen Erwartungen nicht genügt. Er ihren allerdings auch nicht. Sie hatte gehofft, er würde sie umarmen, ihr seine Hand aufs Haar legen, über die Wange streichen, Vatergesten eben, wenn die Tochter weit weggeht. Aber er hatte ihr nur die Schulter getätschelt, als wollte er eine entfernte Bekannte ein wenig aufmuntern. Sie brauchte keine Aufmunterung. Zu wissen, er wäre da, falls etwas schiefging und sie ihn brauchte, das brauchte sie. Aber er sagte nichts in dieser Richtung.

Ein Reinfall, was sie anging. Seine Sentimentalität kam ihr unangemessen vor, seine Geste klein, seine Vergesslichkeit gegenüber dem früheren Erlebnis am selben Ort ätzend.

Als sie die Geschichte einige Monate später Claudio erzählte, während sie in einem New Yorker Coffeeshop saßen, ein Stück cremig süßen New York Cheesecake zwischen sich, das sie von beiden Seiten langsam bearbeiteten, bis sich ihre Löffel weit in ihrer Tellerhälfte schließlich trafen, schaute er sie traurig an und meinte:

»Vergiss das mal für eine Weile, amorcito. Dass du vielleicht ein dickes Kind warst« – er schaute sie an und kniff die Augen zusammen, als wollte er sagen, glaub ich nicht – »dass du einen Vater hast, der quer in deinem Leben steht, obwohl er nie da war oder da ist. Dass er Käsekuchen für dich gegessen hat, *for heaven's sake,* mit Philadelphia-Käse!«

Dabei blieb es. Solange Friedrich am Leben war, rührte sie nicht mehr daran. Hatte keine Erinnerung in sich aufsteigen lassen. Sie strengte sich an, nicht an ihn zu denken, und tatsächlich vergaß sie ihn für lange Zeiten völlig. Deshalb hatte sie geglaubt, eine Grenze zwischen den Schmerzen der Vergangenheit und den Versprechen der Zukunft, die ihr immens schienen, ziehen zu können. Vergessen, woher sie kam, um dort ankommen zu können, wohin sie unterwegs war. Als gäbe es keine Verbindung zwischen den beiden.

Aber war die Sache nicht vielleicht ein Missverständnis? Wenn sie jetzt auf diesen Nachmittag mit ihrem Vater in dem Gartenlokal schaute, konnte sie auch etwas anderes erkennen. Weil sie so wenige Erfahrungen teilten, war sie ungeübt darin, sie von verschiedenen Seiten aus zu betrachten. Hatte seine Bestellung bei der Kellnerin im Dirndl nicht auch eine eigentümliche Schönheit? Sie verband das vollkommen Banale mit einer Sehnsucht, von der sie erst wusste, seit sie von Friedrich träumte und sich seine Geschichte ausgemalt hatte, wie sie ihr plausibel schien. Seine Erfahrungen mit den Amerikanern. Seine Heilung durch ihre Ärzte. Die Posen der Männer von dem anderen Kontinent, die er annahm, und den Groove in den Beinen, den er liebte, weil er den Swing tanzen konnte wie niemand sonst. Die Fetzen ihrer Sprache, die seine manchmal durchsetzten. Sie ging nach Amerika, und er aß dazu Philadelphia-Käsekuchen. War das, dachte sie versuchsweise, nicht hinreißend, *all things considered?*

ALS ES LOSGING, TRUG SIE zwei Koffer. Sie hatte sorgfältig und streng ausgewählt, was sie mitnehmen wollte. Lieblingskleider, Trainingsklamotten, Bücher, die ihr damals wichtig waren, »Call it Sleep« von Henry Roth zum Beispiel über die Erfahrung des Fremdseins in New York, »The White Album« und auch den alten Essayband »Sloughing Towards Bethlehem«, Bücher, die Joan Didion geschrieben hatte, bevor sie wissen konnte, was ihr im Lauf des Lebens widerfahren sollte und dass sie darüber Jahrzehnte später in ihrem Buch »Blue Nights« Rechenschaft ablegen würde, ohne zu versuchen, ihren Verlusten einen Sinn abzugewinnen.

Drei Kisten mit Dingen, von denen sie sich nicht trennen wollte, hatte sie zurückgelassen. Auch die Keramikdose in Zellophan, die sie seit so vielen Jahren mit sich herumtrug, hatte sie in Zeitungspapier eingeschlagen. Fotos aber, Briefe, Zettel mit Notizen und Botschaften warf sie weg. Ausgerechnet jene Dinge, mit deren Hilfe sie eine Schneise zu der Person hätte schlagen können, die sie damals war, und zu den Möglichkeiten, die sie hatte links liegen lassen. Ein neues Leben lag vor ihr, da hielt sie Relikte des alten für entbehrlich. Deshalb fand sie später, als sie die Kisten durchsuchte, nichts, was ihr weitergeholfen hätte, aufs Neue mit einer gewissen Zuversicht in die Zukunft zu schauen.

Genau genommen hatte sie damals alles mehr oder weniger einfach stehen und liegen lassen und war Claudio hinterhergereist. Sie hatte nichts geplant, ihn nur sehr vermisst. Aus Dingen machte sie sich wenig, das hatte sie gemerkt, als sie packte, wegwarf, verstaute. Ohne Leidenschaft. Nur manchmal mit einem Bedauern, das nicht mehr als ein Kitzeln, ein Juckreiz war. Aber aus Claudio machte sie sich eine Menge, das hatte sie schon geahnt, solange er noch da war.

Als Arsenal für die Zukunft bargen die zwei Koffer nichts Entscheidendes. Doch die Beamten am Einreiseschalter in New York hegten offenbar einen Verdacht.

»Was wollen Sie hier?«, fragten sie.

»Mich umschauen«, sagte sie. »Tanzen.«

»Wie heißt Ihr Vater?«, fragten sie.

»Friedrich«, sagte sie.

»Wie alt ist er?«, fragten sie.

»Er lebt nicht hier«, sagte sie.

»Haben Sie Geld?«, fragten sie.

»Ja«, sagte sie.

»Mehr als zehntausend Dollar?«, fragten sie.

Sie prustete los und sagte: »Lassen Sie mich gehen. Mein Vater hat mit alldem nichts zu tun.«

Die Beamten guckten verdutzt, stempelten dann aber feixend ihren Pass und ließen sie passieren.

Claudio stand draußen zwischen den vielen Fahrern, die Namens- oder Firmenschilder hochhielten. Er stand einfach da, ließ die Arme locker an seinen Seiten herunterhängen und schaute ihr entgegen. Völlig offen. Neugierig wie sie, was aus ihnen werden würde. Seine Trompete hatte er nicht dabei, obwohl sie damit irgendwie gerechnet hatte. Dass er eine Fanfare blasen würde, wenn sie aus dem Zoll kam. So aber standen sie nur einen Augenblick voreinander, dann lange in einer Umarmung, ohne sich zu rühren. Schließlich nahm jeder einen Koffer, und sie marschierten zum Parkplatz. Sie spürte, dass etwas anfangen würde, für das sie noch keine Bilder hatte. Zukunft. Es war das einzige Mal in ihrem Leben, dass dieses Gefühl in ihr hochstieg, und es verwirrte sie und ließ ihren Herzschlag nochmal Fahrt aufnehmen.

Weil der Flug nach Philly, wie sie sich schnell zu sagen angewöhnte, zu teuer war, hatte sie nach New York gebucht. Claudio war mit seinem alten Golf gekommen, dunkelbraun und ohne Klimaanlage, aber mit Schiebedach. Er fuhr ihn mit derselben Eleganz, mit der er alle Dinge behandelte, die ihm wertvoll waren, sein Instrument oder ein Paar Pferdelederstiefel aus Argentinien.

Es war Abend, als sie losfuhren. Die Frühlingswärme hatte sich verzogen, aber die Brise, die durch die heruntergekurbelten Fenster zog, war lau und ohne Biss. Sie fühlte sich willkommen. Auf dem Highway US 1 brach ihre erste Nacht in Amerika herein.

Sie hatte keine Scheu, von allem begeistert zu sein, was sie sah. Dem langsamen Tempo, in dem ab und zu ein anderes Auto an ihnen vorbeischlich. Den Schildern mit den Rechtschreibfehlern, damit sie kürzer waren und alles schneller ging, wie Thru Traffic gleich am Flughafen. Den Mautstationen mit den hängenden Plastikkörben, in die Claudio, ohne richtig anzuhalten, Kleingeld warf, das er aus einem Beutel zwischen den Sitzen hervorkramte. Eine Handvoll für dreißig Meilen. Sie freute sich über die riesigen Reklameschilder am Straßenrand, die Fernsehsendungen oder Frühstückskekse oder Fleischbrötchen bewarben, von denen sie noch nie gehört hatte. Den ersten Strip an der Schnellstraße zwischen Autobahn und Stadtrand, mit Bars und Girls-Girls-Girls und Sonnenstudios, Motels,

Pizza Huts und Eisdielen mit fünfundfünfzig Geschmacksrichtungen. Die bunten Fähnchen über den Parkplätzen bei den Autohändlern, die sich dazwischen platziert hatten. Die Riesentüte mit sehr salzigen Chips aus Maismehl, die sie an einem Truck Stop nach dem Tanken kauften, und die halb offene Telefonzelle mit den angeketteten Telefonbüchern, die neben den Zapfsäulen stand.

Trotz ihrer Begeisterung über diese fremden Dinge, die fremde Gewohnheiten vermuten ließen, nickte sie ein und wachte erst wieder auf, als sie schon vor der Einfahrt von Claudios Garage angekommen waren und Claudio in ihrem Rücken nach etwas fischte, das ihr die ganze Fahrt über am Po gescheuert hatte. Sie hatte sich nicht getraut, nachzuschauen, weil sie dachte, vielleicht ist es eine Feder aus dem Sitz, das Auto war alt, und sie wollte sich nicht beklagen. Es war aber die Fernbedienung, mit der Claudio das Garagentor neben seinem Haus öffnete. Sie hatte noch nie eine Fernbedienung gesehen und war sehr beeindruckt. Auch wusste sie noch nicht, dass ein Haus, schmal und mit ein paar übereinandergestapelten Zimmern in dem Künstler- und Drogenviertel rund um die South Street, nichts Ungewöhnliches war und nicht für großen Reichtum sprach. Sie war sehr jung. Damals kam ihr das aber nicht so vor. Damals dachte sie nur, sie sei ein Landei aus Europa, und versuchte, schnell zu lernen, ohne sich dabei den Spaß zu verderben. Allerdings wollte sie auch so schnell wie möglich den Überblick zurückgewinnen.

Sie zogen gemeinsam über Flohmärkte und durch Trödlerläden, um den Haushalt zu vervollständigen, in dem Claudio bisher mit ein paar Bechern für Tee und einem Satz Besteck für die Fertiggerichte gelebt hatte, die er sich vor oder nach einem Gig holte. Sie machte sich allein auf, um eine Truppe zu suchen, mit der sie trainieren und manchmal auch vor Publikum tanzen konnte. Sie lernte seine Lieblingsclubs kennen, die Leute, mit denen er spielte, die Frauen, die zum letzten Set kamen, sich abseits von ihr hielten, aber nicht unfreundlich waren, und dann mit einem der Musiker abzogen. Seit sie da war, nicht mehr mit Claudio. Nur von seiner Familie zeigte sich erstmal niemand, obwohl einige seiner Geschwister in der Stadt lebten und seine Eltern aus Buenos Aires bei der Familie eines Bruders gerade ein paar Monate verbrachten. Einmal rief eine Frau an, Sofia, mit der Claudio lange sprach und danach für den Rest des Tages einsilbig blieb. Sofia war die Frau eines anderen Bruders, erklärte er immerhin, als sie vorsichtig fragte, mit dem er und der Rest der Familie den Kontakt verloren hatten. Ein Drama, ein Geheimnis, dachte sie, fand aber, es sei Claudios Sache, mehr dazu zu sagen, falls er das wollte, und er wollte offenbar gerade nicht.

Nach diesen ersten Wochen, in denen die Zärtlichkeit zwischen ihnen wuchs und sie Teil voneinander wurden, aber auch genossen, wie sie jeder ganz allein damit glücklich waren, sich wiederzuhaben, nach diesen ersten Wochen, in denen sie nichts vermisste, was hinter ihr lag, und in denen Fernbedienungen, Maischips und fünfundfünfzig Eiscremesorten selbstverständlich für sie wurden, nach diesen ersten Wochen fragte sie ihn:

»Sag mal, Claudio, was war da eigentlich los bei dieser Party vom Bär, bei der du das ganze Wochenende über gespielt hast?«

Es war Abend. Sie standen am Fenster zur Fourth Street und schauten zu, wie mehrere Männer sich damit abmühten, ein Banner zwischen den Laternen über die Straße zu spannen. Nicht direkt vor ihren Fenstern glücklicherweise, sondern etwas tiefer. Das Banner war breit und gelb, und darauf stand in schwarzen Riesenlettern in Kinderschrift »Goin' Bananas«, und darunter etwas kleiner der Name des Comedy Clubs ein paar Häuser weiter. Es dauerte und dauerte, bis die Kerle es hinkriegten, dass das Banner an beiden Seiten auf derselben Höhe hing, aber schließlich schafften sie es, hängten noch einen Turnschuh daneben und applaudierten sich selbst. Das Banner blieb da jahrzehntelang, auch nachdem der Club längst verschwunden und die ganze Gegend schick geworden war. Den Turnschuh hatte sofort jemand geklaut.

»Na?«, hakte sie nach, nachdem Claudio keine Anstalten gemacht hatte, zu antworten. »Ist doch nicht so lange her.«

»Hör zu, amorcito.« Claudio schaute sie ernst an. Er ließ sich aufs Sofa plumpsen, zog sie mit sich, rückte dann aber von ihr weg und zögerte noch etwas, bevor er loslegte. Anhob, dachte sie amüsiert, während sie ihn beobachtete und es sich am anderen Ende des mit braunem Cord bezogenen Teils gemütlich machte, auf dem manchmal Freunde schliefen, wenn es spät wurde.

»Ich bin ja weder doof noch prüde, noch völlig unerfahren in den Dingen, die nachts in Clubs oder auch zu Hause bei manchen Leuten passieren«, hob Claudio also an und verschränkte seine Beine in ihre. Es schien ihm wichtig, das ihr gegenüber noch einmal klarzustellen. »Ich gehe ins Kino, ich arbeite in Großstädten, fast immer in der Nacht, wenn die Leute trinken oder Drogen nehmen, ich hab mit Groupies zu tun gehabt.« Er linste zu ihr hinüber, während sie ein Bein aus seinen befreite und ihm ans Knie trat. »Groupies also«, wiederholte er grinsend und fing ihr Bein wieder ein. »Ich hab viel gesehen. Dachte ich jedenfalls. Aber diese Party, die war schon sehr speziell.« Er war wieder völlig ernst.

Sie schaute ihn an und wartete. »Swingerparty« hatte der Bär das ihr gegenüber genannt und gewollt, dass sie dort arbeitete. Vielleicht war es schräg gewesen, dachte sie, aber richtig schlimm, eklig, brutal, kriminell doch sicher nicht. Mit ihr hatte der Bär später nie darüber gesprochen, auch nicht an ihrem Abschiedsabend, bevor sie mit ihren zwei Koffern über fremde Länder und ein Meer hinweg zu Claudio geflogen war. Der Bär hatte sich rasiert gehabt, ein frisches Hemd und Lederschuhe angezogen und sie teuer und gepflegt zum Essen in ein neues argentinisches Restaurant ausgeführt, in dem nicht alle, die das wollten, einen Tisch bekamen. Ihr zum Abschied einen Joint zugesteckt, wie immer. Ausgerechnet argentinisch, hatte sie gedacht und innerlich gekichert, weil sie wusste, es war anzüglich gemeint, kam aber als niedlich bei ihr an, weil sie ahnte, ein Teil vom Bär war über Claudio nicht weggekommen. Von ihr aus allerdings wäre, Claudio hin oder her, mit dem Bär nie etwas gelaufen. Er hatte sich ihr als Pimp angedient, damit war, was sie anging, die Sache erledigt.

An diesem Abend in dem argentinischen Restaurant, in dem nicht jeder einen Tisch bekam, hatten sie über alles Mögliche gesprochen, über Amerika und Steroide und über seine Pläne mit dem Escortservice, über Rita auch, die zwei Kinder hatte, mit denen der Bär manchmal Fußball spielte, und über die neuen Mädchen in der Peepshow. Ihr Chef war sauer gewesen, als sie gekündigt hatte. Er hatte sich an sie gewöhnt gehabt, daran, dass sie distanziert blieb und ihn nie um einen Vorschuss anhaute. Von Anfang an hatte er gedacht, sie gehörte da eigentlich nicht hin, und hatte gezögert, sie überhaupt einzustellen. Doch dann ließ ihn gerade dieser Umstand besonders genießen, dass sie trotzdem jeden Tag zur Arbeit kam.

»Was wird aus deinen Stammkunden?«, hatte er sie gefragt, als sie zum letzten Mal an ihm und dem alten Plakat von Cicciolina vorbei zu ihrem Zimmer ging. Sie hatte geglaubt, er wolle sie auf den Arm nehmen, und ihn angelacht. Aber er meinte es vollkommen ernst. Ihr war das mit den Stammkunden nicht klar gewesen. Trotzdem musste er sie ziehen lassen, und sie vergaß erst sein Gesicht und dann den ganzen Mann von dem Augenblick an, in dem sie den roten G-String und die glitzernden Herzen an den gehäkelten Polyesterschnüren nach ihrer letzten Schicht in den Abfalleimer neben der Kaffeemaschine warf. Auch das Bild von Cicciolina verblasste schnell, und als ein paar Jahre später Dolly Buster auf den Plan trat, verwechselte sie die beiden, was selbst Claudio nicht verstehen konnte. Und ihr Vater?

An dem Abend, zu dem er rasiert und in Lederschuhen kam, erzählte der Bär noch, er wolle einige der neuen Mädchen zu seinem Escortding mitnehmen, von dem der Chef natürlich nicht Wind bekommen durfte. Dem Bär schwebte etwas Hochklassiges vor, mit Frauen, die eine Unterhaltung in Gang bringen oder wenigstens mithalten konnten, wenn ein Kunde sie zu einem Abendessen einlud oder später noch einen Drink an der Bar mit ihnen nehmen wollte.

»Hast du schon die ersten Mädchen? Was halten sie denn von den Aufstiegschancen, vom Bett ins Büro?« Sie hatte ihn aufgezogen, und er hatte einen Augenblick so getan, als schmollte er, bevor er laut lachen musste und den Kopf schüttelte. Er war noch nicht so weit. Sein Geld verdiente er nach wie vor mit Swingerpartys in der Bar, in der es manchmal auch Jazz-Jam-Sessions gab, und dem Aufpasserjob bei der Peepshow.

»Weißt du eigentlich«, verriet er ihr noch, »dass dein Claudio manchmal, wenn wir nach einem Gig was geraucht oder getrunken haben und es spät war, ganz schön rumgeknutscht hat, bevor er dann doch wieder zu dir abzog?« Sie hatte die Augenbrauen hochgezogen und gedacht, na klar, was denn sonst. »Und du«, hatte sie gefragt, aber der Bär hatte nur unschuldig geguckt: »Ich doch nicht.«

Dass irgendetwas Unschönes an jenem Wochenende, an dem es kalt gewesen und nochmal Schnee gefallen war, geschehen sein könnte, davon hatte er nichts erzählt. Vielleicht hatte er auch eine andere Vorstellung von unschön als sie. Ganz sicher andere, dämmerte ihr, als Claudio.

»Als ich ankam, standen alle noch herum.« Claudio war aufgestanden, um zur Küche zu gehen, die eine Ecke des Wohnzimmers einnahm, und kam mit zwei leeren Gläsern zurück. Sie guckte ihn fragend an, sagte aber nichts, als er sie auf den Tisch stellte und sich wieder ins Sofa fallen ließ.

»Der Dresscode hieß Cocktailkleid, High Heels, Jackett, keine T-Shirts oder Polos oder Turnschuhe, es sah alles sehr elegant aus. Wir auch. Obwohl es draußen so eisig war, dass die Leute noch eine Weile nachbibberten. Der Club von unserem ersten Abend war nicht wiederzuerkennen.«

Er lächelte ihr zu. Sie erinnerte sich genau an den schmucklosen Raum mit der guten Akustik und der halbrunden Bar mit dem glatzköpfigen Bartender, den wenigen Tischen, einfachen Stühlen, hohen Hockern, an die Gäste mit Sachverstand, einige in High Heels, manche in Turnschuhen.

»Sie hatten die Bühne in der Mitte aufgebaut, da, wo damals die Bar war, und drum herum einen Kreis mit Sofas und Tischchen, in dem die Leute sitzen oder auch stehen konnten, und um diesen herum dann einen weiteren Kreis aus kleinen Séparées. Alle ungefähr gleich groß, mit mobilen Zwischenwänden und einem dicken doppelten Vorhang davor statt einer Tür. Die Heizung lief auf Hochtouren.«

Claudio schwieg.

»Soll da was rein in die Gläser?«, fragte sie und machte eine entsprechende Handbewegung.

»Hab ich vergessen, sorry. Ein Bier?«

»Nee, lieber Saft, Cranberry oder was das ist, das einem den Mund so zusammenzieht.«

Sie hatten diesen Saft in dem neuen Bioladen um die Ecke entdeckt. Niemand wusste so richtig, was »organic« auf den Etiketten eigentlich bedeutete, wenn von Gemüse und Obst und anderen organischen Dingen die Rede war. Ihre Nachbarn hatten die Neuen im Block ausgelacht, während sie mit anpackten und die letzten Kisten in den Laden trugen, völlig verständnislos, was das sollte, wo der Supermarkt keine hundert Meter entfernt lag, in dem alles billiger und die Auswahl größer war und das meiste besser aussah. Sie wusste, sie würde mit dem dunkelroten Saft kleckern, und so war es.

»Was hattest du denn in den Séparées zu tun, ich dachte, du hast da Musik gemacht?« Sie wischte sich den Saft vom Bein und überlegte, ob sie sich Claudio in einem Séparée vorstellen konnte, und unterdrückte ein Lachen. Vielleicht sah sie die Sache zu frivol. Claudio blieb ernst.

»Natürlich war ich in keinem Séparée. Wir haben gespielt, bombón, und nach einer Weile gemerkt, dass die Leute weg waren. Die meisten jedenfalls. Sie hatten sich in diese abgeschirmten kleinen Räume zurückgezogen. Nicht einfach nur zum Sex, das wäre ja klar gewesen. Sie drehten Pornos dort. Amateurpornos. Kinky stuff, partly.«

Du meine Güte, dachte sie.

»Die Gäste miteinander?«, fragte sie blöde, »die Paare, die Swinger mit anderen Paaren? Oder mit Profis, waren da Profis?«

Sie versuchte, sich die Szene vorzustellen. Amateurpornos, gedreht auf einer Swingerparty mit Dresscode. War es das, wofür der Bär sie hatte rekrutieren wollen, ohne es ihr zu sagen? War er ein Schwein, und sie hatte es nicht bemerkt?

»Gab es keine Tänzerinnen? Pole und Strip und so?«

»Doch, schon«, murmelte Claudio. »Immer in den Pausen, zwischen unseren Sets. Wir hatten übrigens ein tolles Publikum, wenn es nicht gerade anderweitig beschäftigt war, die Leute verstanden was vom Jazz, kannten manche Songs, hörten richtig zu. Aber eben nicht immer, nicht alle. Ist ja normal, eigentlich.«

Na ja, dachte sie. Der Bär hatte Claudio und seiner Truppe einfach nicht gesagt, was das für eine Party war, auf der sie spielen sollten, sonst hätten sie entweder gleich abgelehnt oder sich später nicht gewundert, dass ihr Publikum vorübergehend andere Interessen verfolgte.

»Tänzerinnen also nur zwischen euren Sets? Kurz? Was haben die denn den Rest des Abends über gemacht? Animiert? Bei den Pornos geholfen? Requisite, Make-up?«

»Weiß nicht.« Claudio hatte gerade keinen Humor und starrte vor sich hin. »Eine hat nach dir gefragt.«

Claudio goss sich jetzt auch von dem sauren Saft ein, der den Mund pelzig zusammenzog, machte einen Fleck auf seine Hose und stöhnte kurz auf, bevor er weitererzählte.

»Es wurde ein Wettbewerb ausgerufen, deshalb weiß ich überhaupt davon. Ein Amateurporno-Filmwettbewerb zum Abschluss der Party spät am Sonntag in der Nacht. Da hab ich die Filme gesehen, wir sollten dazu improvisieren. Und dann wurden die drei besten Filme vom Veranstalter, also vom Bär, gekauft, der sie noch ein bisschen bearbeiten wollte. Die stehen jetzt vermutlich in der Videothek neben eurem Laden. Mit unserer Musik. Wir haben die Rechte gleich für ein paar Hunderter mehr weggegeben. Der Bär war großzügig.« Er guckte unbestimmt in seinen Saft. »War ja sowieso gut bezahlt.«

Sie sah Claudio verschwommen an. Euer Laden. Plötzlich musste sie heulen. Nicht wegen dem Bär, der sie reinlegen wollte, nicht wegen der Pornos, sondern wegen des Amateuranteils an der Sache. Was dachten sich die Leute? Wer kam auf die Idee, das Geheimnis, das die Intimität zwischen Menschen umgibt, so billig herzugeben? Dass richtige Paare, Swinger oder nicht, vor Kameras Sex hatten und die Filme verkauften, erschien ihr als ein ungeheuerlicher Zerstörungsakt, in dem alles, was in Erregung und Ekstase möglich war, nur mehr ein verzerrtes Bild abgab, abgenutzt, unscharf, peinlich. Das Wesentliche war doch unsichtbar, dieser Augenblick zwischen zwei Menschen, in dem etwas Drittes kurz aufscheint und wieder verglimmt. Sie dachte an die Nächte oder Morgen oder Nachmittage mit Claudio, wie sie beide nach diesem Augenblick suchten, der weder ihm noch ihr allein gehörte und den keiner von ihnen ohne den anderen herzustellen vermochte. Wie konnte ein Paar das aufgeben, für einen Regalplatz in der Videothek?

Claudio war wieder aufgestanden, hatte die Küchenrolle über dem Spülbecken aus der Aufhängung genommen und ihr in den Schoß gelegt, weil sie heulte und heulte, als hätte dieser Abend vor einigen Monaten, organisiert vom Bär, musikalisch begleitet von Claudio, festgehalten auf Video, das jetzt zu mieten war, das Ende aller Paare eingeläutet. Das Ende jeder Möglichkeit zur Intimität. Als sei dieser Abend, an dem draußen nasser Schnee fiel, der Vorschein auch auf das Ende zwischen Claudio und ihr, und sie sei dazu verdammt, all dies zu beweinen.

Claudio ließ sie weinen und ging nach oben. Leise spielte er den Anfang eines Lieds, das sie nicht kannte. Er wusste, sie würde neugierig werden, aufhören zu schniefen und zu ihm kommen.

»Ich dachte damals, das ist das Ende. Die Barbarei kehrt zurück. Ich hatte das Gefühl, selber Teil davon zu sein. Deshalb musste ich weg, so schnell es ging.«

Er sagte das, als sie im Türrahmen auftauchte und sich mit dem Handrücken über die Augen und unter der Nase entlangwischte, entschlossen, mit der Heulerei aufzuhören. Sie nickte. Sie meinten es beide ernst, mussten aber trotzdem lachen.

»Was spielst du denn da?«, fragte sie.

»Erzähl ich dir beim Spaziergang. Lass uns rausgehen.« Claudio stellte die Trompete ab. »Runter zum Fluss.«

Sie liefen eng umschlungen los, lösten sich dann aber voneinander, um gegen die Kälte anzurennen. Es war viel zu kalt für Mai.

»Blues for b.«, rief Claudio, der schneller war als sie, ihr zu und rannte rückwärts weiter. Sie schüttelte den Kopf und hob die Schultern, während sie versuchte, ihn einzuholen.

»Was?«

»Das Lied vorhin. Mein neues Lied heißt ›Blues for b.‹. Das bist du, erinnerst du dich?«

Sie sprachen nie wieder über die Amateurpornos, nie wieder über den Bär. Aber sie, die sie kein Konzept von sexy hatte und deshalb vieles hatte tun können, was anderen Frauen mit anderen Möglichkeiten vielleicht schwergefallen oder unmöglich gewesen wäre, entwickelte für eine Weile ein nahezu schreckhaftes Sensorium für alles, was irgendwie anstößig sein könnte. Mit Claudio fühlte sie sich frei, aber wenn im Training Tanzgigs am Wochenende vergeben wurden, meistens für ein paar Nächte als Showtänzerin in den zahlreichen Diskotheken der Stadt und da vor allem in einer, dem Starlight, in dem mehrmals am Abend runde vergitterte Podeste von einer Art Schnürboden neben den Scheinwerfern heruntergelassen wurden, auf denen Tänzer oder Tänzerinnen mit wenig an (aber nicht im G-String) standen und einen Meter über den Köpfen der Besucher zeigten, was sie konnten, dann hielt sie sich zurück. Obwohl es ihr Spaß gemacht hatte, die paar Male, die sie dabei war. Gut bezahlt war es auch gewesen. Völlig unverfänglich. In Turnschuhen, vermutlich sexy.

Nach Claudios Bericht wurden die Dinge komplizierter für sie.

Zukunft, dachte sie. Was mache ich in Zukunft? Sie hatte keine Vorstellung. Aufschieben, mehr fiel ihr erstmal nicht ein. Nur keine Eile. In der Zwischenzeit jobbte sie hier und da, half im Bioladen oder riss Karten in dem Arthouse-Kino ab, das nur ein paar Straßenecken entfernt lag.

»Komm doch mal her, setz dich einen Moment zu mir.« Sie hatte schon ihre Tasche umgehängt und war auf dem Weg zum Ausgang, als Tony, der Inhaber, sie nach Beginn der Vorführung aufhielt und in sein Büro bat.

»Tee? Saft? Nein?« Sie hatte es eilig, und mit Tony, der sie manchmal zu sich bat, nur weil ihm langweilig war, dauerte immer alles länger als nötig. Tony verstand vom amerikanischen Kino mehr als sie, vom europäischen aber nicht. Diesmal hatte er tatsächlich ein Angebot. »Sag mal, hast du nicht Lust, ein Programm zusammenzustellen? Eine Reihe mit fremdsprachigen Filmen? Du kannst machen, was du willst, wenn du willst.«

»Klar«, sagte sie, obwohl ihr nicht klar war, wie man so etwas machte.

Tony hatte offenbar für den Herbst noch keinen Plan und wollte, dass sie sich ranhielt. Erst als sie längst zugesagt hatte und ihre Tage in Bibliotheken, in Kinematheken und am Telefon verbrachte, während Tony in Fire Island am Strand lag, dämmerte ihr, er hatte seine Arbeit des Sommers auf sie abgewälzt. Dafür konnte sie Filme aussuchen, von denen er noch nie gehört hatte. Pasolini, Antonioni, Fassbinder, die kannte er immerhin, und sie mussten dabei sein. Aber sie schmuggelte auch ihren Lieblingsfilm ins Programm, das war damals »Jeanne Dielman« von Chantal Akerman. Der Film war erst mit einiger Verspätung nach Amerika gekommen und dann auch nur auf wenigen Leinwänden in den Großstädten oder Universitätskinos zu sehen gewesen. Tony konnte ihn in Philly als »Premiere« ankündigen und heftig Wind darum machen, obwohl weder Chantal Akerman noch Delphine Seyrig, die die Titelrolle spielte, dafür anreisten.

Die Zuschauer in dem kleinen Kino mochten den Film, erzählte ihr Tony später. Niemand hätte sich beschwert, dass er länger als dreieinhalb Stunden dauerte, und nie sei ein Zuschauer früher hinausgegangen.

Fünfmal mindestens hatte sie »Jeanne Dielman« gesehen. Jedes Mal verwirrte sie die Verwandtschaft wieder, die sie mit Delphine Seyrig spürte, während diese ihrer eintönigen Routine aus Hausarbeit und Sexdienstleistung nachgeht, bis ihr ein Löffel herunterfällt, dann die Kartoffeln überkochen, was die Gleichförmigkeit ihres Tagesablaufs unterbricht und das Ganze einem blutigen Höhepunkt entgegentreibt.

Sie selbst hatte keinen eintönigen Tagesablauf. Sie kochte kaum, weil Claudio das besser konnte. Sie hatte kein Kind wie Jeanne Dielman, und sie hatte sich nie prostituiert. Dennoch. Es gab etwas, das sie mit Jeanne verband. Die Verfügbarmachung des eigenen Körpers, in dieser abwesenden, stoischen Art, wie sie es in der Peepshow getan hatte. Ihre innere Zurückgezogenheit von der Welt.

Obwohl das Programm ein gewisser Erfolg gewesen war, fragte sie Tony kein zweites Mal nach einer Programmidee. Er war verärgert gewesen, als sie nach ihrem Honorar fragte, er hatte gedacht, sie machte das zum Vergnügen. Dreihundert Dollar hatte er ihr schließlich dafür bezahlt, dass sie in wochenlanger Arbeit die Reihe zusammengestellt, die Ankündigungstexte geschrieben und auch die Aushangfotos fürs Foyer besorgt hatte. Tony tat so, als bringe ihn das an den Rand des Ruins. Sie lachte ihn aus, kam aber nicht mehr zum Kartenabreißen.

Stattdessen begann sie abends, wenn Claudio unterwegs war, in den zahllosen Kneipen, Bistros oder Cafés zu bedienen, wie sie es sich bei den anderen Tänzern abgeschaut hatte. In ihrer Gegend schossen die Läden aus dem Boden, gaben allerdings oft nach wenigen Monaten, manchmal Wochen nur auch wieder auf. Ihr war das gleichgültig. Sie servierte Essen und Getränke überall mit der schlafwandelnden Präzision der Jeanne Dielman beim Kartoffelkochen. Zweimal landete sie einen Tanzauftritt in The Kitchen in New York, weil eine der Studentinnen, mit denen sie trainierte, sich verletzt hatte. Einmal für eine ganze Woche. Sie lernte Contact Improvisation, Bewegungen im Zusammenspiel mit anderen, die immer fließend blieben, selbst wenn es Hebungen waren oder Überschläge, immer weich und organisch, mit Musik von Musikern, die ihre Töne tupften oder perlen ließen, statt sie zu schmettern. Sie mochte die Zartheit sehr, gerade in New York. Die Stadt war gefährlich, darauf musste Claudio sie nicht jedes Mal hinweisen, wenn sie sich zum Bahnhof aufmachte. Instinktiv mied sie bestimmte Orte und spazierte nachts nicht allein herum, weil ihr die Menschen, die auf den Straßen lebten, Angst machten, so ohne Halt schienen sie ihren Dämonen ausgeliefert. Trotzdem überlegte sie, ob sie in einer der Gruppen, mit denen sie ersatzweise tanzte, vielleicht vorübergehend Fuß fassen könnte, fuhr dann aber doch immer wieder nach Philly zurück. Zu Claudio, der sie erwartete, sie liebte und sie auch wieder ziehen ließ. So ging ihr erster Sommer ins Land, dann der Herbst und der Winter und schließlich der Frühling.

»Wann ziehen wir eigentlich nach New York?« Claudio hatte ihr nach ihrer ersten Nacht schon erzählt, das stehe an. Sie hatte ihn nie wieder danach gefragt, aber seit sie immer mehr Zeit dort verbrachte, schien ihr ausgemacht, Philly war nur eine Durchgangsstation. Was New York anging, wurde sie romantisch.

»Lass uns einen Plan machen«, sagte sie, nachdem sie zum ersten Mal eine Woche dort mit Künstlern unterwegs gewesen war und mindestens vier verschiedene Wohnmöglichkeiten in Fabriketagen in Aussicht hatte. Sie hatte ihm ein T-Shirt mitgebracht, auf das einer der Leute, mit denen sie um die Häuser gezogen war, mit einer Schablone gedruckt hatte: »Happy to be in a city the beauty of which was unknown, uncozy, and not small scale – Willem de Kooning.« Claudio nagelte das Hemd an die Wand und meinte, mal sehn. Ihr schien gar kein Weg an einem Umzug vorbeizuführen. Claudio war realistischer. Vielleicht auch einfach ein Angsthase.

»Hör zu, bombón, was hältst du erstmal von einer Reise? Ich könnte ein paar Wochen über Land fahren, mein Agent will mir Auftritte quer durch die Staaten hintereinanderfädeln, ich hab mal vorsichtig signalisiert, das würde mir Spaß machen. Wir könnten uns das Land ansehen. Schauen, wo es uns gefällt, Rinder riechen, Pueblos kennenlernen, bis zum Pazifik fahren. Und dann immer noch sehen, wie es weitergeht. In New York oder anderswo?«

Eine Reise. Sie hatte gedacht, wenn sie zusammen verreisten, wäre als Erstes Argentinien dran. Aus Claudios großer Familie lebte noch eine Schwester dort, auf die sie neugierig war, und die Eltern. Seine andere Schwester, Mía, war die Erste von seinen Verwandten, die sie kennenlernte, gleich im Sommer, nachdem sie angekommen war. Mía hatte einen Amerikaner geheiratet, der ungefähr so aussah, wie sie sich einen Amerikaner immer vorgestellt hatte. Später, als sie über Friedrich und die Amerikaner nachdachte, die ihn gefangen genommen und gepflegt und ihm ein paar Brocken ihrer Sprache beigebracht hatten, hatte sie Mías Mann vor Augen. Etwas grob gebaut, stark, in Khakishorts und Turnschuhen mit einem grauen T-Shirt und kräftigen behaarten Beinen. »Marathon Man 1982« stand auf seiner Brust, weil er einmal den Firmenmarathon, der genau genommen nur ein Halbmarathon war, mitgelaufen war. Er hieß Bill, ausgerechnet. »Für William«, wie er sagte, als er sich vorstellte, und sie dachte, echt? Sonst war er eigentlich klug, schien ihr.

Es war sein letzter Firmenhalbmarathon gewesen. Er hatte seinen Job bei einer Wirtschaftsprüfergesellschaft an den Nagel gehängt, bei der er offenbar viel Geld verdient hatte, und war mit Mía aufs Land gezogen, was sie jetzt mit einem Grillfest feierten.

»Organic gardening«, erklärte Mía ihre Pläne und sah ganz verschmitzt dabei aus. Mía war klein und burschikos und blond, was sie verblüffte, und hatte etwas kommerziell Nutzloses studiert, in Paris, wenn sie das richtig verstanden hatte. Für sie und Bill war der Aufbau eines biologisch betriebenen Hofs ein revolutionärer Gedanke. Sie machten sich selbstständig mit etwas, von dem niemand vorhersehen konnte, ob es sie nicht in den Ruin treiben würde. Oder in die Scheidung. Beiden war es ernst damit, und sie vermutete, es würde klappen. Es klappte auch, stellte sich einige Jahre später heraus, und Bill brachte es fertig, selbst mit verschrumpelten Äpfeln und sandigem Spinat viel Geld zu verdienen.

Damals aber war das keineswegs ausgemacht. Während sie alle um den Grill herumstanden, erzählte sie den beiden von dem Laden mit Biogemüse, der an der South Street gerade eröffnet hatte, was als Aufmunterung, bevor es losging, durchaus willkommen zu sein schien. Jedenfalls bei Mía. Bill war sich seiner Sache sowieso sicher.

»Jede Veränderung ist besser als keine!« Er hatte gerade die Steaks gewendet und schien zufrieden mit sich. »Man muss nur den richtigen Beruf haben.« Er schaute sie an, als überlegte er, wie das bei ihr aussah, fragte aber: »Was meinst du, gibt es überhaupt etwas Unverrückbares bei uns in Amerika?«

Er wollte sie auf die Probe stellen, dachte sie, aber sie sagte nichts. Vielleicht wollte er ihr auch nur Einblick in sein Land geben, von dem sie sich, so vermutete er offenbar, ganz falsche Vorstellungen machte. Sie hatte an einem Quiz kein Interesse, signalisierte aber mit einem fragenden Blick, dass sie lernwillig war.

Bill wollte sich ein bisschen aufspielen, schien ihr. Er war schließlich der einzige Amerikaner in der argentinischen Familie seiner Frau. Jetzt war auch noch eine Deutsche dazugekommen. Höchste Zeit, etwas Landeskunde zu betreiben. Da er gutmütig war und freundlich, lächelte sie.

»Veränderung!«, rief er wieder. »Neue Ufer! Nimm einen Bauern oder einen Gehirnchirurgen. Nichts verbindet einen Gehirnchirurgen von heute mit seinem Berufskollegen von vor fünfzig Jahren. Auch ein Bauer von damals wüsste nicht, wie er heute einen Hof bewirtschaften sollte. Biologisch erst recht nicht. Aber dann schau dir die Autobahnbullen an – sie sind genau dieselben geblieben.« Er lachte dröhnend und tat so, als tippte er sich an die Uniformmütze. »Sie ändern sich nie. Dieselbe Haltung, dasselbe Verhalten, dieselben Sprüche.«

»Dieselben Socken und dasselbe Gehalt, vermutlich«, ergänzte sie. Zum ersten Mal, seit sie in Amerika war, lachten die Leute, weil sie etwas Witziges gesagt hatte. Was ungefähr der Zeitpunkt war, an dem sie anfing sich zu Hause zu fühlen. Vor ein paar Monaten erst war sie in New York gelandet. Heimat, dachte sie, hat nichts mit Zeit zu tun. Nichts mit Vergangenheit, nicht unbedingt. Für sie war Heimat ein Wort aus der Zukunft gewesen.

Während Bill noch über das Gehalt lachte, Mía eher über die Socken und Claudio zu ihr herüberschaute und lächelte, dachte sie, sie war angekommen. Sie war zu Hause. Ihr Vater hatte nichts damit zu tun.

Kurz darauf lernte sie bei der Hochzeit einer Cousine von Claudio einen anderen Teil seiner Familie kennen. Seine Eltern, die einmal im Jahr nach Philly kamen, hatten es in diesem Jahr so eingerichtet, dass sie bei der Hochzeit dabei waren. Sie begleiteten wohlwollend, aber mit gehöriger Distanz, was ihre Kinder und Neffen und Nichten machten, und verfolgten im Rest des Jahres ihre eigenen Pläne, weit weg in der Pampa auf einer Farm, die sie ernährte. In ihrer offenbar riesigen Wohnung in Buenos Aires hatten sie während des Kriegs und in den Jahren danach europäische Exilanten aufgenommen, Musiker vor allem. Dort lebte auch die Mutter der Mutter, die noch in Deutschland geboren worden war und mit ihren Kindern und Enkeln Deutsch sprach, bis sie fast hundertjährig starb. Jetzt verbrachten die Eltern höchstens noch ein paar Wochen im Winter dort. Auch wegen ihrer vielen Musikerfreunde von damals freuten sie sich an Claudio. Er war der einzige Musiker in seiner Generation.

Ihr gegenüber waren seine Eltern zurückhaltend. Einmal waren sie vorbeigekommen, um zu sehen, was sich in Claudios Haus verändert hatte, seit sie da war. Auf den ersten Blick kaum etwas. Es war sein Haus, also fing sie nicht damit an, die Möbel zu verrücken. Aber inzwischen war genügend Geschirr da, sodass die Eltern zum Kaffee bleiben konnten.

»Sie tun ihm gut«, sagte die Mutter bei dieser Gelegenheit immerhin zu ihr. Sie hatte sie dabei unverwandt und auch ein wenig erstaunt angeblickt, als schätze sie ab, wie das möglich sein konnte, ihr Sohn und diese Frau, die ihr auf den ersten und auch auf jeden weiteren Blick offenbar fremd war. Auch waren beide Eltern Claudios überrascht gewesen, zu hören, dass ihre Eltern Hitler weder bekämpft hatten noch ausgewandert waren, und sie hatte das Gefühl, das verstärkte die Distanz zwischen ihnen.

Claudio sah das nicht so. Er fand es auch nicht so wichtig.

Auf dem Parkplatz waren Sicherheitsleute platziert, und auch drinnen sah sie Männer, die sich mit Handzeichen und über Funk verständigten. Die Hochzeit der Cousine war eine aufwendige Angelegenheit, mit der Braut in Weiß mit Schleier und Schleppe, einem Priester, der mit einem Tross anderer Geistlicher aus der Heimatgemeinde der Bräutigameltern eingeflogen worden war, mit Cocktails am

Pool und einem Essen für zweihundertsiebzig Leute in einem Zelt unter silbernen Lampions. Eine Phalanx schwarzweiß kostümierter Bediensteter hatte es in dem prächtig blühenden Park aufgeschlagen, der zum Haus der Familie des Bräutigams, Alejandro, gehörte und sie an die Fernsehserie »Dallas« erinnerte. Die Leibwächter, dachte sie, hatten sicher auch mit angepackt, um dafür zu sorgen, dass alles in Ordnung war. Alejandros Eltern waren aus Kolumbien eingewandert, hatten eine Menge Geld mitgebracht und ein Bauunternehmen gegründet, mit dem sie noch mehr Geld verdienten.

»Drogengeld. Das waschen sie hier.«

Claudio hatte sehr grimmig geschaut, als er ihr das erklärte. Die nachfolgende Generation, auch Alejandro, zog offenbar geschlossen in renommierte Anwaltskanzleien ein und sorgte dafür, dass es niemand merkte. Außer der Familie. Claudios Eltern taten aus Rücksicht auf die Braut so, als wüssten sie das nicht. Der Cousine war es offenbar egal.

Sie wusste nicht, ob es ihr zustand, empört zu sein, und in welchem Ausmaß. Vom Drogenhandel hatte sie nur sehr ungenaue Vorstellungen. Im Bahnhofsviertel neben der Peepshow hatte sie Süchtige kennengelernt, sofern das die richtige Beschreibung ihres Kontakts war, war ihnen in unterschiedlichen Zuständen täglich begegnet und auch den Kleindealern, die sie versorgten. Alejandros Familie, reich, elegant und offensichtlich gesund, hatte mit solchen Menschen gar nichts zu tun. Schon rein äußerlich nicht. Sollte Claudio recht haben, verdiente sie aber an ihnen.

»Müssen wir dahin«, fragte sie. »Mit denen feiern? Pervers, oder? Wenn sie sind, wer du sagst, dass sie es sind, können wir nicht einfach nicht gehen?«

Mía und Bill hatten eine Ausrede gefunden. Erdbeerernte oder Hühnerpest, etwas in der Art. Aber Claudio meinte, Alejandro und seine Leute seien jetzt Familie, und seine Eltern legten Wert darauf, sie dort zu sehen.

Sie hatte bei einem Trödler ein romantisches, fast knöchellanges Kleid mit einem seidenen spitzendurchwirkten Unterrock gefunden, das die Schneiderin nebenan änderte, sodass es wie ein Modellkleid an ihr hinabfloss und ihre Knochigkeit beschönigte, und sie war sehr stolz auf einen wagenradgroßen Sommerhut mit gazebezogener Krempe in Lila aus den Zwanzigern aus demselben Trödelladen, um dessen Samtkappe herum alle möglichen Blüten und Früchte aus Seidenpapier drapiert waren. Sie redete sich ein, statt zu Kartellchefs (»jetzt übertreibst du aber«, meinte Claudio plötzlich) zu einer Gartenparty bei Gatsby eingeladen zu sein, und fand sich angemessen angezogen.

Bei der Familie kam es nicht so gut an. Claudio gefiel es.

Am Tisch der Familie war beim Festessen kein Platz für sie vorgesehen. Claudio zuckte mit den Schultern. Er war sich sicher, an der Sitzordnung des Abends ließ sich kurzfristig nichts ändern. Sollte das überhaupt jemand in Erwägung ziehen. Sie war nicht Familie. Also war ihr Platz auch nicht am Familientisch, sondern sehr weit weg von diesem mit einer Gruppe anderer unsortierter Gäste. So bekam sie von den Reden, die gehalten wurden, fast nichts mit. Ihr Spanisch war lausig. Das Englisch derer, die nicht Spanisch sprachen, für sie auch schwer zu verstehen. Vermutlich ging es vor allem um die Werte und die Tradition der beiden Familien, die sich hier für die Zukunft verbanden.

Claudios Mutter, in einem geschneiderten schwarzen Spitzenkleid, dessen schmale Ärmel auf dem Handrücken ausliefen, wo sie mit einer winzigen Schlaufe an der Fingerwurzel der Mittelfinger befestigt waren, schaute auf einen Punkt außerhalb des Zelts und tippte manchmal mit dem Finger auf ihre Serviette. Einige Male nickte sie. Einmal beugte sie sich zu Claudio, der neben ihr saß, und flüsterte ihm etwas ins Ohr, das ihn dazu brachte, seinerseits zu nicken. Im Hintergrund die Hochzeitstorte, im Raum verteilt die Leibwächter. Offenbar hatten auch einige Gäste ihre Beschützer mitgebracht.

Später wurde getanzt. Claudio spielte in der Kapelle mit, sah in seinem dunklen Anzug mit locker gebundener Krawatte mal wieder umwerfend aus und schwänzte ein paar Songs mit der Band, um mit ihr zu tanzen. Sie war sich sicher, sie liebten sich mehr als das Hochzeitspaar.

Weder Alejandro und seinen Verwandten noch der Cousine begegneten sie jemals wieder. Von Alejandro immerhin hörte sie noch einmal.

»Uff.« Sie warf den Hut auf den Rücksitz, als sie endlich im Auto saßen und sich auf den Heimweg machten. »Lass uns das niemals, und wenn, auf keinen Fall so machen.«

Obwohl er lachte und sich zu ihr beugte und sie küsste, spürte sie, wie er erschrak. Hatte sie etwas gesagt, das ihm Angst machte, ihn überrumpelte? Oder umgekehrt? Umgekehrt, dachte sie, während sie den Hut wieder vom Rücksitz fischte und die zerdrückten Papierfrüchte aufrichtete. Sie hatten nie über Heirat und eine gemeinsame Familie gesprochen. Er spürte vermutlich ihre Zurückhaltung, was die Idee anging, ihre Fragen an die Ehe, ihr Unbehagen gegenüber Familie überhaupt.

»Du hast dich weggedreht, als der Brautstrauß auf dich zuflog«, sagte Claudio noch und stieß ihr den Ellbogen in die Seite. »Was heißt da, wir machen das nicht so?«

»Ich mein ja nur«, meinte sie. »Schleier? Schleppe? Cousinen? Außerdem habe ich keinen Vater, der mich den Gang hinunterführen würde.«

»Wieso? Das würde dein Vater bestimmt tun! Wenn ich ihn frage.« Ihr kam dieser Satz für Claudio ungewöhnlich großmäulig vor. Außerdem wollte sie nicht, dass die Männer das unter sich ausmachten. Und außerdem stand es nicht an. Claudio hatte ihr noch gar keinen Antrag gemacht. An diesem Punkt nahm sie es genau. Auch, um die Frage aufzuschieben, bis es so weit war.

In dieser Nacht war sie kurz davor, ihrem Vater einen Brief zu schreiben: »Lieber Vati! Im Fall, dass ich einmal heiraten sollte, was im Augenblick in den Sternen steht: Würdest Du mich in der Kirche den Gang hinunterführen? Auch wenn es in Amerika passierte? Oder Argentinien? Selbst wenn es kein Kirchengang, sondern nur ein Gartenweg wäre? Herzlich grüßt Dich Deine Tochter.«

Sie schrieb dann doch nicht. Aber einige Zeit später schickte sie ihm von unterwegs eine Ansichtskarte. Das hatte sie seit Kindertagen nicht mehr getan. Darauf war eine Straßenkreuzung mit einer Telefonzelle auf der linken Seite zu sehen, in der ein Mann mit gebeugtem Kopf offenbar auf seine Füße starrte. Ob er telefonierte, war auf der Karte nicht zu erkennen, und Autos fuhren auch nicht über diese Kreuzung, die ein paar niedrige Gebäude säumten. Ganz weit hinten war eine Pferdekoppel zu sehen. Main Street, America, stand auf der Rückseite und daneben in blauer großer Schreibschrift: Postcard. »Stell Dir vor«, schrieb sie, »ich bin in Chattanooga. Hier ist gar nichts los. Trotzdem toll, all things considered.«

Sie waren im Herbst aufgebrochen, als die große Hitze vorbei war und die Menschen wieder in ihrem Alltag Fuß fassten. Dass sie gerade zu diesem Zeitpunkt ihre große Reise begannen, kam ihr wie ein ungeheurer Luxus vor. Es war zwar keine Ferienreise, aber es war auch kein Alltag, obwohl Claudio eine Menge Auftritte absolvieren musste. Es war ein Abenteuer. Für sie jedenfalls, die sie noch nicht viel von der Welt gesehen hatte und mit Amerika Bilder verband, deren Ähnlichkeit mit Werbefotos von Männern mit Hüten in weiter Landschaft mit tiefblauem Himmel darüber ihr ein wenig peinlich war.

Aber nicht nur; auch echte Sehnsucht lag darin. Es war ihr gelungen, sich zum Verschwinden zu bringen. Nun trat sie durch eine andere Tür wieder ins Leben ein. Es spielte sogar eine eigene Musik dazu. »Blues for b.«, Claudios Lied für sie. Über sie. Nach einem melancholischen Beginn rasten die Töne los, dass es kein Halten gab, bis sie irgendwo ankamen, wo sie noch nie gewesen war. Weit oben. Als sie eines Morgens in dem alten braunen Volkswagen mit einer Kühltasche auf dem Rücksitz losfuhren, lehnte sie sich zurück und schloss für eine Weile die Augen, so überwältigt fühlte sie sich von den Möglichkeiten des Lebens.

Die südliche Route von Osten nach Westen und die nördlichere zurück.

»Wir haben Zeit, oder nicht?«, hatte sie Claudio gefragt, als sie sich gemeinsam über den Rand McNally beugten und ungefähr den Weg markierten, den sie zum Pazifik nehmen wollten. Weil sie sich in dem Land, das sie durchqueren würden, überhaupt nicht auskannte, orientierte sie sich an den Namen, die ihr vielversprechend erschienen. Baltimore, Washington natürlich, in beiden Städten hatte Claudio auch Auftritte, ebenso wie in Nashville und Memphis, in Little Rock, Kansas und Dallas, Las Vegas und L. A. Sie wollte außerdem unbedingt Salem sehen, wegen der Hexen, Chattanooga, wegen der vielen Vokale, El Paso und Albuquerque und Falstaff. Und auf dem Rückweg Rock Springs und Sioux City, weil es sie an die Karl-May-Bücher ihres Bruders erinnerte. Chicago stand sowieso auf dem Plan, dort hatte Claudio ein längeres Engagement, und sie würden fast einen ganzen Monat bleiben.

Wenn er unterwegs spielte, würde ihnen das Geld schon nicht ausgehen. Im Gegenteil. Sein Agent hatte die Sache als lose Tour durch gute, oft traditionsreiche Clubs geplant, in denen er als »Gast von der Ostküste«, wie es auf den Plakaten hieß, mit fast immer guten, manchmal auch über die Region hinaus bekannten Bands spielte. Der Tourneeplan ließ ihnen zwischen Claudios Auftritten genügend Zeit, sich umzuschauen. Claudio hatte von dem Land, in dem er schon länger als zehn Jahren lebte, auch noch nicht viel gesehen. Aber mehr als sie, er war immerhin einmal in San Francisco und mehrmals in Chicago gewesen. Doch das war es auch schon. Kurz hatte sie darüber nachgedacht, zum Budget beizutragen. Die Bars mit Girls-Girls-Girls an jedem Strip würden sie aushilfsweise sicher nehmen. Und Claudio könnte sich ausruhen, während sie tanzte.

»Was hältst du davon?«, fragte sie Claudio.

»Du hast sie nicht mehr alle.« Claudio starrte sie kurz an, als sei er sich nicht sicher, ob sie einen sehr schlechten Witz machte, und tat die Sache dann verärgert ab. Doch erst als sie beim ersten Truck Stop in so einem Laden ein Bier tranken und sie sah, wie nah die Gäste den Mädchen kamen und wie selbstverständlich sie nach der Show miteinander in den Führerhäuschen der Laster verschwanden, wurde ihr klar, wie total sie sich mit ihrer Idee verschätzt hatte. Es war das letzte Mal, dass sie unbefangen erwog, ihren Körper zum Gegenstand einer Jobanfrage zu machen.

Motel 66. Schmierige Duschen neben durchgelegenen Betten. Skorpione, dünner Kaffee. Sie fanden das romantisch.

Muddy Waters, Fats Domino spielten dazu den Soundtrack ihrer Reise.

»Jeez! Endlich mal kein Blech!« Claudio drehte die Lautstärke hoch, wenn die Gitarrenläufe oder Klaviertriller seiner Bluesheldén aus dem Autoradio tönten, bis die Radioprediger drankamen oder die Landwirtschaftsnachrichten oder die Roundtables über Schädlingsbefall und die Termine für die Anonymen Alkoholiker. Sie freute sich über die Talking Heads zwischendurch. Manchmal sang Frank Sinatra »Strangers in the Night«, Friedrichs Lied. Doch das wusste sie damals noch nicht.

So gingen die Wochen ins Land. In Kansas City bekam Claudio Probleme. Er wurde mit der Band nicht warm, der Schlagzeuger saß nach den ersten beiden Songs nur noch mit verschränkten Armen da, das Publikum wurde unruhig, und plötzlich sah es so aus, als käme eine Schlägerei in Gang. Sie hatte vorn nah an der Bühne gestanden und sich Sorgen gemacht. Normalerweise dauerte es nicht lange, bis Claudio sein Publikum einnahm. Die anderen Musiker mitzog, sie begeisterte, weil er ihnen Räume für ihre Soli öffnete, ihnen Platz ließ und sie nicht an die Wand spielte. An diesem Abend klappte gar nichts. Die anderen Musiker mauerten, sobald sie spürten, Claudio fand nicht in sein Spiel, und ließen ihn auflaufen. Claudio nahm es leichter als sie. »Kommt vor«, sagte er, als er sie zum Bühneneingang zog und sie weit vor Mitternacht den Club verließen. Der Besitzer hatte die Sache abgebrochen und mit einer Lokalrunde die aufgebrachten Gäste beschwichtigt. Er hatte Claudio hundert Dollar in die Hand gedrückt und sie weiterhin vollkommen ignoriert.

»Zieh weiter«, hatte er Claudio angezischt, »bei uns wollen die Leute tanzen!«

»Wollt ihr tanzen?«, rief Claudio seitdem immer, wenn

er den Eindruck hatte, bei einem Auftritt kippte die Stimmung, und brachte dann etwas Entsprechendes. Er kam aber immer zu den Songs zurück, die er eigentlich spielen wollte.

Sie schrieb an jenem Abend in einer Bar in Kansas City zum ersten Mal etwas in das leinengebundene Notizbuch, das sie in einem der neuen Läden an der South Street vor ihrer Abreise gekauft hatte: *Nicht alle lieben Claudio immer.* Er lachte sich halb tot, als er das las, und meinte, Hauptsache, du. Seitdem schrieb sie fast täglich etwas auf, bat ihn aber, es nicht zu lesen.

Je weiter westlich sie kamen, desto mehr verschwammen ihre Erinnerungen an den Vater oder den Bär. Sie wurde Teil von etwas, in dem die beiden nichts verloren hatten. Kein Zufall, dachte sie, während sie den Arm in den Fahrtwind hielt, dass ihr das hier, in diesem aus allen Zeiten gefallenen Teil des Landes, klar wurde, in dem die Menschen offenbar überzeugt davon waren, die Zukunft käme auch ohne Vergangenheit aus. Gerade so wie sie.

Als sie nach diesen Wochen auf der Straße, in Bars und Clubs und allein mit Claudio in der Landschaft eines späten Nachmittags im rötlichen Licht der Wüste New Mexicos über die Kakteen blickte, dachte sie in einem Anflug von Pathos: Amerika. Ihr Vater tauchte noch einmal kurz in ihrem Gedächtnis auf, wie er bei ihrem letzten Treffen mit der gelockerten, im Windsor-Knoten gebundenen Krawatte um den Hals auf sie zugekommen war, mit diesem lässigen Groove in den Beinen, den er, wie sie erst viel später wusste, von Männern gelernt hatte, die hier zu Hause waren. Not too bad. Gleichzeitig machte sich ein Gefühl von Fremdheit in ihr breit, an dem sie seitdem auf allen ihren Reisen festhielt, weil sie es angemessen fand und diskret. Sie saß halb auf dem Kotflügel und schaute Claudio an, der vor ihr stand, ein wenig müde, weil er lange gefahren war.

»Was denkst du?« Eine idiotische Frage, die sie sonst vermied.

Claudio murmelte auf seine spezielle Art, nicht zu antworten, etwas, das auch wie »Amerika« klang, glaubte sie, und sie war sich sicher, er meinte es so wie sie.

Motels, die sich als »American owned and operated« anzeigten, ließen sie links liegen, seit sie dort eines Abends einer Gruppe von Rednecks in die Hände gefallen waren. Sie hatten nicht gewusst, dass »American owned« ein Code war, und mussten sich einen Abend lang inmitten einer Einöde Geschichten von fremder Bedrohung anhören, der mit Waffengewalt Einhalt zu gebieten sei. Es war aber außer ihnen gerade niemand fremd dort, und sobald die Sonne aufgegangen war, suchten sie das Weite.

An die Vergangenheit des Landes schien niemand einen Gedanken zu verschwenden. Die Gegenwart war stärker und nahm auch die Zukunft in sich auf. So waren die Geschichten, die sich die Leute jenseits der großen Städte an den Tankstellen und Truck Stops, in Bars und Waschsalons und auf den Verandas vor den Motels erzählten, Geschichten von Versuchen, ein Leben zu finden, die häufig misslangen. Von Glücksversprechen, die ins Leere liefen. Von harter Arbeit, manchmal kleinem Lohn, neuen Anläufen, unermüdlicher Hoffnung und Verheißung. Immer auch von einem aus der Gegend oder aus der Verwandtschaft, der es geschafft hatte. Der Öl auf seiner Koppel gefunden oder weggezogen und reich geworden war. Und immer auch von einem, der vor die Hunde gegangen war.

Sie waren offen für diese Erzählungen, obwohl sie wussten, sie ließen einen entscheidenden Teil aus. Es waren

Geschichten, die sich wiederholten, weil die Zeit hier im Kreis herumging.

Niemand kümmerte sich um Claudio und sie und ob sie auch etwas zu erzählen hatten. Niemand scherte sich darum, was sie taten oder unterließen. Claudio hatte Verträge, die er einhalten musste, aber wenn es mal nicht klappte, ging die Welt auch nicht unter. Es passierte aber nicht oft. Nach Kansas City nur noch einmal, als sie sich auf dem Weg nach Little Rock verfahren hatten und das viel zu spät bemerkten. Sie hatten umkehren und die Tagestour von vorn beginnen müssen. Sein Agent war sauer, obwohl Claudio immerhin noch früh genug anrief, um im Club Bescheid zu geben. Die Strafe, die er zahlen musste, war überschaubar, und sie waren einfach weitergefahren, zum nächsten Gig.

Sie spürten, sie konnten machen, was sie wollten. Es lag an ihnen, dass nicht Bonnie und Clyde dabei herauskam, sondern nur ein verliebtes Paar (nicht das einzige, das wussten sie wohl), das dem kleinen Park von Yoshua Tree vor dem großen Grand Canyon den Vorzug gab. Als sie zum ersten Mal den Pazifik sah, liefen ihr die Tränen übers Gesicht, obwohl sie gar nicht das Gefühl hatte, dass sie weinte.

»Was gefällt dir eigentlich an Los Angeles nicht?« Vor ein paar Tagen erst waren sie angekommen, und Claudio wollte schon wieder weiter. Nach einer Wanderung in den Bergen oberhalb der Palisades hatten sie gerade das Auto an der Straße vor dem Hotel direkt am Strand von Santa Monica abgestellt.

»Die Clubs sind super, die Leute haben Geld, das Meer ist wunderschön, die Berge auch, lass uns für eine Weile bleiben.«

Claudio verschränkte die Arme und sagte erstmal nichts. Er schaute die Straße hinab in Richtung Meer und verabschiedete sich für ein paar Minuten auf einen anderen Planeten. Wie Friedrich, dachte sie, das passierte gerade zum ersten Mal.

»Steig wieder ein«, sagte er schließlich und hielt ihr die Beifahrertür auf. »Ich zeig dir was.«

Ihr war klar, dass nicht alle Menschen in L. A. Geld hatten. Dass nicht alle Clubs super waren. Gegen das Meer und die Berge fiel ihr allerdings kein Argument ein. Claudio blieb während der Fahrt schweigsam.

Er lenkte den Wagen Richtung Downtown. Auf der Main Street bog er nach Osten ab, und es dauerte nicht lange, und sie waren mitten in Skid Row. Ein Elendsviertel. An jeder Ecke Süchtige, Wahnsinnige, für die im löchrigen Gesundheitssystem des Landes kein Ort außer der Straße zu finden war. Menschen im Zustand vollkommener Entgrenzung. Hätte sie solche Bilder im Kino gesehen, hätte sie gedacht, die Welt sieht nicht so aus. Nicht hier, gleich neben ihr.

»Warum zeigst du mir das?«, fragte sie leise. Sie versuchte, halbwegs aufrecht zu sitzen, hatte aber das Fenster geschlossen und die Tür verriegelt, während Claudio einfach durch die Straßen fuhr.

»Ist es nicht deine Schwippschwagerfamilie, die hier Geschäfte macht? Waren wir da nicht kürzlich noch auf einer Hochzeit?« Sie fühlte eine Wut in sich hochziehen.

Claudio fauchte.

»Mein Bruder lebt hier. Vielleicht. Vielleicht ist er auch schon tot. Wir wissen nichts mehr von ihm, wir sprechen nicht über ihn. Er hat uns alle bestohlen. Wir hingen an ihm. Wir hingen alle mit ihm in seiner Sucht.«

Claudio hackte die Sätze in einzelne Wörter, wie sie es von ihm noch nie gehört hatte.

»Bis vor ein paar Jahren, da sah es so aus, als würde die ganze Familie gemeinsam untergehen. Ich beschloss, erstmal nach Europa abzuhauen. Die Eltern und Geschwister haben sich Hilfe gesucht. Ihm war nicht zu helfen. Ihm ist nicht zu helfen. Nicht von uns. Ich habe daran gearbeitet, ihn zu vergessen, wie meine Eltern auch, wie Mía und die anderen. Sie haben ihn so weit vergessen, dass sie sogar zu dieser verdammten Hochzeit gegangen sind. Nur Mía nicht. Aber sie sagte nicht, warum. Vielleicht war es wirklich die Erdbeerernte, die Hühnerpest. Ich hatte ihn auch vergessen gehabt, glaubte ich, bis vor einer Weile Sofia anrief, seine Frau. Da warst du gerade in Philly angekommen. Sofia ist als Einzige bei ihm geblieben, und sie wollte Geld. Ich hatte seit Jahren fast nie an ihn gedacht, und nach diesem Anruf auch nicht oft.«

Claudio war sehr aufgewühlt, hielt seine Stimme aber gedämpft. »›Lass uns bleiben, weil es so toll hier ist!‹, hast du gesagt? Sieh dich doch um.«

Sie schaute Claudio von der Seite an. Grau sah er aus, leer.

»Ich werde meinen Bruder nicht suchen. Kein Geld an Sofia schicken. Aber ich möchte, dass du weißt, es gibt ihn, oder es gab ihn, und zwar hier, und ich möchte keinesfalls in seiner Nähe sein.«

Claudio hatte angehalten und den Motor ausgestellt. Sie blieben im Auto am Straßenrand neben einer vermüllten Freifläche sitzen, für alle von allen Seiten gut sichtbar und deshalb vermutlich einigermaßen sicher. Sie schaute hinaus. Kaum verdeckt von einer Blechtonne fummelten ein zerlumpter Alter und eine magere Frau keine zwanzig Meter von ihnen entfernt aneinander herum, ein Bild aus einem schlechten Drogenthriller, dachte sie. Eine Ecke weiter stand ein Polizeiwagen mit zwei Polizisten, die nicht ausstiegen, aber immerhin das Fenster herunterkurbelten, als eine eher junge Frau mit einem schiefen Kinderwagen vorbeikam und mit der flachen Hand immer wieder aufs Dach des Streifenwagens schlug. Ein paar Menschen saßen auf dem Bürgersteig im Kreis zwischen Plastiktüten und ließen eine Pfeife herumgehen, daneben hatte sich ein Mann die Hose heruntergezogen. Eine Frau, die von irgendwo herkam, umrundete ihr Auto, trommelte mit den Fäusten auf den Kofferraum, die Seitenfenster, das Dach, die Motorhaube, schlug zwischendurch um sich in die Luft und rief in einem Singsang, der zum Mitsingen einlud: »Help! Love! Hate! Help! Love! Hate!« Jeden, der ihr hätte helfen wollen, hätte sie vermutlich verprügelt. Dann war die Frau wieder verschwunden.

Sie wusste nicht, warum Claudio wollte, dass sie diese Szenen sahen. Für ihn waren sie ebenso schockierend wie für sie. Auch er war noch nie hier gewesen. Offenbar hatte er sich vor einiger Zeit wie der Rest der Familie damit abgefunden, dass sein Bruder verloren war, und hatte versucht, so zu tun, als habe es ihn nie gegeben. Wozu brauchte er jetzt diese Höllenbilder?

Claudio brauchte sie, um von hier zu verschwinden. Er klagte die Stadt an, in die sein Bruder nach Abbruch eines Wirtschaftsstudiums und ein paar Monaten in Kolumbien und Mexiko gefahren war, um, wie er seiner Familie schrieb, »sich darüber klar zu werden«, was er »wirklich wollte«. Dies hier war dabei herausgekommen.

Sie blieben noch eine Weile sitzen, hielten sich bei den Händen, sagten nichts und schauten nicht mehr nach draußen. Dann fuhren sie schweigend zurück in jenen Teil der Stadt, in dem die Menschen Geld hatten, gut aussahen und in den Clubs sehr gute Musik gemacht wurde.

Nach diesem Ausflug war auch sie dafür, am nächsten Tag in Richtung Norden aufzubrechen. Auf einen Clubabend hatte sie keine Lust mehr und nutzte die Zeit, als Claudio später zu seinem Gig abzog, um im Tanzstudio um die Ecke zu trainieren. Immer noch konnte sie alles vergessen, wenn sie sich auf ihre Bewegungen konzentrierte, alle Energie in die Muskeln schickte, den Rhythmus der Schrittfolgen aufnahm und den Kontakt zu den anderen Tänzern fand. Alles vergessen schloss Claudio ein, ihre Reise, die Zukunft.

Sie hatte sich verausgabt. Konzentriert trainiert. Lange geduscht. Sie hatte die Seife aus dem Spender in der Kabine benutzt und roch etwas süßlich, als sie das Studio verließ. Hoffentlich setzt sich das nicht fest, in den Haaren, den Trikots, um die sie ihr Handtuch gewickelt hatte, dem Pullover, dachte sie kurz, während sie auf den Aufzug wartete, bis sie das Schild sah: »Außer Betrieb«, und daneben einen Pfeil nach rechts, dem sie nachging. Um die Ecke war der Lastenaufzug. Sie würde im Hotel nochmal duschen müssen, dachte sie, während sie den Knopf drückte. Plötzlich stand einer der Tänzer aus dem Training neben ihr, auch er mit nassem Haar, auch er umhüllt von dem billigen Seifengeruch. Er nickte ihr kurz zu.

Es dauerte eine Weile, bis der Aufzug endlich kam, voll beladen mit Kisten, die mitten auf der Ladefläche standen. Sie stiegen beide ein und drückten sich nebeneinander an die Wand, um sicher zu stehen. In einer hinteren Ecke stand ein Sack mit Gips, weißer Staub überzog den Boden, und der beißende Gipsgeruch saugte sich sofort voll mit dem süßlichen Seifenduft. Der Aufzug rumpelte und quietschte, die Kisten wackelten, immer wieder ging das Licht aus. Auf ihren Jacken setzte sich der weiße Staub ab, deshalb lachten sie beide und riefen »Oops« beim nächsten

Gerumpel und giggelten, bis sie endlich im Neonlicht der Tiefgarage standen.

»Wonna fuck?«

Mit weniger hatte nie jemand versucht, bei ihr zu landen. Sie schaute den Tänzer an, kniff die Augen zusammen und sagte trotzdem: »Okay.«

Als Claudio in jener Nacht zurückkam, erzählte sie ihm ihr Erlebnis sofort. Sie fand die Geschichte komisch, und sie lachte.

Claudio war sprachlos. Er blickte sie kaum an, als er sich seinen Trompetenkasten schnappte und verschwand. Wie am Abend nach dem Pornowochenende. Er blieb zwei volle Tage und fast drei Nächte fort. Das Auto hatte er mitgenommen. Sie war sich nicht sicher, ob sie ihn wiedersehen würde.

Warum hatte sie das getan? Es war völlig unbedeutend gewesen, in jeder Hinsicht. Nicht einmal ein Spiel, kaum eine Laune. Unbegreiflich, wenn sie versuchte, darüber nachzudenken. Sie fand kein Motiv, keinen Grund, sondern nur ein flimmerndes Nachbild jener Zeit, in der sie die Dinge, die ihren Körper betrafen, nicht mit sich und ihrem Leben in Verbindung brachte.

Und warum hatte sie es Claudio erzählt? Genau deshalb vermutlich. Weil sie gedacht hatte, sie könnten gemeinsam über diese Geschichte lachen. Als hätte sie nichts mit ihr zu tun. Stattdessen hatte sie ihn mit etwas verletzt, das für sie überhaupt keine Wichtigkeit hatte. Stundenlang lief sie den Strand vor dem Hotel auf und ab, starrte auf die Wellen, kickte Sand ins Wasser, bis ihre Zehen bluteten, und weinte und weinte und versuchte, nur eines zu denken. Blau. Blue. Blues for b. Komm zurück, mi amor, my love.

Und er kam. Spielte ihr Lied. Verkroch sich dann für einen Tag in das Hotelbett, das nicht sehr bequem war, fuhr einen Tag lang fast schweigend mit ihr nach Norden, brachte sie in ein abgelegenes ehemaliges Hippiedorf mit heißen Quellen, kräftigen Masseuren und Schlafzimmern in Baumhäusern mit Luxusbetten und sagte, als er endlich wieder sprach, während der Regen von den Blättern tropfte:

»Heirate mich, amorcito. Ohne Cousinen und Schleier, ohne Vater. Morgen, hier.«

Damit hatte sie nicht gerechnet.

IHRE WOHNUNG IN NEW YORK war klein. Es war ein Provisorium, das Licht funktionierte nur manchmal, der Aufzug so gut wie nie. Vermutlich war ihr Aufenthalt nicht ganz legal, aber es kümmerte niemanden, solange sie die Miete bezahlten. Der Vermieter kam jeden Montag vorbei und sammelte Bargeld ein. Sie selbst kümmerte es auch nicht. Claudio hatte nach ihrer Reise mit seinen teilweise aufsehenerregenden Auftritten für nach ihren Maßstäben viel Geld einen Plattenvertrag bekommen, und sie warteten, dass die Wohnung fertig würde, die er als Erstes für sie, für ihr zukünftiges gemeinsames Leben, gekauft hatte.

Sie hatten nicht geheiratet, damals in Nordkalifornien. Sie konnte nicht. Ihre Vorstellungen von der Ehe versprachen kein Glück. Claudio wollte, dass sie sich sicher fühlte. Und er wollte sich ihrer sicher sein. Dabei konnte er das sowieso.

In dem Augenblick, in dem er sagte: »Heirate mich«, hatte sie sich bedingungslos gewollt gefühlt. Trotzdem spürte sie sofort, wie ihr die Luft wegblieb, wenn sie daran dachte, Ehefrau zu sein. Sie sehnte sich nach Zukunft, wie Claudio auch. Wie stark dieses Gefühl in ihm war, das wusste sie seit ihrer Reise. Familie, fragte er deshalb, ein Kind. Und sie hatte Nein gesagt.

Er versuchte, das zu verstehen. Sie liebten sich. Sie waren gut zusammen. Für ihn gab es ernsthaft niemand anderen, für sie auch nicht. Aber eines Tages merkte sie, etwas stimmte nicht. War es diese Ehesache, auf die er fast täglich zurückkam, im Scherz, im Ernst, woraufhin sie fast täglich sagte, sie kenne keine glückliche Ehe und wolle mit ihm glücklich bleiben? Sie lachten darüber oder wurden auch melancholisch. Aber es trennte sie nicht, so dachte sie.

Es trennte sie etwas zunächst Unbestimmtes. Sie begann eine leichte Herablassung von ihm den Dingen gegenüber zu spüren, die ihr wichtig waren. Er war inzwischen in den wesentlichen Zirkeln bekannt. Sie trainierte ernsthaft und ergatterte regelmäßig kleine Engagements, aber es führte zu nicht viel. Sie schrieb kurze Geschichten über Menschen, die ihr auffielen, die State Trooper etwa, auf die sie immer wieder zurückkam, seit ihr Bill erzählt hatte, sie veränderten sich nie. Aber sie wollte nicht, dass jemand diese kleinen Storys las. Claudio war erfolgreich, sie immer noch Niemand. Er gewöhnte sich eine Fürsorge an, die an Bevormundung grenzte – »Mütze? Kein Schal heute? Schon wieder so spät unterwegs?« Die Distanz zwischen ihnen, die ihre Liebe so aufregend und umfassend gemacht hatte, schnurrte zusammen und wurde gleichzeitig unüberbrückbar. Ihr Blick aufeinander verschwamm, weil sie zu nah aufeinander hockten und sich innerlich zu weit voneinander entfernten. Sie begannen sich zu streiten.

Eines Abends, als sie über die Clubs sprachen, in denen er spielte, und darüber, wie offen dort auch harte Drogen die Runde machten, was zunehmend ein Problem für ihn wurde, sagte Claudio in dem großmäuligen Ton, den sie bisher erst einmal von ihm gehört hatte: »Hätte ich dich damals nicht aus diesem Pornoladen am Bahnhof rausgeholt, wärst du vielleicht jetzt da, wo mein Bruder ist. Falls er noch lebt.« Es war derselbe Tonfall, in dem er einmal gesagt hatte: *»Wenn ich ihn frage, macht dein Vater das sicher.«*

War er verrückt geworden? Sie sprang auf und trabte durchs Zimmer. Ha! Porno, also doch, immer noch. Und harte Drogen? Die waren nie ihr Problem gewesen. Sie war keinem Abgrund nah gewesen, als sie sich kennenlernten. Hatte die Sache im Griff gehabt, ihre Auftritte, ihren Job, den Bär, die paar Joints. Was meinte Claudio? Dass sie verdammt gewesen sei, bis er kam und sie rettete? Dass er sie aus einer Gefahrenzone gerade noch rechtzeitig herausgeholt und weit weg nach Philly gelockt hatte, um sie in Sicherheit zu bringen, sah er das so?

Sie wurde immer wütender. Auch ihr Vater war plötzlich wieder da, gerade so, als stünde er mit ihnen im Zimmer und blickte auf die Hudson Street hinaus, bis er sich möglicherweise gleich einmischen würde. Hatte er etwa aus schierer Erleichterung Philadelphia-Käsekuchen gegessen, verdammt, weil sich endlich jemand seiner Tochter annahm? Sie an einen ordentlichen Ort verpflanzte, in ein ordentliches Leben hinein, das vorher schon da war, ausgestanzt, sodass sie nur noch darin Platz nehmen musste? Vermutlich hatte sie so etwas befürchtet, als sie in dem Baumhaus in Nordkalifornien, auf das die schweren Regentropfen fielen wie aus einer Rhythmusmaschine, Nein gesagt hatte. Vielleicht hatte sie da, in diesem überraschenden Augenblick, bereits gespürt, Claudio machte ihr seinen Antrag zwar auch aus Liebe, sie liebten sich ja. Vor allem aber war er als Rettung gedacht. Nach ihrem Fehltritt in L. A., wie Claudio das plötzlich nannte, bei dem sie nicht einmal ihre gipsverstaubte Jacke ausgezogen hatte.

Sie erschrak selbst über den schneidenden Klang ihrer Stimme, als sie sagte: »Retten, Claudio, kann ich mich selbst. Sollte es nötig sein.«

In dieser Nacht schlief sie auf der Couch, die sie aus Philly mitgebracht hatten. Sie strich über den abgeschabten Cord wie über eine Katze und legte die andere Hand zwischen die Kissen, aus denen sie beim Umzug eine Handvoll Chipskrümel, Stimmgabeln, ein Mundstück und ein paar Bleistiftstummel gefischt hatten. Schließlich schlief sie für ein paar Stunden ein. Am nächsten Morgen packte sie leise die beiden Koffer, mit denen sie vor drei Jahren gekommen war, und ging.

V

EIN PAAR MONATE NACH IHRER RÜCKKEHR aus Amerika kam wieder einmal eine Nachricht von Friedrich. Sie hatte ihren Vater lange nicht gesehen, lange nichts von ihm gehört, sich sehr lange nicht bei ihm gemeldet. Wie immer war es Andreas, der sie anrief.

»Das Zittern wird schlimmer. Er hat nach dir gefragt.«

Marschmarsch, dachte sie. Sie war gerade auf dem Rückweg von einem Tennisturnier, das sie im Auftrag einer Werbeagentur organisiert hatte. Eine Weile lang hielten sie solch prächtig bezahlte Jobs über Wasser, während sie an einer Geschichte aus Memphis feilte, dem ersten Text, den sie verkaufen würde. Sie fuhr direkt von der Autobahn mit einer Tasche voller silbrig schimmernder Trainingsanzüge aus dem Arsenal des Sponsors bei Friedrich vor, und als sie ihm von dem Turnier und den Spielern und Veranstaltern erzählte und das erwähnte, verblüffte er sie mit der Aufforderung:

»Zeig doch mal her.«

Er zog tatsächlich einen Anzug an. Lehnte sich in einer der coolen Posen, an die sie sich von sehr viel früher erinnerte, an die Wand. Sie sah, wie dünn er geworden war, und stand auf, um ihm zum Sessel zu helfen. Er versank in den Polstern, beugte sich dann aber vor, stützte wie früher einen Unterarm auf dem Bein ab und rieb den Stoff der locker sitzenden Hose ein wenig zwischen den Fingern, lehnte sich zurück, zog den Reißverschluss der Jacke auf und zu, griff in die Taschen und zupfte die Ärmel zurecht. Offenbar versuchte er, in dem ungewohnten Kleidungsstück heimisch zu werden. Als wolle er ihr nicht zeigen, wie lächerlich er alles daran fand, das labberige Material, das keine Form hielt, die Kapuze, den schwarzen eingestickten Puma auf der silbernen Brust. Dabei fand sie den Anzug genauso lächerlich und wünschte sich, er würde ihn ausziehen und nicht in dieser Verkleidung, die überhaupt nicht zu ihm passte, vor ihr sitzen. Anderseits ließ sie diese ungewohnte Erscheinung ihres eleganten Vaters für einen Augenblick hoffen, er täte vielleicht und sagte möglicherweise auch etwas, mit dem sie überhaupt nicht rechnen konnte.

So kam es. Er sagte zwar auch jetzt nicht, es ist schön, dass du da bist. Aber er erzählte ihr die Geschichte seiner Brüder. Sprach von den Predigten seines Vaters, an die er nicht mehr glauben konnte, als der Terror zunahm, und die er schließlich zu verachten begann, weil sie ihm in jedem Satz, jedem Wort feige vorkamen und versöhnlerisch gegenüber Menschen und Taten, mit denen er sich damals und auch heute nicht versöhnen wollte. Er war sich nicht sicher, wo seine Brüder in dieser Sache eigentlich standen. Was sie dachten, wenn sie sich an den Stein und den »Judenpfarrer«-Zettel erinnerten, mit dem sie ihn umwickelt hatten, bevor sie ihn ins Wohnzimmer ihrer Eltern schleuderten. Ob sie jemals bedauert hatten, was vorgefallen war. Es war nie darüber gesprochen worden.

Zwei seiner Brüder lebten in derselben Stadt, aber keiner pflegte den Kontakt. Ihr Vater sagte das, als sei Familie etwas, das man immer wieder einmal winterfest machen müsste. Vielleicht war es so. Aber niemand kümmerte sich darum. Immerhin, erzählte Friedrich ihr an jenem Nachmittag, hätten die beiden Brüder ein Grab gekauft, in dem auch für ihn einmal Platz sein würde. Er hatte das als Friedensangebot verstanden und halbherzig angenommen.

Wenn er als Toter neben ihnen läge – Friedrich lachte, als er das sagte –, wäre es ihm einerlei. Aber lebendig suchte er ihre Nähe nicht. Die beiden Brüder hatten die juristischen Karrieren gemacht, für die sie den gemeinsamen Vater verraten hatten. So sah er das. Sie hatten jeder ein großes Haus gebaut und eine Familie gegründet. Sie hatten ihre Frauen betrogen, aber nicht verlassen. Sie waren nie für etwas belangt worden, von dem vermutlich wirklich niemand wusste, ob sie dabei gewesen waren, Mittäter, Mitwisser, Mitläufer oder nach dem begeisterten Beginn keines dieser Dinge. Als die Nazis tausend Jahre Zukunft versprachen, wollten sie vielleicht einfach dabei sein. Sich vom Vater, dem Prediger, lossagen, wie das Söhne in diesem Alter tun. Vielleicht war das wirklich schon alles gewesen. Und es war völlig in Ordnung, dass ein Studienkollege, verwandt mit Hermanns Frau, ihnen einen Persilschein ausgestellt hatte. Familie eben. Von Karl sprach niemand. Offenbar wusste niemand, was aus ihm geworden, wo er abgeblieben war, ob er noch lebte. Der vierte war ja für Führer und Vaterland gefallen.

Sie fragte ihn, wie es ihm ergangen sei, seit er nicht mehr arbeitete, wo er gewesen wäre, was er gesehen hätte. Er guckte sie melancholisch an und zuckte mit den Schultern. Als er seinen Beruf ein paar Jahre vor der Zeit an den Nagel hängte, hatte er auf Globen und Landkarten geschaut und nicht gewusst, wohin er sich wenden sollte. Er kannte niemanden anderswo. Die Männer, mit denen er Geschäfte gemacht und Whiskey getrunken hatte, hatten sich in ihre Familien zurückgezogen, uninteressiert an allem, was aus der Welt wurde, in der sie ihr Sagen gehabt hatten und nun nicht mehr. So erfuhr sie, er hatte viel weniger von der Welt gesehen, als er es sich als junger Mann, der das Universum durchmessen wollte, vorgenommen hatte.

Friedrich hatte seinen Brüdern nicht verziehen. Das ließ ihn vollkommen versteinern. Einladungen zu Unternehmungen mit ihnen und zu Familienfesten, auf denen sie, wie er vermutete, einander aus ihren unbewegten Gesichtern zuprosteten, hatte er immer abgelehnt. Hatte Cousins und Cousinen nicht miteinander bekannt gemacht. Das hatte sie, als sie Kind war, nie gewundert. Sie hatte gedacht, zur selben Familie zu gehören sei kein Grund, miteinander auch bekannt zu sein.

Noch ein Whiskey, noch eine Zigarette. Noch eine Weile Schweigen.

»Afrika«, sagte Friedrich unvermittelt. Sie guckte ihn verdutzt an. Was wäre wohl aus der Familie mit den fünf Jungs geworden, hätte der Pfarrer Mitte der Zwanziger dem Drängen eines engen Freundes nachgegeben und wäre mit ihm nach Kenia gegangen?

Afrika? Davon hatte sie als Möglichkeit für ihre Großeltern noch nie gehört. Sie rückte näher an ihren Vater heran, um klarzumachen, sie war interessiert. Friedrich, so glaubte sie, holte mit seiner Erzählung vor allem aus, um sich kurz noch einmal in einen Traum zu versenken. Afrika. Für einen Pfarrer, meinte zu jener Zeit der Freund, der für eine Reederei arbeitete und selbst mit einer Engländerin verheiratet war, war auf dem schwarzen Kontinent, wie er es nannte, immer Verwendung. Friedrichs Vater hätte eine Mission eröffnen können. Das Wort Gottes predigen, wo es besonders gebraucht wurde. Der Freund übersah, dass Deutsche ohne englische Verwandtschaft in Kenia damals alles andere als willkommen waren. Auch Pfarrer nicht. Besonders Pfarrer nicht.

Friedrichs Vater war hier weniger naiv. Aber auch unter anderen Umständen hätte ihn die Vorstellung wohl zu nichts bewegt. Er wollte zu Hause predigen und seine Gemeinde nicht im Stich lassen.

»Afrika«, hatte ihr Vater wiederholt und einen Augenblick gezögert. Leise, verlegen fast hatte er schließlich hinzugefügt: »Manchmal habe ich davon geträumt. Vom Licht, dem Himmel, von wilden Tieren in hohem Gras. Von den Dingen, die in den Briefen standen, die meinen Vater aus Kenia, Uganda, schließlich aus Südafrika erreichten. Und die er uns vorlas.« Dann ließ er den Gedanken wieder fallen.

Friedrich fragte sie, wie sie lebte, ob da jemand sei, wie es mit Kindern aussähe und welche Pläne sie habe. Sie schwieg und zuckte mit den Schultern.

»Und Claudio?«, fragte er. Es hatte einen Augenblick gedauert, bis er sich an den Namen erinnerte, aber dann war er da.

»Mir hat er gefallen, dein Trompeter mit der vermischten Familie.« Er erinnerte sich tatsächlich, an die italienischen Verwandten, die Eltern in Buenos Aires, die Wohnungen in Philly, dann New York.

»Mir doch auch«, sagte sie leise und versuchte, den Augenblick von Intimität festzuhalten, in dem sie sich so überraschend trafen. Er wirkte ratlos, als er hörte, jetzt sei alles provisorisch, die Jobs, die Beziehungen, die Wünsche für später. Er sagte:

»Du solltest eine Familie haben.« Aber er sagte nicht, warum.

Stattdessen schwieg er wieder eine Weile, streckte ein Bein vor und zog die silbrig glänzende Trainingshose mit zwei Fingern ein Stück übers Knie, wie er das bei seinen

Anzughosen mit ihren scharfen Bügelfalten tat, bevor er das Bein über das andere schlug.

Es war das erste Mal, dass er ihr etwas aus seinem Leben erzählte. Er saß da in dem silbernen Trainingsanzug, rauchte und trank und sprach von denen, die einmal seine Nächsten gewesen waren, als spürte er erst jetzt den Schmerz, dass über den Lauf der Geschichte diese Pfarrersfamilie, deren Mittelpunkt sein Vater war, auseinandergebrochen war.

Sie hatte immer ein düsteres Geheimnis vermutet, und das, was sie an jenem Nachmittag über seine Brüder hörte, die nach dem Krieg so taten, als hätten sie mit nichts, was in den vergangenen zwölf Jahre geschehen war, etwas zu tun, gehörte in diese Kategorie. Es war nicht so groß, dass die Geschichtsschreibung revidiert werden musste, jetzt, da es gelüftet war. Es war gar nichts Ungewöhnliches. Nichts, was diese Pfarrersfamilie von Tausenden anderen Familien in Deutschland unterschied. Aber es war groß genug für sie. Und ganz sicher groß genug für Friedrich.

Er hatte seit damals versucht, zu vergessen, dass diese Brüder seine waren. Hatte sie ablegen wollen und war überzeugt gewesen, das sei längst geschehen. Aber seit Kurzem spürte er, er konnte nicht mehr leugnen, dass sie da gewesen waren. Er fragte sich, ob er eine Schuld trage, ob er sie hätte zurückhalten können, wie es sein Vater, seine Mutter vergeblich versucht hatten. Er hatte es nicht versucht. Er hatte sich versteckt, war ihnen aus dem Weg gegangen, hatte sich entzogen und Bücher über die Gestalt des Kosmos gelesen. Und jetzt, da er alt war, musste er zugeben, trotz allen Ekels vor ihnen allen sehnte er sich nach einem von ihnen. Nach Karl.

»Neugierde«, antwortete er nach kurzer Überlegung, als sie ihn fragte, warum. Er wollte wissen, was aus ihm, auch er damals ein begabter Jurist, geworden war. Wohin es ihn verschlagen hatte. Ob er geflohen war, was Friedrich vermutete. Er schaute einige Minuten aus dem Fenster, und sie rechnete fest damit, er werde noch etwas sagen. In der Richtung: Er fehlt mir als Bruder. Ich habe ihn geliebt. Dann gehasst. Jetzt weiß ich nicht, was ich fühle. Neugierde war kein starkes Motiv in solchen Fragen, dachte sie.

Aber Friedrich sagte nichts mehr. Er verkrümelte sich wieder auf den anderen Stern, auf dem er den Großteil ihres gemeinsamen Lebens verbracht hatte. Unerreichbar für sie.

Einige Zeit später war er tot. Sie hatte ihn noch ein paarmal besucht, aber er hatte nie wieder über irgendetwas gesprochen, das ihn weniger rätselhaft für sie gemacht hätte. Einmal hatte er sie gefragt, ob sie wieder ein Tennisturnier organisiert hätte und wer die Spieler gewesen wären. Ob es wieder Trainingsanzüge gäbe, hatte er nicht gefragt. Kurz darauf war er gestorben.

Es war Nacht, und wie immer bei Nachrichten über ihren Vater war es ihr Bruder, der sie anrief. Sie trafen sich an seinem Totenbett, umarmten einander, saßen gemeinsam bei dem Toten, dann allein. Nachdem sie jeder für sich eine Weile mit dem Vater verbracht hatten, dessen Züge im Tod ganz weich geworden waren, waren sie schließlich gemeinsam zum Parkplatz gegangen.

»Ich fahr mal vor«, hatte Andreas gesagt, der ein fabelhafter Autofahrer war, was sie immer ein wenig eingeschüchtert hatte. Sie wohnten nicht weit voneinander und hatten für einen Teil des Heimwegs dieselbe Strecke. Er fuhr langsam in jener Nacht, und sie fuhr langsam hinterher. Nur hin und wieder kam ihnen ein Auto entgegen, aber in ihrer Richtung war niemand unterwegs. An einer Stelle mit weitem Blick über die Stadt fuhr Andreas rechts an den Straßenrand, den eine niedrige Mauer begrenzte, und winkte ihr zu, sie solle auch anhalten.

Als sie ausstieg, legte er seinen Arm um ihre Schultern. So standen sie eine Weile. Unter ihnen lagen still die Straßen und Bürohäuser, in denen langsam die Nachtlichter ausgingen. In der Morgendämmerung blickten sie über die Hügel im Hintergrund und die Felder mit wilden Blumen. Sie sahen nach oben und schauten den Vögeln nach, die über der Landschaft kreisten. Einmal stürzte sich ein Bussard im freien Fall nach unten auf seine Beute. Plötzlich streckte Andreas den Arm aus.

»Schau mal, dahinten«, sagte er leise und drückte ihre Schulter. »Siehst du das Funkeln da, rechts am Wall, gleich neben dem Tulpenfeld? Beim Schacht zum Mittelpunkt der Welt?«

Sie stellte ihre Augen scharf, und da sah sie den Schacht auch, der zum Erdkern führte, und neben ihm die Diamanten, die so hell glitzerten wie früher hinter dem Schirmständer in ihrem Garten.

VI

EIN GUTES HALBES JAHR, nachdem ihre Freundin ihren Vater zu Grabe getragen hatte und Maskenspiele Szenen aus dessen Leben nachgestellt und Gitarren alles Mögliche, nur keinen Blues gespielt hatten, stand sie mit Andreas an ihres Vaters Grab. In diesem Jahr war schon Anfang Dezember der Winter mit aller Macht gekommen. Es hatte geschneit. Die Wege waren unter der lockeren Schneeschicht hart gefroren. Niemand außer ihnen war auf dem Friedhof unterwegs. Sie hatte einen Weihnachtsstern neben den Grabstein gestellt, in den auch die Namen der Brüder ihres Vaters eingraviert waren. Hinter den Namen des gefallenen Walter und von Hermann und Curt, die längst tot waren, standen die Geburts- wie auch die Todesjahre. Bei Friedrich auch. Bei Karl aber nur das Jahr seiner Geburt. 1913.

Sie las die Namen ihrer Onkel, die sie nie kennengelernt hatte, und dachte, ihr Vater konnte deren Nähe nur tot ertragen und auch das nur, weil er nicht an ein Leben nach dem Tod glaubte.

»Hast du mal darüber nachgedacht, Andreas«, fragte sie, »was hinter der Idee steckte, dieses Geschwistergrab zu kaufen und einen Platz für unseren Vater darin frei zu halten? Wer sich das ausgedacht hat?«

Ihr Bruder schüttelte mürrisch den Kopf und zuckte mit

den Schultern, was so viel hieß wie: *Belämmere mich nicht mit deinen komischen Fragen,* sagte dann aber doch:

»Lange her. Guck mal auf die Daten.«

Sie versuchte, zu verstehen, warum ihr Vater sich damit einverstanden erklärt hatte, im Tod eine Lüge zu bezeugen, die er im Leben nie akzeptiert hatte. Die Lüge, sie wären eine Familie gewesen, vielleicht nicht in Liebe verbunden, verbunden aber doch.

Inzwischen war sie sicher, es war der Verrat der Brüder, der Friedrich auf seinen einsamen Planeten, so weit weg von ihrer aller Galaxie, geschossen hatte. Der Verrat, der ihm das Vertrauen gestohlen hatte, und die Weichheit, mit der seine Mutter ihn, während sie ihm an den Abenden seiner Kindheit das Haar bürstete, so liebevoll ausgestattet hatte. Es war der Verrat der Brüder an dem Vater und also an der Welt, der seine Augen und sein Herz hatte gefrieren lassen wie die Wege an diesem Tag, an dem sie an seinem Grab stand.

Während der Weihnachtsstern seine Spannkraft verlor und die Blütenblätter sich augenblicklich einkringelten und so erbärmlich schlaff herunterhingen, dass sie ihn gleich wieder einpackte und im nächsten Mülleimer entsorgte – »Zimmerblume«, meinte ihr Bruder trocken, lächelte sie aber dabei an –, entschloss sie sich, noch eine Sache für ihren Vater zu tun. Sie würde Karl suchen. Herausfinden, was aus dem verschollenen Bruder geworden war. Obwohl ihr Onkel selbst sie nicht die Bohne interessierte. Aber Friedrich hatte sich am Ende sehr nach ihm gesehnt. Und er hatte ihn in ihrem Gespräch, als er die Jacke mit dem eingestickten Puma auf der Brust trug, für so lebendig gehalten, dass auch sie die Möglichkeit, Karl könnte gegen Ende des Kriegs in einem Massengrab gelandet sein, nicht in Betracht zog. Wo war er abgeblieben? Warum hatte er nie wieder den Kontakt zu seinen Brüdern gesucht? Warum nicht wenigstens zu Friedrich?

Damals, als Claudio sie in Los Angeles zu den zerfressenen Existenzen nach Skid Row gebracht hatte, auch, wie sie später dachte, um zu bekräftigen, *ich suche meinen Bruder nicht (er ist möglicherweise hier, an der nächsten Ecke, hinter dem Zaun dort vorn, aber ich werde ihn nicht suchen, ihn nicht sehen, selbst wenn er an mir vorüberläuft)* – da war sie sehr durcheinander gewesen. In Claudios Familie liebten sich alle ostentativ und sogar so sehr, dass sie über offensichtlich kriminelle Verstrickungen von angeheirateten Familienmitgliedern hinwegsahen. Und doch wurde einer von ihnen vollkommen aufgegeben. So absolut, dass sie selbst auf Nachfragen seinen Namen nicht preisgaben.

Nach langer Zeit erst hatte Claudio begriffen, so erzählte er ihr, als es schon zu spät war, wie sehr er seinen Bruder gebraucht hätte, um besser zu verstehen, wer er selber war. Aber das wurde ihm erst klar, als er längst seine eigene Familie hatte. Er hatte sich eingebildet, er könne nicht ohne diesen Rückzugsort sein, an dem er jedoch niemals richtig glücklich wurde. Rückzugsort. Das hatte ihr nie eingeleuchtet. Die meisten Menschen, die sie kannte, sprachen von ihren Familien, als handele es sich um die Front. Längst schon wusste Claudio, er hatte einen Fehler gemacht.

»Wenn ich meine Kinder anschaue, sehe ich in ihrem Blick mein Versagen. Sie machen mir Angst. Tatsächlich, ich fürchte mich vor ihnen.« Immer noch sprach Claudio manchmal, wenn es ernst wurde, so formell und mit einem Pathos, das sie zum Lachen brachte.

Nachdem sie Claudio verlassen hatte, herrschte für Jahre Funkstille. Bis er eines Tages anrief. Einfach so. »Hallo, wie geht's?«, fragte er. Ein paar Monate später machte er das noch einmal. Locker, als wäre nichts dabei. Es war nichts dabei, stellte sie fest. Zwischen ihnen lag ein Ozean. Sie sprachen seitdem manchmal miteinander. Rückten wieder näher zusammen. Er erzählte, wen er geheiratet hatte. Seit wann er Vater war und wie er seine Kinder immer wieder allein ließ, weil er es nicht aushielt, die Ähnlichkeiten zu sehen, mit sich selbst, seinen Geschwistern, den Cousinen.

»Apropos Cousinen«, sagte er. »Alejandro ist seit einiger Zeit nicht mehr da. Offenbar hat er sich entschlossen, aus den Geschäften auszusteigen, und ist verschwunden.«

Niemand wusste, wo man ihn suchen konnte. Die Cousine, die ihn geheiratet hatte, hatte auch keine Idee. Erst war sie entsetzt, verzweifelt, verängstigt gewesen, weil sie dachte, vielleicht hatte er den Rest der Familie verraten, und sie alle müssten mit dem Schlimmsten rechnen.

»Aber nichts geschah«, sagte Claudio. »Außer dass er verschwand. Ausgerechnet er. Er sah doch bei der Hochzeit so aus, als täte er alles für die Familie. Für seine Eltern, Brüder, Vettern, für seine Mutter vor allem, die ständig an ihm herumgefingert hat, weißt du noch? Und jetzt ist Alejandro weg. Unfassbar.«

»Hhm.« Sie wartete, ob die Geschichte weiterging. Aber offenbar war das schon alles.

»Was machst du eigentlich, bombón?« Es klang vertraut, als Claudio das fragte. Sie hatte das Echo dieser Frage oft genug gehört, seit sie allein war, was er nicht wissen konnte.

»Nichts Dramatisches«, murmelte sie in sich hinein, sodass er nachfragen musste. Immerhin konnte sie berichten, sie habe mit dem Schreiben weitergemacht, das in Kansas mit dem lustigen Satz begonnen hatte. *Nicht alle lieben*

Claudio immer. Und mit dem Reisen. Während sie erzählte, spürte sie, Claudio machte sie nervös, wie früher oft, wenn sie gemerkt hatte, sie gab sich ihm zu erkennen. Sie wusste allerdings, sie machte ihn auch manchmal nervös, und zwar aus demselben Grund. Deshalb fand sie schnell ihre Fassung wieder. Statt von ihren Reisen erzählte sie ihm von ihrer Sammlung nicht verwendeter Szenen und unverbundener Eindrücke, den irren, schmerzhaften, undruckbaren Geschichten, aus denen irgendwann etwas Neues werden würde, etwas Abseitiges, Bizarres. Eine runde Sache, in der die Welt wieder ganz wäre, unbeschnitten und bis zu den Rändern wahr.

»Eine Schauergeschichte«, meinte Claudio. Sie ignorierte das.

»Ich nenne sie Outtakes. Aber genau weiß ich noch nicht, was ich mit ihnen machen soll.«

Sie war sich nicht sicher, ob Claudio verstand, wovon sie redete. Er hatte über ihren allerersten Satz in ihrem ersten Notizbuch damals gelacht, weil der Satz komisch war, und dann nie wieder etwas von ihr gelesen. Sie glaubte, er hatte mit dem Schreiben nichts zu tun. Wusste nicht, wie das geht. Aber er sagte:

»Outtakes? Und du hebst sie auf? Klingt, als wärst du immer noch oft nicht da, wo du gerade bist.« Er lachte zärtlich, und sie lachte, weil sie wusste, er hatte recht. Lässt du mich lesen, wenn es so weit ist, hatte er schließlich gefragt, und sie hatte unbestimmt gegrunzt.

»Tanzt du noch?«, wollte Claudio später wissen.

»Klar. Aber nur so. Training halt«, hatte sie gesagt.

»Und dein Vater?«

»Tot.« Sie hatte vergessen, das zu erwähnen. »Nicht sehr lange, nachdem ich aus Amerika zurückkam, ist er gestorben. Er mochte dich, hat er gesagt.«

Kurz darauf trafen sie sich in New York. Claudio spielte ein paar Gigs im Blue Note. Sie stellte sich hinten in eine Ecke, damit er sie nicht gleich erkannte. Länger als fünfzehn Jahre hatten sie einander nicht gesehen. Claudio sah aus wie damals, wenn er spielte, älter, aber sonst unverändert. Bei sich selbst war sie sich nicht sicher. Sie hatte zu der Person, die sie war, als sie Claudio kennenlernte, als sie in der Peepshow arbeitete und dann alles stehen und liegen ließ und zu ihm flog, um ihn doch wieder zu verlassen, keine spürbare Verbindung mehr. Sie wusste nicht mehr genau, wer sie damals war. Aber als er »Blues for b.« spielte, erinnerte sie sich. Sie trat nicht ganz aus ihrer Ecke heraus, aber sie schaute ihn offen an, wie er da auf der Bühne stand und ihr Lied spielte, und für einen Augenblick spürte sie etwas zwischen diesen Tönen, die er für sie erfunden hatte, das sie erkannte. Sie hatte kein Wort dafür. Genau genommen blau, dachte sie.

Sie verbrachten ein Wochenende zusammen. Seitdem machten sie das immer wieder. Wie am Anfang ihrer gemeinsamen Zeit pendelten sie zwischen vollkommener Verschmelzung und Distanz hin und her. Sehr nah vorübergehend und fern genug in der Zwischenzeit. Für sie ein idealer Zustand. Ohne die fixe Familienidee, dachte sie in diesen Augenblicken von Einverständnis, das sie mit keinem anderen Menschen erreichte, teilten sie immer noch mehr als die meisten Paare. Aber er hatte eine Familie gewollt. Obwohl keiner glücklich damit war.

Einige Tage nach diesem ersten New Yorker Wochenende rief Claudio sie wieder an.

»Ich habe einen Brief bekommen.« Seine Stimme war flach.

»Schlechte Nachrichten?«, fragte sie.

»Mein Bruder«, sagte er. »Er ist tot. Seine Frau hat mir geschrieben, Sofia. Sie war bei ihm. Es ist in Los Angeles passiert. Skid Row, tatsächlich. Er war krank. Halb verrückt vor Schmerzen überall, schreibt sie, übersät mit Ekzemen.«

»Damit hattest du gerechnet. Oder?« Sie war nicht überrascht, nach allem, was sie von dem Bruder wusste. Erstaunt vielleicht, dass es erst jetzt passiert war.

»Hör mal zu, wie sie das schreibt: *Er hat die allerletzten Kräfte und einen unerwarteten Willen aufgebracht, um ein paar Tage lang auf die tödliche Überdosis zu sparen. Eine Kraft und einen Willen, die mich, weil ich ihn liebte, vollkommen ausgehebelt und in Bewunderung und Schrecken gleichzeitig versetzt haben.*«

Claudio machte eine Pause.

»Er hat von dir gesprochen. Das stand am Schluss von Sofias Brief. Der Umschlag trug keine Absenderadresse.«

Sie wusste nicht, was sie darauf sagen sollte, und schwieg. Claudio weinte.

»Nicolás«, sagte er endlich. »Nicolás hieß er. Nicolás.«

Es war ein langes Telefongespräch. Claudio weinte die meiste Zeit einfach. Immer wieder sagte er den Namen. Nicolás. Schließlich hatte er gefragt:

»Erinnerst du dich?«

Und sie hatte wiederholt, was er ihr damals gesagt und was ihr bei all ihrer Verwirrtheit darüber, wie Claudio und seine Familie diesen Sohn und Bruder verlassen hatten, dann doch wahrhaftig und richtig klang: »Du hättest ihn nicht retten können.«

Hier, am Grab ihres Vaters und seiner Brüder, war niemand mehr zu retten. Alle waren tot. Und Karl? Vermutlich auch. Sie wusste es nicht. Aber sie würde es herausfinden. Das war ihr Plan, und sie würde ihn durchziehen.

Mit den Eckdaten, die sie kannte, ein bisschen Familiengeschichte, dem Internet und etwas Glück sollte es möglich sein, Karl zu finden. Mit seiner Geschichte würde sie wieder hierherkommen und ihrem Vater, der seit Jahrzehnten in diesem Grab neben seinen anderen Brüdern lag, erzählen, was aus seinem Lieblingsbruder Karl geworden war. Warum und wo. Sie würde das Grab des Vaters, wenn es so weit war, allein wiederfinden, so hoffte sie jedenfalls, und machte sich eine Notiz von der Gemarkung nebenan.

An welchen Ort Karl verschwunden war, war nicht schwer herauszubekommen. Ahnenforschung war das Stichwort im Netz. Andreas hatte sie darauf gebracht, eine Seite empfohlen.

»Schau mal nach«, hatte er vorgeschlagen, während sie vom Grab zum Parkplatz liefen und beide froren und sich immer wieder in die Hände bliesen, »da haben entfernte Leute, die so heißen wie wir, schon angefangen, die Familiengeschichte aufzudröseln.« Weiter interessierte ihn nicht, was sie vorhatte, aber seine Laune hatte sich ein wenig aufgehellt. Vermutlich, weil sie gleich wieder im Warmen wären und jeder seiner Wege ginge. Onkel, Tanten, Vettern und Cousinen ließen ihn völlig kalt. Sie auch. Aber nicht ihr Vater.

AHNENFORSCHUNG. ANDREAS HATTE RECHT GEHABT. Über eine Genealogie-Webseite landete sie auf einer Art Archiv der Familie, von der sie Teil war. Peinlich, dachte sie. Für jedermann einsehbar stellten sich dort Menschen vor, die sie nicht kannte, mit denen sie aber genetisch verbunden war und die zum Teil hießen wie sie. Sie konnte nichts dagegen tun, gegen die Gene nicht, die Namen nicht und gegen ihre Dokumentation im Netz ebenso wenig. Sie bemühte sich, schnell darüber hinwegzukommen. Die Einträge fingen weit im achtzehnten Jahrhundert an, aber die interessierten sie nicht besonders. Im zwanzigsten angelangt, erfuhr sie als Erstes, der Bruder ihres Großvaters, des Pfarrers, war etwa zur selben Zeit, zu der vier der fünf Pfarrerssöhne mit der SA marschierten, Bürgermeister einer mittelgroßen Stadt im Norden gewesen. 1934 war er seines Amtes enthoben worden. Er hatte offenbar sofort seine Sachen gepackt und war mit seiner Frau, deren Mädchennamen eine jüdische Abstammung vermuten ließ, nach England gegangen. Erst nach London, wo sie bei Verwandten unterkamen, dann bald nach Cornwall. Dort machten sie ein Gästehaus auf, das bis heute lief, auch wenn das Paar längst tot war. Es gab sogar historische Bilder. Ein Restaurant hatte sich angeschlossen, eine »Gourmet-Oase«, so hieß es dort. Sie vermutete, wegen dieser

Werbung war die Geschichte des Hauses unverschlüsselt zugänglich. Sie kopierte sich die Informationen zu diesem Zweig der Familie in eine Mail, die sie sich selbst schickte, und legte sie in einem ihrer Ordner für Outtakes ab. Niemand hatte ihr je vom Cornwall erzählt.

Gab es ähnliche Geheimnisse auch in ihrem Strang der Familie? Sie vermutete, ein Verwandter des Bürgermeisters hatte diese Abteilung der Seite aufgebaut und seinen Zweig der Familie nach oben gestellt. Erst nach einer Weile erfasste sie, dass dieser elektronische Stammbaum offenbar von verschiedenen Seiten aufgebaut und ergänzt wurde. Ihre deutschen Cousins oder Cousinen, die sie so wenig kannte, wie sie etwas von einem nach England ausgewanderten Teil der Familie geahnt hatte, hatten ihn ihrerseits mit allem, was sie von der Familie wussten, bestückt und bestückten ihn auch weiterhin. Das konnte sie an erst kürzlich hinzugefügten Einträgen über Geburten, Todesfälle und Hochzeiten erkennen, nachdem sie dem Pfad zu ihrem Großvater, dem Pfarrer, gefolgt war. Auch ihr Vater war dort aufgelistet, auch ihr Bruder, auch sie.

»Bitte nicht«, dachte sie und überlegte, ob sie das löschen konnte. Ihren Namen dort zu sehen war ihr unbehaglich, obwohl es nur ein tabellarischer Eintrag war. Sie suchte sich ihre Gesellschaft gern selbst aus. Obwohl sie wusste, bei Familie lief das nicht so.

Und Karl? Sie hatte zwar gehofft, einen Hinweis auf ihn zu finden, war dann aber doch überrascht, als sie seinen Namen tatsächlich dort sah. Schockiert geradezu. Als habe sie nicht damit gerechnet, dass es ihn tatsächlich gab. Dass er auch für andere existierte, obwohl niemand, jedenfalls Friedrich gegenüber, seit dem Krieg seinen Namen ausgesprochen hatte.

Von diesen Listen der Verwandtschaft an ging es nur

noch verschlüsselt weiter. Um mehr zu erfahren als Karls Geburtsdatum und die Namen seiner Eltern und Geschwister, die das Einzige waren, was sie auch ohne Stammbaum von ihm kannte, musste sie sich als Benutzer registrieren, eine Aufnahmeanfrage stellen und einen Ausweis mit ihrem Namen einscannen, der sie als Familienmitglied identifizierte. All dies tat sie, ohne weiter darüber nachzudenken, wohin sie das führen würde. Wem sie sich damit zu erkennen gab und ob sie das wirklich wollte.

Ein Administrator der Seite, sie vermutete, das war einer ihrer Vettern oder irgendjemand sonst aus den sicher weitverzweigten Familien ihrer unbekannten Juristen-Onkel, musste ihr den Zugriff erlauben und freischalten. Sie glaubte, bei diesen Familienunternehmungen steckte noch ein lebendiger Mensch dahinter. Vielleicht irrte sie sich. Jedenfalls bekam sie noch am selben Tag ihre Zugangsdaten. Das war alles.

Plötzlich bin ich eine von denen, dachte sie. Das irritierte sie umso mehr, als sie sich selbst als Familienmitglied eingeklinkt hatte. Aber nur im Netz! Das hob die Sache in gewisser Weise wieder auf, nein? Immerhin konnte sie sich jetzt den gesamten Stammbaum mit Links zu jedem, der da mitmachte und Fotos oder Texte oder Videos einstellte, anschauen. Könnte eine eigene Seite aufmachen, sollte ihr das je in den Sinn kommen, was sie für unwahrscheinlich hielt.

Das Ganze war einfacher gewesen, als sie gedacht hatte. Sie klickte auf einen Link, der sie in eine Abteilung führte, die ein Vetter zweiten Grades, wenn sie richtig rechnete, liebevoll mit Bildern seines Lebens ausgestattet hatte, darunter die Geburtsanzeige für seine Tochter, Babybilder,

Fotos von ihr mit Schultüte. Beim Skilaufen. Unter dem Weihnachtsbaum, umgeben von Geschenkpapier. Bei einer Barrenübung – das war ein Video. Für eine Weile trieb sie sich auf den verlinkten Einträgen von ihr unbekannten Familienmitgliedern herum, die offenbar alle ein ordentliches Leben führten und das hier dokumentierten.

Sie war aufgeregt. Nicht wegen der Vettern und Cousinen ersten, zweiten oder dritten Grades und deren blank polierten Bildchen im Wettbewerb um das heilste Familienleben. Sondern wegen Karl. Dabei ergab die Sache streng genommen überhaupt keinen Sinn. Wenn sie Karl tatsächlich fände und am Grab ihres Vaters erzählte, was sie erfahren hatte, wie wahrscheinlich war es da, dass ihr Vater sich erheben würde, um zu sagen: »Gut gemacht!«?

Sie zögerte. Kochte Tee. Schaute aus dem Fenster und stellte fest, die Straßenlaterne unten war wieder intakt. Dick eingemummelt unter Mützen, in Stiefeln und mit hochgezogenen Schultern liefen die Menschen durch die Kälte und schleppten Tüten mit Weihnachtsmotiven. Sie hatte an den nahen Feiertagen noch nichts vor.

Als sie zum Schreibtisch zurückkehrte, überlegte sie kurz, ob sie die ganze Sache auf sich beruhen lassen sollte. War es möglich, sich bei der Ahnenforschungsabteilung der Familie wieder abzumelden? Sich aus der passiven Mitgliedschaft, zu der sie sich, wie sie dachte, aus gutem Grund, aber eben nur aus einem Grund entschlossen hatte, wieder zu verabschieden? Sie suchte nach den Allgemeinen Geschäftsbedingungen, die sie akzeptiert, jedoch nicht gelesen hatte, fand aber den entsprechenden Passus nicht.

Familie auskundschaften, unbekannte Teile ergänzen, wie war sie nur auf diese Idee gekommen? Sie müsste für den Rest des Winters einen Mieter für ihre New Yorker

Wohnung finden und sich überlegen, wie sie die Feiertage verbringen wollte. Diese Dinge standen gerade an. Ihr Vater, gar sein verloren gegangener Bruder eher nicht. Seit wann wollte sie ihm überhaupt so viel Raum in ihrem Leben geben, und warum? Nur, weil sie sein Grab nicht wiedergefunden hatte? Weil für einen anderen Vater ein Maskenspiel aufgeführt worden war? Weil sie bemerkt hatte, sie hatte ihn tatsächlich fast vergessen, wollte ihn aber nicht mit ihren kümmerlichen Erinnerungen ziehen lassen? Sie hatte ihm bereits eine Geschichte gegeben, hatte Friedrich den Swing tanzen lassen, ihn mit dem Fotografen nach Flandern geschickt, einen halben Amerikaner aus ihm gemacht, den Groove in seinen Beinen bewundert. War das nicht genug? In einem Anflug von Ärger dachte sie, hätte er sich nur halb so viel mit ihr beschäftigt, wäre dies hier alles gar nicht nötig.

Sie hatte sehr lange ohne ihn gelebt. Immer eigentlich. Vielleicht sollte sie es dabei belassen.

Wie ernst, fragte sie sich schließlich aber auch, war es ihr mit der Sache? Sie war das Ganze spontan angegangen und dachte jetzt, möglicherweise sollte eine solche Angelegenheit wie eine Onkelsuche, um die Aufmerksamkeit des toten Vaters zu erringen, besonders gut durchdacht sein. Sie nahm ein Bad.

Die Laterne warf einen kleinen Lichtkegel auf die Straße, irgendwo läuteten Glocken, die Uhr stand immer noch, und draußen froren die Menschen, die weiter einkauften. Sie hatte gerade begonnen, die Notizbücher des Jahres zu beschriften und in einem Karton abzulegen, als ihr Redakteur anrief, um ihr frohe Feiertage zu wünschen und am Telefon auf weitere gemeinsame Geschichten anzustoßen.

»Großartige Sachen, die du uns in diesem Jahr geschickt hast!« Er musste immer übertreiben. »Vor allem die von dem Zuckerbaron – sag mal, passiert dir das öfter, dass du auf einen Cuba Libre nach Havanna fliegst?«

»Mojito«, sagte sie.

»Eine tolle Geschichte! Genau das, was wir uns erhofft hatten.«

»Tatsächlich.« Er kapierte nichts, ihr Redakteur. Das war nichts Neues, aber an diesem Abend deprimierte es sie.

»War ja auch ein Superauftrag.« Drunter machte er es heute nicht. Offenbar wartete er auf einen Ausdruck von Dankbarkeit ihrerseits, wünschte, als sie nichts sagte, noch einmal frohe Feiertage, fragte aber nicht, ob sie Pläne habe.

Noch ein Tee. Der Bildschirm war längst wieder schwarz. Sie lud die Stammbaumseite neu. Dann klickte sie auf »Karl«.

Geboren am 2. Oktober 1913. Vater Pfarrer. Mutter Hausfrau. Vier Brüder (Links auf deren Einträge, so vorhanden, von Friedrich gab es keinen). *Volksschule und Gymnasium, anschließend Studium der Rechtswissenschaften in Frankfurt am Main. Promotion 1939. Soldat im Offiziersrang, ab 1941 bei den kämpfenden Truppen.*

So weit war ihr das ungefähr bekannt gewesen. Darüber hinaus wusste sie auch, er war 1932 in die SA eingetreten. Das stand da nicht. Aber sie erfuhr, wo er abgeblieben war.

Im April 1945 in Frankreich verschollen. Danach keine Information. Erster nachgewiesener Aufenthaltsort ab September 1951 in Mombasa/Kenia. Seit 1954 Wohnsitz in Südafrika.

Sie klappte ihren Laptop zu.

Ausgerechnet Südafrika, dachte sie. Aber auch: immerhin nicht Paraguay!

Karl hatte sich demnach im April 1945 aus dem Staub gemacht. Offenbar hatte er das allgemeine Durcheinander kurz vor Kriegsende ausgenutzt und Glück gehabt, dass ihn niemand aufhielt und fragte: »Moment mal, wohin so eilig?« Oder ihn einfach erschoss. Aufhängte. Ihm ein Messer in den Rücken oder in die Brust rammte. Ihm eine Schlinge um den Hals legte, wie Gangster das tun, und zuzog. Karl war es gelungen, mehr als sechs Jahre lang unterzutauchen. Um sich anschließend in Afrika, möglicherweise bei dem alten Freund seines Vaters mit der englischen Frau einzuquartieren, von dem ihr Vater ihr an dem Nachmittag ihres einziges Gesprächs erzählt hatte. Friedrich hatte Briefe des Reeder-Freunds aus den ersten Jahren erwähnt, und nun stellte sie sich vor, wie der Pfarrer seine Familie um sich versammelte und vorlas, was so fern von ihnen gerade passierte, wie die Menschen waren, das Wetter und wie die Geschäfte des Freundes liefen. Auch Karl hörte vermutlich zu. Sie malte sich aus, wie die Briefe später, nach dem Krieg, als sie von Gold und Reichtum erzählten, ihnen allen die Sprache verschlugen, während Karl schon verschwunden war.

Vielleicht hatte dieser Freund, als er von Kenia nach Südafrika ging, Onkel Karl im Schlepptau. Vielleicht hatte er deshalb irgendwann aufgehört zu schreiben.

So reimte sie sich das zusammen. Ihr schien die Verbindung zu dem alten Reeder-Freund der Familie auf der Hand zu liegen. Karl hatte sich offenbar irgendwie zu ihm durchgeschlagen, über die Umstände, die ihn zu ihm führten, vermutlich gelogen, was das Zeug hielt, und sich bei ihm eingeschleimt.

Sie erinnerte sich genau an jenen Nachmittag, an dem ihr Vater den silbrig glänzenden Trainingsanzug angezogen und ihr von seinen Brüdern erzählt hatte. An seinen Gesichtsausdruck, als er sagte: »Afrika.« An seine Sehnsucht nach Karl, die er Neugierde nannte.

Es war ihm wichtig gewesen, dass sie wusste, was vorgefallen war. Er wollte, dass sie ihn im Vergleich zu den Brüdern sah. Dass sie den Verlauf seines Lebens als Konsequenz seiner Entscheidung für den Vater, den Pfarrer, dessen Predigten er nicht mehr glaubte, und gegen die Brüder, gegen die SA und gegen die Zukunft, die sie versprach, begriff. Das wurde ihr in dieser Entschiedenheit erst jetzt bewusst. Dass er derjenige in seiner Familie war, der sich abgewandt hatte. Damals hatte sie nur das Glück in sich aufsteigen gespürt, dass der Vater überhaupt mit ihr sprach und etwas von sich offenbarte. Aber damals hatte sie nicht erkannt, was es war.

War von Karls Geschichte irgendetwas nach Hause gedrungen, solange die Eltern, der Pfarrer und seine Frau, noch lebten? Wussten die Eltern, was aus ihrem Sohn geworden war? Dann hätte auch ihr Vater davon erfahren, vermutete sie. Später aber, da war sie sich vollkommen sicher, wussten seine anderen Brüder Bescheid. Die Brüder hatten es ihren Kindern erzählt, spät vielleicht, aber ganz ohne Zweifel. Sonst stünde es nicht in dieser Datenbank. Aber Friedrich gegenüber hatten sie es verheimlicht.

Hüteten sie noch ein anderes Geheimnis vor ihm? Hätte er gewusst, wo Karl abgeblieben war, wäre er hingefahren? Dass er es nicht wusste, bedeutete, Karl wollte es ihn nicht wissen lassen. Aus schlechtem Gewissen oder gerade keinem? Was hatte er denn getan? Er hatte Teil einer neuen Ordnung sein wollen, und als sich die Dinge anders entwickelten, war er getürmt. Vermutlich stand ihm der Sinn nicht nach Vorwürfen, die von den anderen Brüdern nicht zu erwarten waren.

Ein Todesdatum war hinter seinem Namen nicht vermerkt. Aber eine Adresse, jedenfalls ein Ort: »Hermanus«.

Sie schaute noch einmal hin, ob sie sich verlesen hatte. Karl in Hermanus! Sie lachte laut auf. Ein Operettentitel für ein Lustspiel über einen Barbaren! Und das auf der Website ihrer Vorfahren. Ihre Vettern und Cousinen hatten einen merkwürdigen Humor.

Ein paar Klicks, und sie hatte den Ort vor sich. Hermanus. Südafrika. Sie sagte den Namen einige Male laut vor sich hin, mit Ausdruck und Betonung auf der ersten, dann auf der zweiten Silbe. Bizarr, befand sie. Der Lexikoneintrag zu dem Küstenstädtchen sprach von einer Traumlage zwischen Bergen und Meer mit einem Bahnhof ohne Gleisanschluss. Aber eine Straße führte dorthin, eine neue sogar. Hermanus war ein Touristenort, von dem aus man Wale beobachten, früher auch mal fangen konnte.

Was hatte Karl dort gewollt?

Wenn sie nach Kapstadt flöge, wäre sie fast schon da, in Hermanus. Sie hatte sich entschlossen, das a zu dehnen. Ein paar Stunden auf der neuen Straße, es sah nicht sehr kompliziert aus. Gerade war Sommer dort. Vor einem Jahr war sie in der Karibik gewesen. Da war immer Sommer. Sie versuchte, die Jahreszeiten und die Reisen der letzten Jahre nicht durcheinanderzubringen, und dachte, sie brauchte dringend eine Pause, weg von hier. Ihre New Yorker Wohnung war über die Feiertage belegt. Sie könnte ihre Freunde von dort fragen, ob sie zum Jahreswechsel wieder in die Dominikanische Republik flögen, und sie da möglicherweise treffen, wie vor einem Jahr. Vielleicht war eine Geschichte drin. In den Blogs über die Drogenszene dort, die sie seit damals beobachtete, um zu sehen, ob Neuigkeiten über die Familie am Nachbartisch auf der Silvesterparty aufgetaucht waren, gab es allerdings keine Neuigkeiten über die Familie am Nachbartisch auf der Silvesterparty.

Sie verwarf die Idee. Genau genommen hatte sie nichts zu tun. Nichts sprach gegen Kapstadt. Sie sollte darüber schlafen, dachte sie und ging ins Bett.

Wie alt ist Ihr Vater?
– Tot.
Was wissen Sie von ihm?
– Nicht viel.
Wann denken Sie an ihn?
– Fast nie.
Geben Sie sich Mühe, Baby.
Baby?, denkt sie und sagt:
– Er war ein Mann der Sechziger.
Was rauchte er?
– Benson & Hedges.
Mochten Sie den Geruch?
– Nicht so sehr.
Wieder mal einsilbig heute?
– Er kannte Cicciolina nicht.
Sie sind verrückt. Alle Männer kennen Cicciolina.

Die Figuren mit der gelochten Gesichtsplatte tragen wieder keine Socken. Sie kommen ihr gelangweilt vor, während sie das altbekannte Verhör abspulen, als wollten sie sagen: »Baby, wir kennen uns nun schon so lange, wie wär's, wollen wir die Sache nicht mal zu Ende bringen?« Im Hintergrund funkelt der Instrumentenkasten. Seit dem letzten Mal hat ihn jemand abgestaubt.

– *Lassen Sie mich gehen,* ruft sie. *Mein Vater hat nichts damit zu tun!*

Als sie aufwachte, war die Uhr gegenüber repariert. Immerhin, dachte sie. Irgendjemand dachte offenbar, so kurz vor den Feiertagen sollten die Leute wissen, wie spät es ist.

Heftige Böen trieben Schneeregen durch die Straße, auf der schon wieder Menschen mit vollen Einkaufstüten herumhasteten. Sommer, dachte sie. Fliegen. Wenn sie nicht weiterwusste, war sie gern auf Flughäfen oder Bahnhöfen, umgeben von Menschen, mit denen sie in keiner Weise verwoben war. Die plötzlich auftauchten, möglicherweise dasselbe Ziel hatten, vielleicht aber auch gerade ankamen oder ganz woanders hin weiterzogen. Fremde, die überlegten, wohin sie sich wenden sollten, Menschen, die vielleicht nie erwogen hatten, zu bleiben, und gleich wieder verschwanden. Begegnungen, aus denen nichts folgte. Dieses Gefühl des Unverbunden, Vorläufigen war ihr lieber als Lieder unter dem Weihnachtsbaum. Wobei sie gar keine Einladung zum Singen von Liedern unter dem Weihnachtsbaum bekommen hatte. Sie buchte Stand-by nach Kapstadt und machte sich auf den Weg.

Tatsächlich kam sie auf dem ersten Flieger mit. Es war noch früh am Abend, als sie abhoben. Um sie herum wickelten sich die Leute in Decken und machten sich zum Schlafen fertig. Nach einer frühen Landung, falls sie pünktlich wären, würde der ganze nächste Tag noch vor ihnen liegen. Schlafen war eine gute Idee. Sie zog sich die gefütterte Kapuze ihrer Jacke über den Kopf, lehnte sich ans Fenster und schaute zu, wie die Lichter an den Tragflächen blinkten und in trägem Rhythmus die Wolkenfetzen unter ihnen beleuchteten. Was auch immer sie über ihren Onkel Karl herausfinden würde, es wäre in einer

Reportage vom Kap irgendwie verwertbar, so oder so. Sie musste die Sache mit dem Onkel ja nicht zu hoch hängen. Ihre Reise sollte über das Familiäre hinaus sinnvoll sein, hatte sie sich überlegt, während sie ein paar Dinge, von denen sie dachte, sie könnten ihr nützlich sein, in einen Rucksack gestopft hatte. Familie war nicht so ihre Sache, dachte sie wieder einmal, und stöhnte noch einmal kurz auf über das Gefriemel, mit dem sie den Vormittag verbracht hatte, um sich aus der Gesellschaft ihrer Familie im Netz wieder zu verabschieden.

Friedrich aber hatte verdient, zu wissen, was aus seinem Lieblingsbruder geworden war. Und da er tot war, würde sie es für ihn herausfinden.

Die Brüder ihres Vaters mit ihrem Onkel Karl und den Freunden waren unbeschadet aus den Nazijahren in die Nachkriegszeit hinübergetrieben. Der Einzige, der gebüßt hatte, war Friedrich gewesen. Obwohl er mit nichts etwas zu tun hatte. Das wurde ihr langsam klar, während sie ins Dunkel des Universums starrte, bis die Stewardess kam und sie bat, die Jalousie vors Fenster zu ziehen. Und plötzlich verspürte sie den unwiderstehlichen Drang, diese Erkenntnis ihrem Onkel Karl ins Gesicht zu schleudern, sollte er in methusalemischem Alter in Hermanus in Südafrika noch am Leben sein.

Der Morgen graute kaum, als sie in Kapstadt landeten. Sie konnte beim Anflug den Tafelberg nicht sehen, das Meer nur ahnen. Wie fast immer im Flugzeug hatte sie sich trotz Kapuze eine schwere Erkältung eingefangen und war mit verstopfter Nase und erbarmungslosem Dröhnen im Kopf aus einem kurzen Dämmerschlaf aufgeschreckt. Unruhig und schon wieder halb wach hatte sie von ihrem Vater geträumt, der in dem Trainingsanzug mit dem springenden

Puma auf der Brust auf einem Bergweg stand und sich von dort zu ihr in ihrem Flugzeugsitz hinabgebeugt und ihr ins Ohr geflüstert hatte: *Wenn du ein Zebra siehst, denk an mich.*

Das Flugzeug setzte auf, bremste, rollte aus. Für einen Augenblick herrschte vollkommene Ruhe. Entspannung. Die Blicke der Passagiere gingen nach innen, Hände lösten sich voneinander. Sie liebte diesen Moment, wenn sie wieder festen Boden unter den Füßen hatte. Ein Zebra, dachte sie. Mal sehn.

Sie stieg mit hohem Fieber aus. Gar nicht daran zu denken, gleich weiterzufahren, wie sie es vorgehabt hatte. Ihr blieb nichts anderes übrig, als sich direkt am Flughafen ein Hotelzimmer zu nehmen. Ein zurückhaltender Diener trug ihr den Rucksack hinterher und verabschiedete sich, bevor sie ein Trinkgeld aus ihrer Tasche kramen konnte. Sie hängte das Schild »Bitte nicht stören« an die Tür und fiel ins Bett. Ihr Atem war heiß wie der eines Drachen. Sie atmete flach. Wenn sie heftig schnaufte, setzte sie das Zimmer in Brand. Was ihr die Migräne erspart hätte, die im Anmarsch war.

Sie solle visualisieren, was sie bei einem solchen Anfall spüre, hatte ihr ein Spezialist einmal geraten, und sie hatte sich bemüht, die Bilder festzuhalten, und es aufgeschrieben, Schritt für Schritt, Bild für Bild. Seitdem folgten die Anfälle diesem Protokoll. Sie war sich nicht sicher, ob das wirklich ein Fortschritt war.

Es ging los, wenn sie den Schmerz von außen auf sich zukommen sah und vor ihren Augen plötzlich Schlieren erschienen, sodass sie kaum noch etwas klar erkennen konnte. Es war ein noch fast schmerzloser, aber irritierender Zustand der Antizipation, der eine Weile anhielt. Was auch immer sie gerade tat, musste sie unterbrechen, um nach draußen zu gehen, weil ein hilfloser anderer Spezialist einmal gesagt hatte, frische Luft schade nicht. Mit ihrem Fieber war das keine Option. Sie wankte nur zum Fenster, das direkt über dem Rollfeld lag, doch es ließ sich nicht öffnen. Zurück im Bett wartete sie darauf, dass ihre Augen sich von der Welt fortdrehen und nach innen wenden würden. Sobald das geschehen war, was einen ziehenden Schmerz hinter der Nasenwurzel auslöste, waren die Schmerzen in voller Dimension da. Ab jetzt konnte sie dabei zusehen, wie sie sich in ihrem Kopf breitmachten, als sei ihr Gehirn ein Notenblatt, dessen Linien sich surrealistisch durch die graue Masse schlängelten, und wie die Schmerzen auf ihnen herumsprangen, hochhüpften, herunterfielen und Akkorde bildeten. Die Notenlinien waren an ihren Augäpfeln aufgehängt, und die Schmerzen zogen diese Augäpfel mit jedem Sprung in eine andere Oktave durch den Schädel, bis sie sich irgendwann satt und schwer auf dem Sehnerv niederließen und keine Anstalten machten, mal wieder zur Seite zu treten. Pause. Pause. Sie stellte sich vor, wie sie ihre Augen vor diesem Zug schützen könnte, aber es fielen ihr nur blutige Bilder aus ihren Kinoerinnerungen ein, David Bowie etwa, der als Außerirdischer auf die Erde gefallen war und sich seine Augen, rot geädert, aber genau genommen blau, aus dem Gesicht nahm, wenn er Heimweh hatte, und sie begann sich zu fürchten, wie immer, wenn der Anfall diesen Punkt erreicht hatte. Obwohl sie wusste, es ging vorbei, glaubte sie jedes Mal, das bleibt jetzt so. Das Flughafenhotel in Kapstadt schien ihr für diese Aussicht ein miserabler Ort zu sein.

Sie tastete sich ins Bad vor und fingerte in ihrem Toilettenkram herum, bis sie das kleine Plastikkästchen gefunden hatte, in dem die Pille war, die sie suchte. Es war die einzige, die half, meistens. Schweres Geschütz, sagte ihr Arzt, und verschrieb nie mehr als drei auf einmal. Zwei hatte sie noch, jetzt noch eine. Sie schluckte sie mit Leitungswasser, dachte erst: Mist, und dann: Meningitis?, als sie die Mineralwasserflasche neben der Seifenschale sah, konnte aber nicht weiter über die Gefahren, die ihr drohten, nachdenken, weil sie zum Bett zurückfinden musste, was ihre gesamte Aufmerksamkeit aufbrauchte. Sie schaffte es. Dann schlief sie ein.

»Wenn du ein Zebra siehst, denk an mich«, flüsterte ihr Vater ihr wieder zu, und noch einmal, noch einmal und noch einmal, bis sie nur noch »zebras, bras, bras, sss« hörte, als streiche ein Schlagzeuger ganz sacht mit dem Besen über seine Trommel.

Zwei Tage dauerte es dieses Mal, dann war es vorbei. Hungrig, durstig wachte sie auf. Kein Fieber mehr, der Kopf war frei. Weihnachten war durch, stellte sie erleichtert fest, als sie auf die Datumsanzeige des Telefons schaute. Das Nachrichtenlämpchen neben dem Bett blinkte. Sie hatte nur für eine Nacht gebucht gehabt, die Leute am Empfang waren aber so rücksichtsvoll, sie nach ein paar unbeantworteten Nachrichten in Ruhe zu lassen. Jemand hatte die Vorhänge zugezogen. Blau, dachte sie. Möglicherweise hatte ein Zimmermädchen vor ihrem Bett gestanden und an ihrem Hals getastet, ob sie noch lebte. Wie auch immer, sie lag im Bett, wach und schmerzfrei. Ihre Sachen waren noch da, der Akku ihres Smartphones war geladen. Sie sollte etwas essen. Dann konnte es losgehen mit der Suche nach einem beinahe Hundertjährigen, den sie nicht kannte und bisher auch nicht besonders mochte.

Es war nicht einmal acht, als sie die Autovermietung verließ, kühl noch und diesig. Im Hotel hatte man ihr gesagt, es würde ein heißer Tag werden, deshalb wollte sie schnellstens an ihr Ziel. Hermanus mit langem a.

Ein Ex-Nazi in einem Apartheidstaat, das war sicher heiter, dachte sie unterwegs. Onkel Karl hatte sich, nach allem, was sie von ihm wusste, als Herrenmensch begriffen und war kurz vor Kriegsende dorthin ausgewichen, wo er in diesem Bewusstsein noch für eine Weile leben konnte. Statt sich geschlagen zu geben und besiegt zu sein und damit klarzukommen, war er hierher geflohen, um weiterhin zu den Besserverdienenden zu gehören. Und er musste gar nichts dafür tun, weiß, wie er war.

Könnte es nicht sein, dass er sich verändert hatte? Auch diese Möglichkeit musste sie in Betracht ziehen. Vielleicht hatte er sich bei Friedrich nicht gemeldet, weil er sich schämte, dachte sie, während sie in einem nicht ganz neuen Miet-Toyota Kilometer um Kilometer an den Townships entlangfuhr. Die Slums begannen gleich hinter dem Flughafengelände und wirkten nach den blank geputzten Böden in der Ankunftshalle und im Hotel, den Diamantschmuckreklamen und überkorrekten Wechselstuben, die gebügelte Banknoten ausgaben, wie ein Bühnenbild, in dem Statisten und Kabelträger herumliefen und noch hier und dort etwas richteten, bevor die Vorstellung losging. Diese Blechhütten mit den schiefen Dächern und die Knäuel aus Draht und Elektroleitungen mit Verbindung zu den Starkstrommasten würden dann weggeräumt, und gleich würde ein Vorhang aufgezogen, hinter dem jene Häuser zum Vorschein kämen, die auf den riesigen Plakatwänden neben der Straße angekündigt wurden, *125 000 homes for you, the people.*

Aber der Vorhang blieb zu.

Sie war gut zwei Stunden unterwegs. Nahm keine Tramper mit. Neben der Straße lief eine Karawane von Menschen in beide Richtungen, in großen und kleinen Gruppen oder allein, Kinder, junge Leute, alte. Immer wieder bogen einige von ihnen auf staubigen Wegen in die Townships ab, die in unmittelbarer Nähe der Straße lagen, ab und zu auch zu einer Fabrik, die sie vom Auto aus in einiger Entfernung sehen konnte. Ein ganzes Volk schien auf den Beinen zu sein. Es war ihr Kontinent, doch diese Menschen bewegten sich wie Fremde auf unbekanntem Terrain. Ständig unterwegs, dachte sie, von einem Reservat zum anderen, als sei der Raum dazwischen besetzt. Der Raum dazwischen war besetzt. Jedenfalls für lange Zeit. Von Leuten wie ihrem Onkel Karl. Sie dachte, nichts wie weg hier.

Verdammt, sie hätte nicht kommen sollen. Es war kein Zufall, dass sie an vielen Orten der Welt bereits gewesen war, aber nie in Afrika. Sie hatte hier nichts verloren, gutwillig zwar, aber weiß und ahnungslos, wie sie war. Sie schlug mit der Hand aufs Lenkrad und gab Gas.

Hermanus saß wie ein Märklin-Städtchen, das Kinder in die Mitte einer Spielzeugeisenbahn bauen, auf den Klippen. Wobei sie sich die Gleise dazudenken musste, weil der Streckenanschluss fehlte. Sie hatte gelesen, was auf die Schnelle zu finden gewesen war. Die Stadt war etwa hundertfünfzig Jahre alt. Deshalb hatte sie mit alten Häusern und etwas Patina gerechnet. Aber Hermanus wirkte gewienert und unwirklich, unbelebt auch, als stelle jemand mit einem Trafo das Leben an, wenn die Touristen kamen, und wieder ab, wenn sie weiterzogen. Fast nur Weiße, außer in den Restaurants, da bedienten nur Schwarze. An den schönsten Aussichtspunkten über der Bucht standen Bänke, auf denen wiederum Weiße saßen, ältere zumeist. Karl mit seinen fast hundert passte gut hierher, dachte sie und überlegte, wer ihr weiterhelfen könnte. Eine ganze

Reihe von Häusern stand zum Verkauf. Eine Bäckerei allerdings hatte gerade neu eröffnet, wie eine Pappe am Fenster bekannt gab. Drinnen sah alles noch unfertig aus, über den Tischen Plastikplanen, die Theke eingewickelt in Zellophan. Vermutlich waren die Eigentümer erst kürzlich zugezogen, bevor sie merkten, die anderen zogen gerade weg. Das älteste Hotel am Platz stand eingerüstet etwas abseits und war für die Saison geschlossen. Offenbar bauten neue Besitzer den Kasten um, der noch älter war als Karl. Hätte Friedrich sich aufgemacht, seinen Bruder zu suchen, und wäre Karl in dieser Gegend sesshaft geworden, hätten sie sich für ihr erstes Treffen vermutlich hier verabredet. In den besten Tagen des Hotels, die lange hinter ihm lagen.

»Guten Morgen.« Sie räusperte sich, bevor sie über die Schwelle der Buchhandlung trat, die fast genau in der Mitte des Ortsteils oben auf dem Kliff lag. Im Schaufenster stand ein Kunststofftannenbaum mit ein paar silbernen Kugeln, darunter lagen Stapel mit mehr Exemplaren von »Fifty Shades of Grey«, als sie bisher Menschen in dem Ort gesehen hatte, und einige Bücher von Ngugi wa Thiong'o, Zoe Wincomp und K. Sello Duiker. Daneben klebte ein einsamer matt goldener Stern, der offenbar an der Scheibe heruntergerutscht war. Durchs Fenster hatte sie hinter der Kasse eine alte Frau sitzen sehen.

»Heiß heute«, fügte sie hinzu. Die Alte grunzte.

»Gehen Sie besser nicht nach draußen«, setzte sie noch einmal nach.

»Ich gehe nie nach draußen.« Geschäftig kramte die Alte neben der Kasse herum.

»Gibt es Leute, die seit Langem hier wohnen? Leben hier überhaupt Menschen? Oder reisen alle nur durch?«

Sie merkte, wie unhöflich sie klang, konnte es aber gerade nicht ändern. Hermanus!, dachte sie wieder. Unfasslich.

»Ich lebe hier«, antwortete die Alte und reckte den Kopf. Sie war eine Frau mit ledriger Haut, zarter, als sie von draußen ausgesehen hatte, und mit einer Stimme aus einer anderen Zeit. Rau im Großen und Ganzen, aber an den Rändern weich. Wenn sie anfing zu sprechen, konnte man denken, gleich singt sie. Am Ende ihrer Sätze auch. Dazwischen eher Krächzen. Sie machte sich offenbar ein bisschen lustig über die Fragen und über sie, die sie stellte, wollte aber die Gelegenheit zu einer Unterhaltung nicht ausschlagen.

»Kaufen die Leute hier Bücher, ich meine, Leute, die hier wohnen?«, fragte sie, um etwas abzumildern, wie harsch sie gerade geklungen haben musste. Sie wollte nicht mit der Tür ins Haus fallen, obwohl sie das Gefühl hatte, wenn ihr jemand etwas über ihren Onkel Karl erzählen konnte, sollte er tatsächlich jemals hier gewesen sein, dann diese alte Frau mit der stolzen Kopfhaltung und der interessanten Stimme.

»Kommt vor«, antwortete sie. Abwartend saß die Alte da. Offen im Prinzip, aber nicht viel länger für diese Art dämlicher Konversation.

Sie stellte sich vor und streckte die Hand aus. Die Alte war hinter der Kasse hervorgekommen und hatte sich auf den Weg zu einer Sitzecke neben dem Schaufenster gemacht. Bevor sie sich in einen der Sessel fallen ließ, schüttelte sie mit festem Griff ihre Hand und nickte, als sie hörte, sie käme aus Deutschland.

»Setzen Sie sich zu mir«, forderte sie energisch und räumte den zweiten Sessel frei, auf dem ein Haufen Kissen gelegen hatte, die sie mit sicherem Wurf in die nächste Ecke beförderte:

»Tania van der Merve, erfreut.« Sie überlegte offenbar, ob sie noch etwas hinzufügen sollte, und sagte nach einer Pause:

»Vermutlich hießen meine Vorfahren ganz anders. Irgendwie unaussprechlich für die Holländer hier, die immer doofer wurden, je länger sie es miteinander trieben.« Sie kicherte. »Als meine Leute vor fast zweihundert Jahren aus Schweden herkamen, haben sie sich umbenannt, angepasst, sie wollten nicht auffallen, weiß der Himmel, warum nicht. Van der Merve. Sie haben sich wirklich keine besondere Mühe mit dem neuen Namen gegeben, wie Sie sehen.« Tania van der Merve schnaubte.

»Es ist mir einerlei. Ich brauche keinen vornehmen Namen. Französisch oder so. Was mich stört, ist, dass ich heiße wie eine junge Frau, und schauen Sie mich an!« Tania drehte ihren Kopf ins Licht, zog die Mundwinkel herunter und runzelte die Stirn.

»Tania van der Merve, das ist der Name für ein Mädchen! Was soll ich damit?« Mit beiden Händen spannte sie die Haut über ihrem Gesicht und sah für einen Augenblick sehr jung aus. Ihre Empörung hielt nur für einen Augenblick. Tania ließ die Hände wieder sinken, malmte ein paarmal mit dem Kiefer, während die Falten in ihr Gesicht zurückkehrten, und nahm wieder ihre abwartende Haltung ein.

Wir tragen alle unsere Namen bis ins Grab, wollte sie Tania van der Merve trösten, hielt aber lieber den Mund, weil sie sicher war, Tania wusste das bereits. Schließlich gab sie versuchsweise bekannt:

»Ich suche jemanden. Einen uralten Onkel. Ich weiß nicht viel von ihm. Fast hundert ist er. Er heißt Karl.«

»Karl?« Tania van der Merve lachte krächzend, bis sie sich verschluckte. »Karl!« Sie hustete und lachte nochmal auf. »Karl hießen hier mal alle, Schätzchen. Fast alle.« Die alte Frau schüttelte sich, als hätte sie lange nichts so Urkomisches mehr gehört.

Sie fand das rätselhaft und wartete.

»Zwei Liebhaber von mir hießen Karl. Karl eins und Karl zwei, so halte ich sie im Gedächtnis auseinander, obwohl ich mich eigentlich an keinen von beiden mehr erinnere. Mein Vater hieß Karl, einer meiner Brüder auch, ein Vetter, Freunde meines Bruders, Freunde meines Vetters. In der Schule gab es mindestens drei Karls. Und wenn sie nicht Karl hießen, hießen sie Charles. Oder Charles, wenn sie aus Frankreich kamen oder so taten. Trinken Sie ein Bier mit mir?«

Tania van der Merve stemmte sich ohne Mühe aus ihrem Stuhl. Erst jetzt bemerkte sie, wie winzig sie war, und verstand umso besser, warum sie das Alter, das ihr Gesicht zerfurcht hatte, als Zumutung empfand. Tania schwebte in ihrem Kinderkörper in die hinterste Ecke der Buchhandlung, öffnete dort eine Tür, hantierte herum und kam mit zwei Flaschen Bier wieder. Es war kurz nach elf.

»So.« Tania machte es sich nach dem ersten Schluck wieder bequem.

»Karl also. Hundert, sagen Sie? So ungefähr? Deutsch wie Sie?«

»Ja. Vielleicht war er mit einem Freund unterwegs, einem Reeder«, fiel ihr noch ein. Den Namen hatte sie vergessen.

»Ein Reeder aus Kapstadt hatte mal ein Landhaus hier. Ziemlich weit draußen. Ist aber sehr lange her. Vierzig Jahre? Vielleicht fünfzig.« Tania nuckelte an ihrer Bierflasche und schaute sie fragend an, als sie sah, ihre stand unberührt auf dem kleinen Tisch zwischen ihnen. »Schmeckt es dir nicht? Lokale Marke, Lager, ist nicht jedermanns Sache.«

Ein knappes Bier, und schon sind wir beim Du, dachte sie, beschwerte sich aber nicht, sondern fragte:

»Dieser Reeder mit dem Landhaus, kam der ursprünglich aus Deutschland?«

»Kann schon sein. Hat mich nie interessiert. Bure war er nicht. Sprach auch kein Afrikaans. Er fiel auf, weil er Reeder war. Sonst gab es hier eher Fischer. Oder Farmer. Niemand machte wirklich Geschäfte. Er kam aber nur im Sommer, über Weihnachten meistens, glaube ich. Man hörte nicht viel von ihm. Das Haus lag abseits, wie gesagt, er war ein diskreter Mann. Wollte keinen Ärger.« Tania hielt ihre leere Flasche ins Licht.

»Was für Ärger?«, fragte sie.

»Kindchen, wir sind in Afrika. Da gibt es immer Ärger. Oder könnte zumindest geben, wenn man nicht aufpasst. Ach, wer weiß. Ich irre mich vielleicht. Ich irre mich oft in letzter Zeit. Trinkst du nicht? Dann nehm ich deins noch.« Tanias Arm schwang über den Tisch und griff nach der zweiten Flasche.

»Vielleicht war er Mitglied im Country Club.« Tania nickte, als ihr dieser Gedanke kam. »Bestimmt sogar.«

»Und Sie, waren Sie auch im Country Club? Sind Sie ihm da mal begegnet? Hatte er einen Freund dabei?«

»Nein, Mädchen, natürlich war ich nicht Mitglied im Country Club! Wir hatten da keinen Zutritt. Nicht lupenrein weiß, da half der Name auch nichts.« Tania war mit dem zweiten Bier durch und kicherte wieder.

Mein Onkel Karl war auch nicht lupenrein, wollte sie sagen, überlegte es sich aber anders. Vielleicht fiel Tania doch noch etwas ein. Aber Tania schwieg. Schwebte dann noch einmal zur Hintertür hinaus, kam mit einem dritten Bier zurück, trank es rasch aus, zog die Beine hoch und schlief in ihrem Sessel ein.

Sie schaute sich noch eine Weile in der Buchhandlung um. Gut sortiert in afrikanischer Literatur, dachte sie, als sie die fremden Namen auf den Buchrücken und die Titel in Swahili und Igbo sah. Wer kaufte die hier? Tania hatte oben an die Regale gelbe Schilder geklebt, um den Kunden eine Orientierung zu geben. »Philosophy« stand da, »African Writers«, »Classics«, »Gardenbooks«. Und in einer Ecke: »Hitler/Nazi Era«. In dem Regal fanden sich aber fast nur Bücher über Mussolini. Tania van der Merve schlief noch, als sie sich leise verabschiedete. Beim Hinausgehen nahm sie die Broschüre des örtlichen Maklers von dem Stapel neben der Kasse mit.

Leblos lag das Städtchen da. Es hatte niemand den Trafo bedient. Mittag war inzwischen vorbei. Sie schlenderte durch die leeren Straßen. Neben einer der Bänke mit dem berauschenden Blick über die Bucht setzte sie sich auf einen Stein und wartete. Weit draußen schwamm ein Zug Wale vorbei. Sie war bereit, jeden Mann, der ungefähr hundert wäre und sich auf die Bank setzte, als ihren Onkel Karl zu begrüßen.

»PÜNKTLICH WIE DIE SONNENUHR!« Der Makler kam sofort auf sie zu, nachdem sie die Tür geöffnet hatte. Das war einer der beiden Sätze, die er auf Deutsch drauf hatte. »Man kann nicht alles haben« war der zweite. (Warum eigentlich nicht, dachte sie mechanisch.) Aber knapp darunter würde er alles tun, um ihre Wünsche zu erfüllen. Er streckte ihr die Hand hin:

»Willkommen. Sie werden begeistert sein. Eine hervorragende Zeit, um hier ein Haus zu kaufen!«

Sein Händedruck war warm und weich. Auch der Rest des Mannes sah warm und weich aus.

»Moodley Prak. Nennen Sie mich Moodley.«

Sie hatte am Telefon gesagt, sie suche ein Ferienhaus, am liebsten ein älteres, weil sie mochte, wenn die Häuser eine Geschichte hatten. Die Gärten auch. Sie hätte gern ein paar alte Bäume drumherum, hatte sie gesagt.

»Kein Problem, was immer sie wollen«, war seine Antwort gewesen. Dabei wusste sie gar nicht genau, was sie eigentlich wollte. Durch die Gegend zu fahren, um eine Idee zu bekommen, wo sie ihren Onkel Karl suchen sollte, schien ihr kein unvernünftiger Ansatz zu sein, es herauszufinden.

Sie war auf der Schwelle stehen geblieben und schaute sich um. Der Boden des Büros war gekachelt, in der Ecke ein Wasserspender. Ein Besuchersessel stand vor dem größeren der beiden Schreibtische, auf dem Moodley jetzt ein paar Papiere hin- und herschob. An dem kleineren saß eine junge Frau mit einem Kopfhörer auf den Ohren und tippte rasend schnell in ihren Computer, ein nicht ganz taufrisches Modell. Sie nahm keine Notiz von ihr.

»Die Preise sind ganz weit unten.« Der Makler legte gleich los. »Selbst für stattliche Anwesen, kleine Paläste, Sie werden sehen, müssen Sie nicht mehr sehr tief in die Tasche greifen.«

Er würde sie übers Ohr hauen, sobald sich eine Gelegenheit ergab, da war sie sich sicher. In dieser Branche erwartete sie nichts anderes. Andererseits spielte auch sie nicht mit offenen Karten. Was auch immer sie sich von diesem Vormittag erhoffte, ein Hauskauf war es nicht.

»Die Gegend hier ums westliche Kap ist viel sicherer als viele andere«, klärte Moodley sie auf. »Einbrüche, ja. Haben wir auch. Ein paar Raubüberfälle. Erschossene Hunde. Das gibt es alles hier wie überall. Aber keine Morde für eine Mikrowelle. Bisher.« Er grinste sie an. Offenbar wollte er sich nicht nachsagen lassen, die Lage allzu sehr zu beschönigen. Er hatte mindestens drei oder vier heiße Angebote, hatte er am Telefon gesagt, die sie interessieren könnten.

Sie stand noch immer an der Schwelle:

»Können wir gleich losfahren?«

Die Kacheln, der abgeschabte Sessel, der alte Computer, die junge Frau, die tippte, ohne aufzublicken, hatten etwas Bedrückendes. Raus hier, dachte sie.

»Wie Sie wollen, natürlich. Mein Wagen ist allerdings noch in der Werkstatt, hatte ich das am Telefon erwähnt? Nein? Können wir Ihren nehmen?«

Moodley guckte sie an, als würde er das bedauern. Die junge Frau schaute kurz hoch, erstaunt. Vermutlich wollte er Benzin sparen. Ihr war es egal, und sie nickte. Er ließ das Schloss seiner Aktentasche zuschnappen und rief: »Fertig!«

»Gleich hier«, sagte sie und zeigte auf ihr Auto, das sie direkt vor seinem traurigen Büro geparkt hatte. Sie öffnete die Beifahrertür. Als er sie fragend anschaute, sagte sie: »Ich fahre.«

»Sie sollten abschließen. Auch wenn Sie in der Nähe bleiben. Nur ein Rat.« Er ließ sich auf den Sitz neben ihr fallen, nachdem sie eingestiegen war, und fluchte kurz, weil er unterschätzt hatte, wie tief er lag. Dann setzte er wieder seine Verkäufermiene auf, stellte die schmale Aktentasche bei seinen Füßen ab und sagte an, wohin sie fahren sollte.

»Personal finden Sie hier ohne Probleme«, weihte er sie unterwegs ein, obwohl sie nicht danach gefragt hatte. »Fürs Haus, für den Garten.« Als sie nichts sagte, taxierte er sie, wobei er sich etwas nach vorne lehnte, kam offenbar zu der Überzeugung, dass sie keine Erfahrung mit Personal hatte, und ließ das Thema wieder fallen.

Die ersten Häuser, die er ihr zeigte, waren Bruchbuden in überwucherten Gärten, ohne funktionierenden Wasseranschluss und mit verrotteten Elektroleitungen. Sie stellte nicht einmal den Motor ab, um näher hinzuschauen. Nach einer knappen halben Stunde passierten sie ein Schild zum Country Club. Moodley lachte, als sie fragte, ob sie abbiegen sollte.

»Lohnt sich nicht. Wirklich nicht. Das ist schon längst kein Club mehr. Da ist nichts mehr außer dem alten Clubhaus, in dem einmal das Kasino untergebracht war und in dem jetzt Hunde herumstreunen. Spielen Sie Golf?« Moodley schaute sie skeptisch an und entschied:

»Vermutlich nicht. Dort jedenfalls spielt niemand mehr. Der Golfplatz ist vollkommen verwahrlost, die Seen eingetrocknet, der Rasen verdorrt. Und die paar Tennisplätze, auf denen früher einmal die Clubmeisterschaften ausgetragen wurden, von denen die Leute angeblich bis nach Kapstadt sprachen, sehen aus, als wäre eine Elefantenherde drübergetrampelt. Was gar nicht so unwahrscheinlich ist.«

Sie nickte. Hätte sie sich vielleicht denken können. Trotzdem hätte sie gerne das Kasino gesehen. Kasino. Das Wort ihres Vaters. Sie war aber nicht mit einem halbindischen Immobilienmakler zwischen verlorenen Farmen am Westkap unterwegs, um ein harmloses Wort wie Kasino als Zeichen zu nehmen, selbst wenn sie im Hintergrund zu hören meinte, wie ihr Vater mit der Zunge schnalzte. Zeichen wofür? Sie juckelte mit Moodley durch die Gegend, weil sie ihren uralten Onkel Karl suchte. Das sollte sie nicht aus den Augen verlieren.

Marschmarsch also, weiter. Erst als sie eine Farm inmitten einer ungepflegten Obstplantage erreichten, parkte sie und stieg aus. Die Farm war schon fast wieder Teil der Natur geworden, die zu ihrem Bau hatte gerodet werden müssen. Ein paar Katzen stromerten um das Gemäuer, durch das hohe Gras strich ein leiser Wind. In der Ferne, glaubte sie, graste ein Zebra. Friedrich, dachte sie und wollte näher schleichen. Aber Moodley polterte dazwischen, indem er aufs Autodach schlug und rief:

»Das ist jetzt nicht Ihr Ernst, oder?«

Moodley hatte ein Klemmbrett mit einer Adressenliste aus seiner Aktentasche gefischt. Bevor sie den Motor wieder anließ, strich er eine nach der anderen durch. Bis auf die letzte. Sein »Ass«, wie er meinte. Längst hatte sie begriffen, er wusste gar nicht, was er eigentlich im Angebot hatte. Nicht genau. Er sah sich die Objekte offenbar niemals an, bis der erste potenzielle Käufer bei ihm auftauchte.

Moodley nahm, was ihm in sein Büro getragen wurde, vertraute den Beschreibungen der Besitzer, scannte deren Fotos und versuchte mit nicht sehr großem Aufwand in dem fast hoffnungslosen Markt noch jemanden zu finden, der in dieser Gegend, in der Einbrüche an der Tagesordnung waren, aber noch keine Morde für Mikrowellen, ein paar Rand für kleine Paläste, stattliche Anwesen zu zahlen bereit war. Nehmen, was kommt, war eine Haltung, mit der man für eine Weile noch oben schwimmen konnte, dachte er vermutlich, und erbat sich seine Provision in bar.

Inzwischen war es unerträglich heiß geworden. Sie bedauerte, kein Auto mit einer richtigen Klimaanlage genommen zu haben, sondern dieses alte Modell, in dem die Lüftung die immer selbe Luft umwälzte, bis sie das Fenster herunterkurbelte und mit der Hitze neue Sauerstoffmoleküle hereinließ. Moodley schwitzte bereits und fluchte schon wieder.

Um das Ass unter seinen Häusern zu erreichen, mussten sie nochmal eine gute halbe Stunde fahren. Nur vereinzelt sahen sie unterwegs zwischen vertrockneten Wiesen kleine Farmen liegen, Scheunen eher, offenbar verlassen. Die Sonne brannte aufs Autodach. Das Radio brachte nur noch ein Knattern zustande. Es gab kein Funksignal. Sie schaute zu ihrem Beifahrer hinüber, der sich ans Fenster gelehnt hatte und durch halb geschlossene Lider nach draußen linste, und hörte Claudios Stimme in ihrem Kopf: *Sag mal, was machst du eigentlich, bombón?* Sollte ihr hier etwas passieren, wüsste niemand, wo sie war.

»Stopp!«, rief Moodley plötzlich, »biegen Sie ab! Sehen Sie das Schild? Hier ist es! Fast wären Sie vorbeigefahren!« Er klang vorwurfsvoll.

Sie hatte sofort angehalten, knapp vor dem Schild. Nicht gerade brandneu, aber lesbar. »The Gables« stand auf dem

Holzpfeil, der nach rechts ins Land zeigte. Sie bog ab. Moodley steckte sie mit seiner Aufgeregtheit an. Was hatte er nur plötzlich? Sie kurbelte das Fenster herunter und hielt ihren Arm für einen Augenblick in die heiße Luft draußen, brachte aber schnell wieder beide Hände ans Steuer, um den Wagen über alle Hubbel und Senken hinweg halbwegs in der Spur des karstigen Wegs zu halten.

»Da vorne ist es«, rief Moodley und wäre fast aus dem fahrenden Auto gesprungen, bevor er leise sagte:

»Oh.«

Das Haus wurde gerade ausgeräumt. Fünf Männer (oder waren es sechs, einer drinnen noch, der packte und anreichte?) trugen Tische, Kisten, Teppiche, Sessel, ein Paar chinesischer Vasen, Stehlampen, Bücherregale, Bettgestellte und Matratzen aus dem stattlichen Gebäude mit dem Giebeldach und luden alles in einen Lastwagen. Vor der Ladefläche standen bereits ein samtbezogenes Sofa mit geschwungenen Füßen, eine polierte mannshohe Vitrine, ein Vogelkäfig, ein niedriger Tisch mit gestapelten Silberbesteckkästen und Bergen gestärkter Wäsche darauf und daneben ein Kleiderständer mit Rollen, an dem mindestens zwanzig Abendroben aufgehängt waren. Es sah alles sehr ordentlich und gepflegt aus, nur war nichts da, wo es hingehörte – im Haus, in einem Schrank, in Kommoden, vor dem Kamin. Sondern eben draußen in der Sonne neben einem Laster.

Kurz kroch Angst in ihr hoch. In einer brenzligen Situation wie dieser hätte sie lieber nicht ausgerechnet Moodley neben sich. Für sein eigenes freies Geleit, vermutete sie, würde er sie bedingungslos eintauschen. Oder hatte er etwas mit diesen Leuten zu tun? Plötzlich kam ihr der Verdacht, er habe sie hierhergelockt, um sie diesen Männern auszuliefern, die vielleicht dachten, es sei ein Lösegeld drin. Diesen Männern, die offensichtlich gerade ein gut ausgestattetes Haus ausraubten, am helllichten Tag und ohne jede Vorsichtsmaßnahme, führte Moodley das im Schilde? Für eine Vermittlergebühr, wenn sie schon kein Haus kaufte, was er inzwischen wahrscheinlich mitgekriegt hatte?

Moodley schwitzte jetzt so erbarmungswürdig, dass sie ihr Halstuch abnahm und ihm herüberreichte, bevor sie fragte: »Und jetzt?«

Die Männer hatten kurz zu ihnen hinübergeschaut, ihre Arbeit dann aber unbeeindruckt fortgesetzt. Gerade trugen sie einen Billardtisch die oval gehaltenen Stufen vor der Eingangstür hinunter. Moodley sah fassungslos zum Haus hinüber, seinem Ass, und schlug mit der Hand auf das Armaturenbrett. Er schien nachzudenken, vielleicht versuchte er aber auch nur, seine Panik in den Griff zu bekommen. Er hatte nichts mit den Männern zu tun, beschloss sie. Die Männer an dem Lastwagen schienen nicht vorzuhaben, sie zu kidnappen. Nicht, solange sie im Auto saßen, sonst hätten sie sich inzwischen in Bewegung gesetzt. Sie wurde ungeduldig und legte den Rückwärtsgang ein. Sie würde umkehren, nach Hermanus zurückfahren, Moodley bei seinem Büro und der jungen Frau mit den Kopfhörern absetzen und dann weitersehen.

»Scheißkaffer«, nuschelte Moodley und schlug noch einmal aufs Armaturenbrett, ein Fluch und ein Schlag, die ihn offenbar beruhigten, denn er sagte jetzt fast gelassen: »Warten Sie.« Er knäulte ihr Halstuch zusammen, wischte sich damit über die Stirn und den Nacken und wollte es ihr zurückreichen, aber sie winkte ab.

Vorübergehend mit trockener Stirn schöpfte Moodley Atem und sichtlich auch Hoffnung, dass aus diesem Tag doch noch etwas herauszuholen war.

»Ich geh mal rüber und frage, was die da eigentlich machen. Vielleicht hat alles seine Ordnung. Der Transporter gehört einer Spedition, das steht jedenfalls drauf. Das Haus ist gerade erst auf den Markt gekommen. Wegen eines Todesfalls.«

Das klang nur halb überzeugend in ihren Ohren, aber sie wollte ihn nicht verunsichern. Auch nicht aufhalten. Sie würde ihn allerdings nicht raushauen, wenn etwas schiefginge.

»Ich fahre einfach los, wenn ich sehe, Sie kriegen Schwierigkeiten da drüben.« Sie meinte es ernst. Heldin war nicht so ihre Sache, nicht hier, nicht für Moodley, der sich gerade ihr Halstuch in die Hosentasche steckte.

»Schon klar, ja, alles klar, mir passiert nichts.« Moodley stotterte zwar ein bisschen, war aber deutlich zuversichtlicher, als die Situation es vom Auto aus gesehen eigentlich zuließ. Es konnte alles Mögliche geschehen, das meiste davon unerfreulich.

»Bis gleich«, sagte er noch, brauchte einen Augenblick, bis er sich aus dem tiefen Beifahrersitz hochgestemmt hatte, fluchte noch einmal leise und ging gemäßigten Schritts auf die sechs Männer zu, die ihre Arbeit unterbrochen hatten. Sie hatten sie nicht aus den Augen gelassen, während sie im verschlossenen Auto debattierten und gestikulierten und kaum mehr Luft bekamen, bevor Moodley endlich die Tür öffnete.

Gewalt lag nicht in der Luft. Das schloss sie aus den Gesten der Männer. Sie schienen sich vernünftig zu unterhalten, zeigten hierhin und dorthin, hoben den Vogelkäfig hoch, ließen Moodley auf die Ladefläche klettern und nachsehen, was sie dort bereits verstaut hatten, und sie halfen ihm auch wieder herunter, als er anschließend ein wenig unschlüssig am Rand stand und nach unten blickte. Sie hatten seine Flucherei nicht hören können, sonst wären sie vermutlich weniger zuvorkommend gewesen.

Er winkte ihr zu, sie solle kommen. Offenbar handelte es sich nicht um einen Raubzug. Oder die Männer hatten Moodley geschickt angeschmiert. Oder eingeweiht und beteiligt. Niemand wollte Streit im Augenblick, so viel stand fest.

Die Hitze traf sie wie eine Betonmauer, als sie aus dem Auto stieg. Sie öffnete den Mund, konnte aber nicht Atem holen. Schlieren zogen über ihre Augen. Nicht jetzt, dachte sie, keine Aura, bitte nicht jetzt. Ihr Hut lag auf dem Rücksitz. Langsam drehte sie sich um und beugte sich ins Auto, ihre Augen kippten nach innen, sie sah die Notate, die zu tanzen begannen, sah ihre Augäpfel, wie sie im Rhythmus des Notentanzes in ihrem Gehirn hin und her hüpften, und sie ließ einfach los. Ihre Beine knickten ein, der Kopf rutschte an der Rückenlehne herab, bis er auf dem Sitzpolster angekommen war, wo der Rest von ihr bereits lag und nichts mehr spürte außer der Hitze und der Trockenheit und dem Geruch der Angst, der aus Moodleys Sitz aufstieg.

Die Männer hatten sie beobachtet. Ohne zu zögern, kamen sie angerannt, während sie das Bewusstsein verlor. Vorsichtig hoben sie sie aus dem Auto und legten sie auf den Billardtisch, den sie in den Schatten nah am Haus schoben. Sie hatten ihren Hut mitgenommen und neben sie gelegt, ihr Gesicht mit Wasser beträufelt und ihre Lippen befeuchtet. Von dem Packen Wäsche auf dem polierten Couchtisch beim Laster, den sie noch nicht aufgeladen hatten, hatten sie ein großes Tischtuch geholt und zusammengerollt unter ihren Kopf geschoben. Jetzt standen sie da, Moodley in ihrer Mitte, und warteten, dass sie ein Lebenszeichen von sich gab. Darauf, was sie sagen würde.

Als sie kurz zu sich kam, sagte sie: »Hello.« Dann sackte sie wieder weg.

Es war Nachmittag, als sie aufwachte. Die Männer hatten es sich im Schatten unter einem Baum gemütlich gemacht, saßen auf dem Sofa mit den geschwungenen Füßen, spielten Karten, tranken Eistee aus Dosen und kauten Biltong. Vorsichtig richtete sie sich auf. Sie erinnerte sich an die Wand aus heißer Luft, gegen die sie beim Aussteigen aus dem Auto gestoßen war und die sie umgeworfen hatte, an den Geruch von Moodleys Sitz, an den grünen Filz, auf dem sie lag. Wie lange war das her? Ihr war nichts geschehen. Langsam kletterte sie vom Billardtisch und probierte aus, ob sie ihrem Gleichgewichtssinn trauen konnte. Es ging ihr gut, stellte sie fest, als sie auf dem Boden stand.

»Sorry.« Sie war zu den Männern gegangen, die ihr zugeschaut hatten, wie sie sich sammelte. Offenbar waren sie erleichtert, sie selbstständig gehen und stehen und wahrscheinlich klar im Kopf vor sich zu sehen.

Sechs waren es. Es müssten sieben sein. Moodley fehlte. Er war nirgends zu entdecken. Ihr Auto war auch nicht da, stellte sie fest. Schöner Mist, verflucht. Panik stieg in ihr hoch. Ich hätte ihm nicht trauen sollen, dachte sie, und dann: Wie komme ich von hier wieder weg?

Aufgeregt rief sie: »Wo ist denn Moodley, der Mann, mit dem ich gekommen bin? Mein Auto?«

»Beruhigen Sie sich«, sagte der Mann, der ihr am nächsten saß, und machte eine beschwichtigende Geste. »Moodley ist reingegangen, um das Haus zu vermessen, ein paar Fotos zu machen. Das Auto hat er nach hinten in den Schatten gefahren. Sie wollen ein Haus hier kaufen, hat er erzählt. So weit draußen? Sind Sie sicher?«

Ihre kurze Panik verflog. »Nein. Eigentlich nicht. Eigentlich suche ich meinen alten Onkel«, antwortete sie und bedauerte das sofort. Aber jetzt war es raus. Moodley, gepriesen sei er und nicht verflucht, würde damit leben müssen. Für die Männer spielte es keine Rolle, und sie hatte den Eindruck, sie vergaßen es sofort oder hatten sowieso nicht richtig zugehört, nachdem klar war, ein Haus suchte sie nicht.

Sie stellte sich ihnen vor, erzählte, sie komme aus Deutschland, gab jedem die Hand. So erfuhr sie ihre Namen: Njabulo, der junge Mann, der sie beruhigt hatte. Michael und Sizwe, offenbar Brüder, Michael der größere, Sizwe schmal und noch keine zwanzig, schätzte sie. Lesego, städtisch und seriös aussehend, und Mongane, der sie anschaute, als wollte er sagen, was machen Sie denn hier. Sie schaute zurück, als antwortete sie, das ist eine gute Frage. Moses, offenbar ein Freund von Njabulo, war in den Hintergrund getreten und hatte zur Begrüßung nur ein paar Finger gehoben.

O Mann, dachte sie, hoffentlich kann ich mir die Namen merken. Sie hatte den Eindruck, sie würde noch eine Weile mit Njabulo, Michael, Sizwe, Lesego, Moses und Mongane zu tun haben. Vor allem mit Lesego, dem Ältesten von ihnen, denn der sagte jetzt: »Der Mann, der gerade gestorben ist, dem das Haus hier gehörte, der war auch aus Deutschland.« Und fügte mit kaum hörbarem Akzent und einer angedeuteten Verbeugung hinzu: »Guten Tag.«

Artur Bonfils. Natürlich! Der Name kam ihr sofort bekannt vor, als sie ihn hörte. Artur Bonfils war der Freund ihres Großvaters gewesen, der Reeder, der erst nach Mombasa, dann, als es ihm dort zu ungemütlich wurde, nach Uganda und von dort nach Südafrika gegangen war. Dies hier war also sein Haus. Sein Ferienhaus. Sehr weit weg vom Country Club, dachte sie. Sehr weit weg von allem. War er der Mann, an den die alte Tania sich erinnert hatte?

Sie zögerte. War sie sich sicher? Hatte ihr Vater tatsächlich von Artur Bonfils gesprochen? Sie versuchte, sich zu erinnern. Hatte der Name so nasal geklungen? Hätte es nicht auch Albert Ronquist sein können? Was sprach gegen André Pionfas? Oder doch Bonfils? Sie war so unsicher geworden, dass sie Lesego neben sich vergessen hatte. Er stupste sie sacht an und zeigte auf den Wäscheberg.

»Seine Frau hieß Ashley. Sie war Engländerin. Artur und Ashley. Ein schönes Paar. Auf Fotos sehen sie sehr stattlich aus. Immer in hellen Kleidern und mit Hüten und Sonnenschirmen und geschlossenen Schuhen. Aber sie sind beide schon sehr lange tot. Ashley hat es gar nicht nach Südafrika geschafft.« Das Haus aber, erzählte Lesego, hieß bis heute bei den Einheimischen »The Gables« oder einfach das »Bonfils-Haus«.

Lesego hielt eine Leinenserviette hoch und deutete auf die Initialen, die in geschwungenen Buchstaben in eine Ecke gestickt waren. Ein A und ein B.

»Artur hat immer Witze darüber gemacht. Dass er eine Aussteuer hätte. Dabei war es ihre. Er hat sie nicht gut behandelt.«

Sie schaute Lesego fragend an. Er war um die vierzig, schätzte sie. Alt genug, um Artur Bonfils noch gekannt zu haben, vermutlich, falls Bonfils etwa das Alter ihres Großvaters hatte, dessen Freund er möglicherweise gewesen war.

»Ich war noch klein, als er starb. Die Geschichten hat mir mein Onkel erzählt«, erklärte Lesego, bevor sie fragen konnte. »Die ganze Familiengeschichte und einiges drumherum. Falls es Sie interessiert.«

Ohne zu erkennen zu geben, wie sehr sie das alles interessierte, um herauszufinden, ob es vielleicht eine Verbindung von ihrer Familie zu den Bonfils gab, wollte sie gerade sagen: Bitte, erzählen Sie, und lassen Sie nichts aus, da stürmte Moodley aus dem Haus. Er hatte ihr Halstuch umgebunden und drinnen offenbar genug gemessen. Als er sie sah, hielt er einen Augenblick inne, kam dann aber angerannt, wirbelte sie, weich und warm, wie er war, herum, als sei er außer sich vor Freude, sie aufrecht stehen zu sehen, und rief voller Begeisterung:

»Das hier ist Ihr Haus! Sie müssen es kaufen! Kommen Sie, schauen Sie, alles ist bestens in Schuss, selbst der Garten hinten. Blumen! Gemüse! Und ein Blick über die Savanne bis zum Horizont. Abends kommen sicher Tiere.«

Sie dachte an Nashörner und Löwen und fand die Vorstellung wenig amüsant. Er meinte Impalas und lachte sie aus.

In der Zwischenzeit hatten Njabulo und Michael etwas abseits an einer Braai-Stelle ein Feuer gemacht und fingen an zu grillen. Geflügel auf Holzkohle, so roch es. Lesego war hinters Haus gegangen und kam mit einem Korb Kartoffeln, riesigen Tomaten und Grünzeug zurück und gab alles den Köchen, die zupften und rupften und die Tomaten auf den Grill legten. Sizwe und Mongane hatten den Kleiderständer und die Vitrine und auch den Vogelkäfig auf den Lastwagen geladen. Das Sofa und ein paar Sessel und Stühle und den polierten Couchtisch schleppten sie wieder ins Haus, die Wäsche hatte Moses bereits wieder nach drinnen gebracht.

Es waren Vorbereitungen für ein Festessen im Gange, so schloss sie aus diesen Aktivitäten. Das Fest galt ihr und Moodley. Sie dachte, keiner von ihnen beiden hatte das verdient, freute sich aber trotzdem. Sie war hungrig. Der Abend würde kalt werden, die Nacht noch kälter. Vielleicht konnte jemand Feuer machen, einen Kamin gab es bestimmt, vielleicht auch mehrere.

Sie lümmelte sich in einen Sessel, der noch draußen stand, und sah sich die Szene an. Da parkte der Lastwagen mit geschlossener Ladeluke, vermutlich voll beladen mit mehr oder weniger wertvollen Dingen aus einem kolonialen Haushalt. Sie vermutete darunter ein Geschirrservice für vierundzwanzig oder auch achtundvierzig Personen aus einer berühmten Manufaktur, im ersten Drittel des zwanzigsten Jahrhunderts importiert aus der Gegend von Berlin möglicherweise, Mengen von Sterlingsilberbesteck und Leuchter, lauter Dinge, die sie mit einem geselligen Leben wohlhabender weißer Männer mit Personal in Afrika in den müßigen Wochen des Jahres in Verbindung brachte. Dabei hatte Bonfils, vorausgesetzt, er war der Mann, an den die alte Tania sich erinnerte, ein zurückgezogenes Leben geführt, falls er sich überhaupt einmal in diesem Haus aufhielt, und war, sollte er einmal Gesellschaft gewollt haben, in den Country Club gefahren. Wozu hatte er das ganze Zeugs gebraucht? Einen Vogel im Käfig? Abendroben? Und wenn er schon so lange tot war, wer hatte das alles bis eben gehütet und abgestaubt? Vielleicht benutzt? Wer hatte den Vogel gefüttert? Und wer war kürzlich hier gestorben? Sie dachte an den Nachmittag mit ihrem Vater, als er den Puma-Anzug trug und von dem Reeder erzählte, der die Familie fast nach Afrika gelotst hätte. War es Bonfils gewesen, von dem er sprach? Oder doch ein Ronquist, vielleicht ein Pionfas?

Sie ließ ihren Blick an dem Laster vorbei in den Garten schweifen, von dem sie nur einige alte Bäume und dichtes Gebüsch sah. Der größere Teil lag hinter dem Haus, das in der Abenddämmerung langsam seine Konturen verlor. Durch Bäume und Büsche hindurch konnte sie ein Stück des roten Himmels sehen. Die Sonne ging gerade unter. Vielleicht kamen bald ein paar Zebras vorbei. Das wäre ein guter Platz für Friedrich gewesen, dachte sie. Ein guter Abend.

»Wenn der Mond aufgeht, werden Sie besser sehen.« Lesego war zu ihr getreten und hielt ihr die Hand hin, um ihr aus dem Sessel zu helfen. Offenbar machte sie noch einen etwas wackligen Eindruck. Er wollte sie nach drinnen holen, wo Mongane und Moses einen großen Tisch für sie alle gedeckt hatten, mit Sterlingsilber auf einem gestärkten Leinentuch, das für sie eher nach Bettlaken als nach Tischdecke aussah. Sie hatten einen achtarmigen silbernen Leuchter auf den Tisch gestellt und auch ein paar Kerzen gefunden, nicht genug, aber immerhin. Servietten mit Monogramm lagen auch da. Es gab tatsächlich Geflügel mit Kartoffeln und den gegrillten Tomaten unter einem Berg gehackten Grünzeugs dazu.

»Jamaican Curry«, erklärte Michael, der es zubereitet hatte. »Wir kaufen bei Woolworth T-Shirts aus China, und unsere landestypischen Folkloresouvenirs werden im Kongo produziert. Man sieht ihnen die Fabrik noch an, in der sie nach uralter Tradition handgemacht werden. Aber wir haben die besten Hühner des Kontinents, immerhin, hier draußen. Manchmal fressen sie mit den Körnern kleine Eidechsen, deshalb ist ihr Fleisch besonders schmackhaft. Wie die Eier auch, die deswegen aber leider nicht bio sind. Und unsere Kartoffeln sind auch prima. Wenn sich jemand die Mühe macht, sie aufzulesen. Außer den Diamanten natürlich sind die Hühner und die Kartoffeln das Beste, was wir haben. Aber dann machen wir Jamaican Curry daraus.« Er lachte dreckig, und sie bemerkte, dass er getrunken hatte. Es gab Whiskey. Sie sagte nichts dazu, weil ihr nichts einfiel, obwohl sie glaubte, es verbarg sich eine Frage an sie darin.

Später, als auch sie den ersten Whiskey intus hatte, bedankte sie sich. »Jamaican oder nicht, es war wirklich köstlich.« Sie war sich sicher, Michael hatte noch mehr Rezepte aus anderen Erdteilen drauf und würde jedem Kompliment mit demselben Sarkasmus begegnen. Um das Thema zu entschärfen, fügte sie deshalb hinzu:

»Eigentlich esse ich nichts, was laufen kann«, und sorgte damit bei den Männern für große Heiterkeit. Moodley sah sie an und schüttelte den Kopf.

Draußen war es inzwischen stockdunkel. Von wegen Mond. Unmöglich, in dieser pechschwarzen Nacht nach Hermanus zurückzufahren. Sie hatte auf dem Hinweg keine einzige Straßenlaterne gesehen. Bald würde es auch im Haus vollkommen dunkel sein.

»Habt ihr alle Zimmer komplett ausgeräumt?«, fragte sie in die Runde. Auch während des Essens hatten sie nicht darüber gesprochen, was hier eigentlich vor sich ging. Die Männer guckten einander an und zuckten mit den Schultern. Sie schlug vor, dass sie sich verteilten und, bevor die Kerzen völlig heruntergebrannt waren, in allen Stockwerken, allen Zimmern und Schränken, falls es noch welche gab, nach Lampen suchten. Nach Kerzen, Taschenlampen, Leselichtern. Moody zückte sein Smartphone, stellte fest, der Akku war leer, und fluchte.

Die Ausbeute war mager. Sizwe kam mit ein paar halb abgebrannten Kerzen zurück, die er in einer Schublade in einem schiefen Nachtschränkchen im Mädchenzimmer entdeckt hatte. Mongane brachte eine alte Stehlampe aus dem Raum hinter der Küche an, sie fand eine Art Leselampe neben einem Stapel Schallplatten in einem Einbauschrank im ersten Stock. Neben Beethoven, Wagner, Maria Callas. Edith Piaf.

Als sie wieder nach unten kam, hatte Sizwe, der schweigsamste der Männer, im Kamin Feuer gemacht. Die Wärme fühlte sich besser an, als sie sich das vor einigen Stunden in der Hitze des Nachmittags hätte vorstellen können. Sizwe und Lesego hatten das Sofa vor den Kamin geschoben. Die beiden Lampen stellten sie rechts und links daneben. Zum ersten Mal, seit sie in Südafrika angekommen war, hob sich die Atmosphäre des vollkommen Unbehausten, die über dem Land zu liegen schien. Es wurde in diesem ausgeräumten Haus fast gemütlich.

Njabulo, Michael, Moodley, Moses und Mongane waren inzwischen schwer betrunken. Unter aufwendigen Abschiedsformeln und jeder mit einem Kerzenstummel in der Hand verzogen sie sich mit ein paar gestärkten Bettlaken oder Tischdecken von dem hohen Stapel irgendwohin auf die oberen Etagen. Sizwe ging nach draußen, er wollte im Laster schlafen.

Lesego hatte nicht getrunken. Er kannte sich im Haus aus und ging los, um noch ein paar Decken zu holen, die in einem Kabuff am Ende eines Gangs zum Geräteschuppen aufbewahrt wurden. Für Picknicke im Garten, erklärte er, offenbar selbst überrascht, dass er sich an die Erzählungen davon erinnerte. Als er zum ersten Mal einen Fuß in dieses Haus setzte, war die Zeit für Picknicke im Garten längst vorbei.

»Erzählen Sie mir, was Sie von Artur Bonfils wissen, bitte. Woher kam er, was hat er gemacht? Was haben Sie oder was hat Ihr Onkel mit ihm zu tun?« Sie hatte zwar Whiskey getrunken, war aber nüchtern genug, um sich daran zu erinnern, warum sie hier war. Karl, der Hundertjährige. Der Lieblingsbruder ihres Vaters.

»Es ist eine alte Geschichte.« Lesego strich sich über die Bartstoppeln auf seinen Wangen, die in den letzten Stunden dichter geworden waren, und sagte angemessen feierlich: »Alt, aber einfach. Mein Vater war Arturs Sohn. Was mich zu seinem Enkel macht. Zu einem Bonfils, wenn Sie so wollen.«

Sie konnte sich gerade noch beherrschen, nicht mit der Leselampe in sein Gesicht zu leuchten, um zu sehen, ob sie sich getäuscht hatte. Lesego war schwarz, Bonfils, vermutete sie, war weiß gewesen und Ashley auch.

»Mein Vater war Arturs Sohn.« Lesego legte eine besondere Betonung auf Artur. »Ashley hatte nichts damit zu tun. Seine Mutter war das Hausmädchen in Mombasa. Meine Großmutter. Sie war schwarz. Natürlich.«

Du meine Güte, dachte sie. Das nennt er eine einfache Geschichte? Meinte er das, als er sagte, Artur habe Ashley nicht gut behandelt? Dass er mit seinem Hausmädchen in einem Alter, in dem andere Großeltern werden, ein Kind gezeugt hatte? Gewaltsam? War Liebe im Spiel? Oder handelte es sich um eine Art Nutzungsrecht?

»Ashley ist bald nach der Geburt meines Vaters gestorben. Vielleicht aus Gram. Artur hat meine Großmutter und das Kind immerhin mit nach Südafrika genommen, wo sie Familie hatte. Da war mein Vater ungefähr zehn. Artur hat sich nie zu ihm bekannt«, fuhr Lesego fort. »Nicht vor anderen. Aber Ashley wusste trotzdem Bescheid. Sie war eine kluge Frau, vielleicht hat es sie zu Tode gekränkt, für wie beschränkt Artur sie hielt, dass er nicht mit ihr sprach. Artur fand sich großzügig, als er der Mutter seines Sohnes eine kleine Farm auf dem Land kaufte, auf halbem Weg zwischen Kapstadt und Hermanus. Ab und zu kam er auch vorbei, und er ließ ihr monatlich etwas Geld bringen. Er hat sich darauf verlassen, dass sie ihre Geschichte aus Scham schon nicht verraten würde.«

Sie wusste nicht, was sie dazu sagen sollte. Also stand sie auf und ging ans Fenster, um nach dem Mond zu schauen, der sich immer noch nicht blicken ließ. Aber Sterne, Sternschnuppen, Satelliten.

Lesegos Großmutter schwieg tatsächlich. Dass sie ein Geheimnis hatte, das wusste er schon als Kind. Alle anderen wussten es auch. Sie wussten sogar, wo es war. Sie bewahrte es in einem Schuhkarton auf, den sie auf dem obersten Brett im Schrank ganz nach hinten geschoben hatte. Es war niemandem erlaubt, dort oben auch nur hinzugreifen. Der Schuhkarton war ein Tabu, das die gesamte Familie achtete. Alle wussten von dem Geheimnis der Großmutter, alle wussten, wo es war, aber niemand versuchte, es zu lüften. Bis sie starb.

»Und nach ihrem Tod? Haben Sie den Karton nach ihrem Tod geöffnet? Oder blieb das Geheimnis ein Geheimnis?« Sie war neugierig, obwohl sie fürchtete, das Geheimnis der Großmutter brachte sie ihrem Onkel Karl nicht näher.

»Ich war noch ein Kind, ich hatte Angst vor dem Schuhkarton. Meine Mutter ist bei meiner Geburt gestorben. Vielleicht war der Geist in dem Karton, dachte ich, der daran schuld war.« Lesego lachte kurz. »Aber die Erwachsenen haben ihn aufgemacht. Den Deckel angehoben. Es war kein Geist darin. Sie fanden nur einige Zettel mit Zahlen, die niemand entschlüsseln konnte, und einen Brief an meinen Vater. Außerdem noch ein Foto. Darauf war meine Großmutter zu sehen. Und neben ihr ein weißer Mann.«

Lesego stand auf und stocherte in der Glut im Kamin. Er erinnerte sich daran, wie groß die Verblüffung bei seiner Familie gewesen war. Die Erwachsenen waren sprachlos. Sein Vater, der nie den Namen seines Vaters erfahren hatte und dessen Haut nicht viel heller war als die seiner Vettern, hatte sich mit dem Brief in eine Ecke verzogen, und als er gelesen hatte, steckte er seinen Kopf zwischen die Knie und hockte so eine Weile da, bevor er anfing, fürchterlich zu schimpfen. Womit er erst aufhörte, als die Kinder angelaufen kamen und in den Karton guckten, das Bild mit dem weißen Mann sahen und erschraken.

Sie fragte sich, ob Tania van der Merve diese Geschichte kannte. Ob sie das gemeint hatte, als sie sagte, der Reeder aus Kapstadt habe zurückgezogen gelebt, weil er keinen Ärger wollte. Lesego war damals sieben gewesen, sein Vater ungefähr dreißig. Der Vater hatte eine Ausbildung als Koch gemacht und immer eine passable Anstellung gefunden. Aber die Nachricht, Artur Bonfils sei sein Vater, warf ihn völlig aus der Bahn. Mit Artur als Vater bekam er außerdem auch einen Bruder. Sehr viel älter zwar als er, aber doch ein Bruder. Als Artur ein paar Jahre zuvor gestorben war, ohne Lesegos Vater als seinen Sohn anerkannt zu haben, hatte dieser Bruder alles geerbt. So etwas sprach sich herum in der Gegend von Hermanus, selbst wenn das Bonfils-Haus so weit ablag, dass selten jemand vorbeikam.

»Ein ziemlich großes Erbe war das.« Lesego sprach völlig nüchtern über diese Angelegenheit. »Das Haus hier gehörte natürlich dazu. Eine Villa mit allem Drum und Dran in Kapstadt. Ein paar Autos, Aktien von den Diamantenminen. Artur hatte gut investiert.«

Sie schaute ihn an und fragte sich, wohin diese Geschichte führte. Sie hatte das unbestimmte Gefühl, ihr Onkel Karl wäre vielleicht doch nicht mehr weit. Falls Bonfils tatsächlich der Freund ihres Großvaters war und falls der nicht doch Ronquist oder Pionfas geheißen hatte.

»War da noch jemand«, fragte sie. »Ein Mann, der mit Artur aus Kenia gekommen war?«

»Ich glaube nicht.« Lesego wickelte die Decke fester um sich, überlegte es sich dann aber anders, stand auf und legte ein paar neue Scheite in die Glut im Kamin. »Ich habe nie von einem anderen Mann gehört. Außer natürlich von diesem anderen Sohn, dem Sohn aus Deutschland. Er kam nach dem Krieg zu seinen Eltern zurück. Karl, der viel ältere Bruder meines Vaters. Er hat hier gewohnt, bis er vor ein paar Wochen starb. Fast hundert ist er geworden.«

Karl? Natürlich Karl. Hier hießen alle mal Karl, hatte Tania van der Merve ihr gestern erzählt.

»Mein Vater ist zu ihm gegangen, nachdem meine Großmutter gestorben war. Damals, dreißig Jahre ist das her. Ich sagte ja, eine alte Geschichte.« Lesego blickte zu ihr herüber, ob sie sich langweilte, und schien beruhigt zu sein, als er sah, sie war wach und hörte aufmerksam zu.

»Er ging also zu ihm. Mit dem Brief und dem Foto, auf dem Artur neben seiner Mutter steht. Karl hat gar nicht weiter gefragt. Er hat ihn eingeladen, zum Essen zu bleiben. Mein Vater hat die Einladung angenommen, unter der Bedingung, dass er kochen durfte. Gemüse gab es im Garten. Straußenfleisch bei einem Nachbarn, der vor ein paar Jahren weggezogen ist. Es muss ein grandioses Mahl gewesen sein. Die Brüder, zum ersten Mal zusammen. Sie waren beide sehr gerührt und nach einer Weile ziemlich betrunken, hat mein Vater erzählt, als er nach ein paar Tagen wieder nach Hause kam. Karl hat ihm am Morgen danach, wieder vollkommen nüchtern, alles geschenkt, was Artur ihm hinterlassen hatte. Die Villa in Kapstadt. Die Autos. Die Aktien von den Minen. Alles, außer dem Haus hier. Mein Vater war plötzlich reich. Das hat ihm den Rest gegeben. Er ging nach Kapstadt. Ließ uns einen Packen Banknoten da. Vergaß uns dann. Führte in der Stadt das Leben eines Dandys und war ein paar Jahre später tot.«

Lesego griff nach der Whiskeyflasche und nahm einen Schluck. Wischte sie ab, nahm einen zweiten, wischte noch einmal und reichte sie rüber zu ihr. Sie nahm die Flasche und stellte sie auf den Boden zwischen sie.

»Karl hat versucht, ihn zur Vernunft zu bringen. Aber mein Vater war stur. Die Brüder kannten sich nicht. Nur an diesem einen ersten Abend, betrunken, wie sie waren, und sentimental, dachten sie, sie hätten einander gefunden. Aber letztlich hatten sie nichts miteinander zu tun. Mein Vater hat das früher gemerkt als Karl, aber Karl wusste es auch.«

War dieser Karl ihr Onkel Karl? Warum hatte er sich als Arturs Sohn ausgegeben, falls er es war? Jedenfalls hatte die Verbindung mit dem Neffen offenbar besser geklappt.

»Ohne Karl«, sagte Lesego leise, »wäre ich nichts. Ich wäre verloren gegangen nach meines Vaters Tod.« Karl hatte in seinem Deutschunterricht gute Arbeit geleistet, dachte sie. Konjunktiv. Genitiv. Lesego schaute ins Feuer, und sie sah, dass er weinte.

Karl, den Lesego für seinen Onkel hielt und den sie versuchsweise begann als ihren zu betrachten, hatte den Jungen zu sich genommen, nachdem der Vater in Kapstadt versackt war. Karl hatte dafür gesorgt, dass Lesego eine Ausbildung bekam. Er hatte mit ihm Deutsch gesprochen, ihn auf die Universität in Kapstadt und für ein Jahr nach England geschickt. Lesego hatte einen Abschluss in Agrarwirtschaft gemacht und einige sehr gute Jobs gehabt. Es ging ihm ausgezeichnet, meinte er. Dann wurde Karl krank und brauchte Hilfe in diesem abgelegenen Haus, und Lesego kam und blieb ein paar Jahre bei dem alten Mann, der begonnen hatte sich für Vögel zu interessieren. Lesego machte aus dem Garten ein Schmuckstück, zog neben Kartoffeln und Bohnen eine Vielzahl von Kräutern und erfand ein Bewässerungssystem, das es ihm erlaubte, selten gewordene Blumenarten anzupflanzen. Karl hielt es mehr mit den Tieren.

»Er hatte einen Kingfisher in dem Vogelbauer. Kein seltener Vogel in dieser Gegend, aber Karl mochte ihn besonders. Klein, wie er war, mit seinen blauen Flügeln. Tagsüber trug er ihn auf die Terrasse und abends wieder nach drinnen. Er sprach mit dem Vogel Deutsch, in einem leisen Singsang. Kein Wort konnte ich verstehen, obwohl ich sehr genau hingehört habe. Manchmal dachte ich, er würde beten. Manchmal summte er ein Kirchenlied, glaube ich. Manchmal redete er Nonsens. Er war so alt, da erwartete jeder von ihm, dass er ein bisschen gaga wäre, und er spielte das aus.« Gaga, dachte sie. Sagte man das schon im letzten Krieg?

»Was ist aus dem Kingfisher geworden?«, fragte sie, weil sie den leeren Vogelbauer gesehen hatte.

»Tagsüber ist er sowieso immer frei herumgeflogen, nur abends kam er in den Käfig, und Karl deckte ihn zu. Kurz bevor er starb, hat Karl den Käfig auch nachts offen gelassen. Eine Weile kam der Vogel abends an seinen gewohnten Platz zurück. Eines Tages nicht mehr.«

Lesego weinte noch ein bisschen. Sie hatte das Gefühl, sie sollte ihn allein lassen, und stand auf. Oben, in dem Schrank, in dem sie die Lampe gefunden hatte, lagen noch die Schallplatten, dachte sie, vielleicht gab es dort auch persönliche Aufzeichnungen, Lieblingsstücke, irgendetwas, das ihr verraten würde, ob dieser Karl, der sich Bonfils nannte, ihr Onkel war. Es sprach einiges dafür, aber eine Menge auch dagegen (Ronquist? Pionfas?).

»Bleiben Sie hier, bitte.« Lesego fasste sie an der Hand. Ihr fiel ein, dass es auf der Treppe und oben stockdunkel war, also setzte sie sich wieder und hielt für eine Weile Lesegos Hand, während er noch ein bisschen schluchzte. Irgendwann schliefen sie beide auf ihren Seiten des Sofas ein.

Am nächsten Morgen waren sie die Ersten, die wach wurden. Lesego fand eine Dose Nescafé, die vielversprechend aussah, und brühte ihnen einen Kaffee auf.

»Das Haus gehört übrigens mir. Mein oompie Karl hat es mir vererbt.« Er lächelte ihr zu. »Falls Sie es doch kaufen möchten.«

»Auf keinen Fall.« Sie lächelte zurück. »Was machen Sie mit dem ganzen Kram, den ihre Kumpels verladen haben?«

»Das meiste lässt sich gut verkaufen«, meinte Lesego zuversichtlich. Er hatte in der Nähe von Kapstadt ein Haus, dorthin würde er den anderen Teil bringen, Dinge, an denen er hing, wie die polierte Vitrine und alles, was erst Artur, dann Karl darin aufgestellt hatten.

»Die Abendkleider«, fragte sie. »Wer hat denn die getragen?« Sie machte sich darauf gefasst, dass ein weiteres Geheimnis gelüftet würde. Artur und Karl, zwei ältere Männer in großer Garderobe, während draußen die Leoparden herumschlichen und die Hyänen schrien, etwas in der Art.

»Sie sind wunderschön, nicht wahr?« Lesego hatte auf alles eine einfache Antwort. »Alt, wie Sie gesehen haben. Viele Modellkleider darunter. Für eine Weile lebte eine Frau hier mit Karl. Sehr lange her. Ich habe einmal ein Foto von ihr gesehen. Zu mir hat er kaum von ihr gesprochen. Ich weiß nur, dass sie auch aus Deutschland kam. Und eines Tages wieder verschwand. Offenbar wollte sie andere Leute hierherbringen, eine größere Gruppe, Familie oder Freunde, ich weiß nichts Näheres. Aber Karl hat Nein gesagt. Am nächsten Tag, so erzählte er diese Geschichte, war sie fort. Die Kleider hat sie hiergelassen.« Lesego schüttelte den Kopf, als könne er es immer noch nicht glauben.

»Karl hat sie nicht angerührt. Den Schrank nie mehr aufgemacht. Vielleicht hat er gehofft, dass sie wiederkommt. Vielleicht hat er gehofft, sie zu vergessen.«

Eine Geschichte für ihre Outtakes, dachte sie. Nichts, was sie weiterbrachte in der Frage, ob Karl der Karl war, den ihr Vater so sehr vermisst hatte, als er spürte, dass es mit ihm zu Ende ging.

Inzwischen waren die anderen erschienen, verkatert, aber tatendurstig. Moodley nutzte das Morgenlicht, um noch ein paar Fotos zu machen. Michael holte Kräuter aus dem Garten und kochte die beste Hangover-Suppe der südlichen Hemisphäre, ein Kompliment von Mongane, dem er nicht widersprach. Sizwe war längst aus dem Laster geklettert, hatte die Ladeluke wieder aufgemacht und die großen Stücke sicher vertäut.

»Die Schallplatten oben, was machen Sie mit denen?« Sie hatte das Gefühl, sie dürfe keine Spur erkalten lassen. »Hat Karl viel Musik gehört hier, gleich neben der Savanne? Beethoven, Wagner, die Callas? Edith Piaf?«

»O ja, vor allem Edith Piaf am Ende. Klang komisch hier draußen, am frühen Abend, wenn die Savanne zu leben begann und die Tiere riefen und die Piaf oben ›Mon légionnaire‹ sang.« Lesego drehte sich weg, sie glaubte, ihm liefen schon wieder die Tränen.

Manchmal hatte Lesego Karl nach seinem früheren Leben und nach dem Krieg gefragt, danach, wie es in Deutschland aussah, als Karl noch jung war, als Artur wegging und später, als Karl ihm folgte. Nach der gut angezogenen Frau, deren Namen er nicht einmal kannte. Aber er hatte nichts aus ihm herausgekriegt. Nur manchmal rätselhafte Sätze, deren Bedeutung er nicht verstand, auch wenn er sehr lange über sie nachdachte. Karl war der Überzeugung, dass alles, was geschehen sollte, bereits geschehen war. Und alles weitere waren nur die Konsequenzen. Sie fand das auch eine geheimnisvolle Äußerung, darin stimmte sie Lesego zu. Vielleicht hatten sie Séancen in dem Haus abgehalten, danach klang das, vielleicht erklärte das auch die Abendkleider.

»Er war ein passiver Mann«, meinte Lesego, »ein trauriger Mensch. Viel zu traurig, um so alt zu werden. Er wollte nach Hause. Das immerhin hat er gesagt. Er wollte zu Hause sterben, zu Hause begraben sein. Zu Hause, das war immer noch Deutschland. Keiner von uns, sagte er, hat das Recht, sich hier in Südafrika zu Hause zu fühlen. Er meinte Artur und sich und Menschen wie sie.« Lesego schaute sie an und zuckte mit den Schultern. »Das ist alles. Ich sagte ja, im Grunde eine einfache Geschichte.« Er schaute sie an: »Einfache Gefühle jedenfalls.« Dazu fiel ihr nichts ein.

Sie gingen nach draußen, um nach dem Gemüse zu sehen, den seltenen Blumen, den Vögeln, die noch eine Weile fiepten und sangen, bevor sie sich vor der Hitze in Sicherheit brachten.

Später fragte sie Lesego, ob sie den Stapel mit den Schallplatten durchsehen dürfte.

»Beethoven, Wagner, Piaf? Hören Sie das auch, immer noch? Ihr seid komische Leute«, hatte er gesagt und sie angelacht. Oder ausgelacht. Jedenfalls hatte er mit den Platten nichts weiter vor. Sie ging nach oben, öffnete das Fenster, weil es mit Sicherheit gleich staubig werden würde, setzte sich neben den Plattenstapel auf den Boden und begann ihn von der obersten zur untersten Platte umzuschichten. Nahm jede einzelne in die Hand. Erst legte sie einige der Piaf-Alben zur Seite, weil sie dachte, ein paar mitzunehmen wäre eine gute Idee. Doch dann entschloss sie sich, stattdessen nur Fotos einiger Cover zu machen. Es war nicht ihre Musik, und sie wollte sich nicht zu tief in eine Geschichte verstricken, von der sie noch nicht sicher war, was sie mit ihr zu tun hatte.

Einen Augenblick lang war sie versucht gewesen, Lesego einzuweihen, ihm ihre Geschichte von der Onkelsuche zu erzählen und gemeinsam mit ihm darüber nachzudenken, ob sie hier überhaupt auf der richtigen Fährte war. Doch dann hatte sie den Mund gehalten. Sollte sie gerade die Plattensammlung ihres Onkels Karl vor sich haben, müsste Lesego sich von seinem Onkel Karl verabschieden. Sie fand, das war die Sache nicht wert.

Während sie mit dem Umschichten, Anschauen, Wenden beschäftigt war, stieß sie immer wieder auf dünne Blätter, beschrieben mit einer steil nach rechts geneigten Schrift. Sie war so unleserlich, dass sie nicht einmal sicher war, in welcher Sprache diese Notizen oder Briefanfänge oder Einkaufslisten, was immer sie gerade aufstöberte, verfasst worden waren. Schließlich fiel ihr zwischen zwei Alben ein fester Umschlag entgegen, kaum größer als eine Männerhand. Ein Umschlag, der gerade noch in eine Manteltasche passte. Die Ecken waren zerschlissen. Der Umschlag war nicht beschriftet und auch nicht zugeklebt, also schüttelte sie ihn vorsichtig, bis ein paar kleine Fotoabzüge mit gezacktem Rand herausglitten. Familienbilder, dachte sie und schaute genauer hin. Aber sie erkannte niemanden. Ein Bild war offensichtlich gestellt und zeigte ein älteres Paar umgeben von fünf hochgewachsenen jungen Männern in Uniform. Auf einem anderen erkannte sie nur ein Pferd und einen Soldaten von hinten auf einem Feld im Winter. Im Krieg? Der einzige Farbabzug zeigte eine sehr elegante Frau, die möglicherweise eines der Kleider trug, die Lesego in Kapstadt verkaufen wollte. Keines der Bilder war beschriftet.

Sie faltete die dünnen unlesbaren Notizen, schob sie mit den Fotos in den Umschlag und steckte ihn ein. Als Lesego sie später fragte, ob sie eine Möglichkeit sähe, Karls Asche mit nach Deutschland zu nehmen und dort zu begraben, wie sein Onkel es sich am Ende seines Lebens so dringend gewünscht hatte, sagte sie: »Ja«.

EIN PAAR TAGE DANACH stand sie am Grab ihres Vaters. Sie hatte die Urne, die ein einfaches Holzkästchen war, in ihrem Rucksack ohne Probleme durch alle Sicherheitsabfertigungen und Zollkontrollen gebracht. Niemand außer ihr interessierte sich für ihren Onkel Karl. Oder für Lesegos Onkel Karl. Ihr fiel ein, dass sie vergessen hatte, Lesego zu fragen, was Karl eigentlich jahrzehntelang in Südafrika gemacht hatte, bevor er anfing sich für Vögel zu interessieren. Hatte er gearbeitet? Sich nützlich gemacht? Oder hatte er von Arturs Vermögen gelebt? Sie war so verwirrt von den Fotos gewesen, die dieser Karl offenbar jahrzehntelang mit sich herumgetragen hatte, so unsicher, was sie eigentlich zeigten, ob es ihre Großeltern waren, die sie aus ihnen anblickten, und ob auf einem möglicherweise Friedrich zu sehen war, obwohl sie ihn auch unter der Lupe nicht erkannte, dass sie alles andere vergessen hatte. Aus Karl würde keine Geschichte werden. Vielleicht war es besser so.

Noch immer war es kalt in Deutschland. Der Friedhof war menschenleer. Sie hörte, wie jenseits der Mauern Raketen und Knallfrösche gezündet wurden. Kinder bereiteten sich auf die Nacht vor, Silvester, den Übergang ins neue Jahr. Sie hoffte auf Sterne später. Es dämmerte schon, aber sie hatte keine Schwierigkeiten gehabt, das Grab zu finden.

Ihr Bruder war vor ihr da gewesen, glaubte sie, weil in einer kleinen Laterne neben dem Grabstein eine Kerze brannte. Karl, geboren 1913. Jetzt war auch er wahrscheinlich tot, der letzte der Brüder, möglicherweise in sehr hohem Alter weit weg in Afrika gestorben, wo niemand wusste, wer er war. Vielleicht aber auch anderswo, unerkannt auch dort, vermutete sie.

Sie hockte sich an den Rand des Familiengrabes. Während sie den festen Umschlag mit den Fotos aus ihrer Tasche zog, lehnte sie ihren Kopf an den Grabstein und blieb eine Weile so. Schließlich nahm sie die Kerze aus der Laterne und hielt den Umschlag in die Flamme. Lichterloh, dachte sie. Lichterloh brannten der Umschlag und darin die Fotos, so trocken war die Pappe über die Jahrzehnte geworden, und die Asche verwehte sofort.

Friedrich. Karl hatte ihn vielleicht doch nicht vergessen gehabt. Sie hätten einander noch finden können, nachdem für sie beide so vieles anders gekommen war, als sie es sich erträumt hatten. Friedrich in Deutschland und Karl in Südafrika oder wo immer er abgeblieben war. Aber sie hatten beide nur in die Weite geschaut und nichts zueinander gesagt, Friedrich auf seinem fernen Planeten, Karl vielleicht am Rand der Savanne. Sie öffnete das Kästchen mit Karls Asche und wartete, bis der Wind sie mitnahm.

»Ich habe ein Zebra gesehen«, flüsterte sie Friedrich zu. Sie war sich sicher, wäre ihr Vater nicht seit Jahrzehnten tot, würde er ihr jetzt über die Wange streichen, bevor er sich wieder auf jenen fremden Stern verabschiedete, auf dem er zu Hause war.